Desolación

SUNDIAL HOUSE

Desolación

Centennial Bilingual Edition

Gabriela Mistral

Translated by

Inés Bellina, Anne Freeland
& Alejandra Camila Quintana Arocho

Featuring 37 poems translated by Langston Hughes

*Illustrations by Rafael Lara and his students at Academia de Artes
Islas al Sur in the Chiloé (Chilwe) Archipelago, Chile.*

SUNDIAL HOUSE   NEW YORK   •   PHILADELPHIA

**SUNDIAL
HOUSE**
New York ✦ Philadelphia

First paperback edition: November 2023

Lyric editor: Silvina López Medin

Proofreader: Lizdanelly López Chiclana

Cover image: Rafael Lara Monsalve

Photography: Fabián Vera Zugac

Book design: Lisa Hamm

ISBN: 979-8-9879264-3-7 (paperback)

Contents

Prologue   *xi*
Archival images and English translations of
correspondence between Gabriela Mistral and
Professor Federico de Onís

Preliminary Words | *Instituto de las Españas*   *xxv*
Archival images of Desolación, *first edition, 1922*   *xxix*

Translator's Note | *Alejandra Camila Quintana Arocho*   *xxxiii*
Translator's Note | *Inés Bellina*   *lv*

Desolación
English Translation (2022)

Poetry   3

I. Life   5

Rodin's *The Thinker*   7
Bistolfi's Cross   8

To the Ear of Christ   9

For the Hebrew People   12

Good Friday   14

Ruth   15

The Strong Woman   18

The Barren Woman   19

A Child Alone   20

Song of the Just   21

Torture   23

Serene Words   24

In Memoriam   25

Future   28

To the Virgin of the Hill   29

To Joselín Robles   32

Credo   34

The Restless Shadow   37

II. The School

The Rural Teacher   43

The Evergreen Oak   47

The Luminous Circle   51

Children's Poems   53

Daily Prayer   54

Little Feet   57

White Clouds   59
As the Snow Falls   61
Planting the Tree   63
Hymn to the Tree   65
Prayer for the Nest   69
Lady of the Spring   71
Plant the Seed!   73
Promise to the Stars   74
Summer   76
Addressing the Father   78
The Guardian Angel   81
Little Red Riding Hood   85
To Noel   88
Children's Rounds   90

III. Sorrow

The Encounter   101
I Love Love   103
The Love that Does not Speak   105
Ecstasy   106
Intimate   108
God Wills It   110
Sleepless   113
Ashamed   115
Ballad   116

Tribulation   118

Nocturne   120

Sonnets of Death   122

Questions   125

Waiting in Vain   127

The Obsession   129

Coplas   131

Eternal Wax   133

To See Him Again   135

The Fountain   136

The Sentence   137

The Vase   138

The Plea   139

A Child   142

Coplas   147

The Bones of the Dead   152

IV. Nature

Desolation   155

Dead Tree   157

Three Trees   159

Hawthorn   160

To the Clouds   162

Autumn   164

The Mountain at Night   167

Peak   169

Ballad of the Star   170
The Slow Rain   171
Pine Forest   173

Prose

The Teacher's Prayer   179
Children's Hair   181
Poems for Mothers   182
Poems for the Saddest of Mothers   192
Lullabies   195
Themes of Clay   197
The Four-Petaled Flower   206
Poems of Ecstasy   208
Art   214
The Artist's Decalogue   218
Commentary on the Poems of Rabindranath Tagore   219
Spiritual Readings   223
On the Passion   229
The Kiss   231
Poems of the Home   233

Pedagogical Prose — School Tales

Why Reeds Are Hollow   243
Why Roses Have Thorns   248
The Rose Bush Root   252

The Thistle   254

The Pond   258

❀ ❀ ❀

Vow   260

Selected Poems by Gabriela Mistral (1957)
Translations by Langston Hughes
263

Desolación / Texto original en español

315

Prologue

Original Correspondence between
Mistral & Federico de Onís (1921)

Columbia University
in the City of New York

DEPARTMENT OF ROMANCE LANGUAGES

Señorita Gabriela Mistral

Punta Arenas

Chile.

Distinguida señorita:

Escribo a Ud. en nombre del General Executive Council del Instituto de las Españas en los Estados Unidos,del cual soi uno de los miembros,para decirle lo siguente:

Este invierno dí yo,en esta Universidad,unas de las conferencias organizadas por el Instituto en la cual me ocupé de Ud. y de su admirable obra poética.Más que por mis palabras,por la virtud de sus poesías nobles i sinceras,el público norteamericano quedó tan impresionado que inmediatamente surjió la idea de mostrar de alguna manera el entusiasmo de los americanos del Norte que estudian la cultura hispánica por la mujer que con una voz nueva les habla tan fuertemente al corazón desde la América del Sur. Como una parte mui considerable de los individuos pertenecientes al Instituto de las Españas está constituida por los Maestros de Español,cuyo número es proximadamente de dos mil,estos se sintieron espe-

COLUMBIA UNIVERSITY
IN THE CITY OF NEW YORK
DEPARTMENT OF ROMANCE LANGUAGES

Señorita Gabriela Mistral
Punta Arenas
Chile.

Distinguished señorita:

I write to you on behalf of the General Executive
Council of the Instituto de las Españas[1] in the
United States, of which I am a member, to share the
following:

   Last winter, at this university, I gave one
of the lectures organized by the Institute,
during which I concerned myself with you and your
admirable poetic oeuvre. Beyond my own words, it
was the virtue of your noble and sincere poetry
that impressed the North American public to such
a degree that it immediately came upon those who
studied Hispanic cultures to demonstrate, somehow,
their shared eagerness to listen to the woman whose
fresh voice spoke all the way to their hearts from
South America. Given that a significant portion
of the Hispanic Institute is made up of Spanish-
language instructors—approximately two thousand
in number—they were particularly impressed by what
I said about your exemplary teaching. And the
idea of paying tribute to your work has led to
the decision, on the part of the Spanish-language
instructors in the United States, to publish a
complete edition of your poetry dedicated to the
North American school teachers' counterparts in the
South.

   If you are willing to accept such a tribute—
and you must be, given just how much love for the
Spanish spirit it would represent—I would much

cialmente impresionadas por lo que yo len dije acerca de su magisterio ejemplar.Y la idea del homenaje a Ud. se ha concretado en la decisión por parte de los Maestros de Español en los Estados Unidos,de publicar una edición completa de sus poesías dedicada a su hermana del Sur por los Maestros de escuela Norte-América.

Si Ud. está dispuesta a aceptar dicho homenaje -y debe estarlo por lo que significa de verdadero amor al espíritu español -le agradecería mucho me lo comunicase así i me enviase al mismo tiempo todas las poesías suyas que deben entrar en la edición. Nuestro deseo es que ésta contenga todas las que haya Ud. escrito hasta ahora,publicadas o no.

El libro será editado bajo los auspicios del Instituto de las Españas;pero como habrá mucha jente no perteneciente a él que deseará adquirirlo, nuestros editores,la casa Doubleday Page& Co.,le fijarán un precio y se encargarán de distribuirlo i venderlo.

Antes de hacerlo,dicha casa comunicará a Ud. las condiciones económicas en que se ha de hacer dicha edición,y nosotros nos cuidaremos de que los derechos de Ud.,como autora,resulten compensados de la manera más favorable.

Para que Ud. pueda juzgar del carácter e importancia del Instituto,que ha sido fundado aquí por el Ministerio de Instrucción pública de España i por las más importantes instituciones educativas de los Estados Unidos,le envío en paquete aparte,alguna información acerca de él.Y,para que pueda Ud. comprender la naturaleza de los problemas que entraña el estudio de nuestra cultura aquí,y la dirección que yo con otros trato de darle,y a la que espero que desde lejos nos de Ud. su ayuda,le envío también un discurso por mí recientemente escrito para ser leído en la Universidad de Salamanca.

Esperando que su noble espíritu no nos falte en esta cruzada,cuyo alcance espiritual no se le escapará,se ofrece a Ud. como sincero amigo i admirador

(firmado.)

Federico de Onís

FO/ EB

Encl.

appreciate it if you could let me know and also send
me all the poems you wish to be included in the
volume. We envision it to include all of the poems
you have written until now, whether they have been
published or not.

The book will be edited with the support of the
Hispanic Institute, but since there will be many
people not affiliated with the Institute that will
wish to acquire a copy, our editors, the publishing
house Doubleday Page & Co., will set a price and
manage its sales and distribution. Before doing
so, the publishing house will contact you with the
financial conditions under which the book will be
published, and we will ensure that your rights, as
the author, are compensated in the most favorable
way possible.

Along with this letter, you will also receive a
package with more information on the Institute so
that you will be able to better judge its character
and importance. It was founded, after all, by the
Spanish Ministry of Public Instruction and some
of the most important educational institutions in
the United States. I am also sending a speech I
prepared recently for a lecture I will offer at the
University of Salamanca. The speech may help you
understand the nature of the challenges that the
study of our culture entails here at the Institute,
as well as the direction I and others aim to
pursue, and which I hope you will help us advance
from afar.

Hoping to count on your noble spirit in this
crusade, whose spiritual reach will not evade you,
I extend my good will to you as a sincere friend
and admirer.

                    (signed)

                    Federico de Onís

FO /. EB
Encl.

Señor

Don Federico de Onís,

Nueva York,

Distinguido señor:

He recibido la mui honrosa comunicación en que Ud.,a nombre de los profesores de castellano de ese país,se digna ofrecerme la publicación de mis poesías.

No había aceptado hasta hoi ofrecimientos diversos de casas editoriales, por estimar que,en esta abundante producción poética de la América nuestra, el mismo exceso mata el éxito de todo libro de versos que no tenga condiciones estraordinarias para perdurar.

Sin embargo,pensando de este modo, debo aceptar la invitación de Uds.,por dos razones,una material i otra espiritual.

La material es ésta:se ha pensado en hacer sin mi autorización un libro,en el cual se incluiría seguramente mucho material que yo eliminaré.

La espiritual es más vigorosa.Su carta llegó a mí en una hora harto amarga.Maestra no titulada,mi último ascenso provocó en mi país una campaña,posiblemente justa,pero en todo caso innoble,de parte de algu-

Señor Don Federico de Onís,
Nueva York.

Distinguished Sir:

I have received the very honorable letter in which
you, on behalf of the Spanish-language teachers of
that country, kindly offer to publish my poems.

I had not accepted until today any offers from
publishing houses I had received because I found
that, amid the abundant poetic output of this
America of ours, excess is precisely what kills the
success of every book of poems that does not have
the extraordinary conditions required to prevail.

Nonetheless, following this line of thought, I
must accept your invitation—for two reasons, one
material, and the other, spiritual.

The material one is as follows: a book of my
poems may be produced without my approval, which
will likely contain plenty of material that I would
rather eliminate.

The spiritual one is more robust. Your letter
came at a very bitter time for me. As a teacher
without a degree, my latest promotion caused an
uproar among certain teachers in my country,
perhaps justified, albeit ignoble. What this
promotion meant to me was a return to the land of
the sun, in which I have always lived, having spent
three sad years in the land of the cold. In the
profoundly depressed state I was in, I received
your words, which made me linger and ~~trust~~ believe
in that which is Good: they were the voices of many
good men who did not know me personally and whose
gesture was, then, unmistakably full of praise, a
sincere impetus of generous enthusiasm.

I have never thought about my work as having
literary merit; I have thought, however, that there
is in it an emotional power that stems from my

nos profesores. X Este ascenso no significaba para mí
sino la vuelta a la tierra solar,en que siempre he
vivido,despues de tres años de la vida más triste
en la tierra fría.En la profunda depresión de ánimo
en que me hallaba,recibí sus palabras,que me hicieron
esperar ~~una vida~~:ellas eran la voz de muchos hombres
buenos que no me conocían,cuya palabra era,por lo tan-
to, insospechable de adulación, ~~ligeros impetu de~~
~~intereses futuros~~
     Nunca he creído en el mérito literario de mi obra;
he creído,sí, que había en ella una potencia de senti-
miento que viene de mis dolores;he pensado que podría,
en parte, consolar;en parte,confortar a los que sufren
menos.
     Van mis orijinales, i va con ellos la espresión
de una gratitud mui sincera,mui honda,para Ud. i para
esos maestros que hablan mi lengua i que,viviendo en-
tre una raza que muchos llaman materialista,han reco-
nocido alguna virtud purificadora en el canto de una
lejana. Dígales Ud. que no como un
     homenaje, sino como una ternura,
     he aceptado su ~~~~ dón.
          (Firmado) Gabriela Mistral

     Santiago de Chile,14 de Diciembre de 1921

pain; I have thought I may console the suffering, and comfort those who endure fewer struggles.

I am forwarding my originals, and with them, an expression of my most sincere, deepest gratitude, to you and to those teachers who speak my language and who, despite living in a society that most would describe as materialistic, have recognized certain purifying virtue in a voice that sings from afar.

> *Please tell them, Sir, that, rather than a tribute, I have accepted your ~~message~~ gift as a form of kindness.*
>
> (signed): *Gabriela Mistral*[2]

Santiago de Chile, 14 December 1921

Mi respetado señor Onís: Mucho he tardado en contestarle,primero
fué que su carta fué vinó devuelta de Punta Arenas,con la consiguien-
te tardanza;despúes fué que usted se habia ido a España.

Le envio los orijinales de mi libro.Seria un volumen mixto,de verso
i prosa.No me resisto a dejar toda la prosa,porque onï esa parte es-
tá lo mås sano de mi producción,i tampoco seria posible pedirles
que me publicasen dos libros.

Le pido que usted coloque como Prólogo de la obra las cartas su
ya i mīa que van en el legajo,a fin de justificar esta publicación,
que siempre yo he rehusado.La Editorial Mexico,de ese paisï;la Cervan-
tes de Madrid;la Americs Latina,de Paris,la Atlantida,de La Arjenti
na i dos de mi patria,me la han solicitado.Sólo podia moverme a acep-
tar una cosa tan bella i tan noble como el ofrecimiento de ustedes,
i sobre todo,la hora en que llegó,amarga para mi,como se cuenta en
mi carta aludida.

Va dedicada a usted una de las pocas poesías que yo me quiero:
mi Maestra Rural.Acepte usted esa dedicatoria,no sólo como aspración
de mi gratitud,sino como espresioñ de mi vieja estimación intelectual,
pues yo le conozco a usted hace años.
     No me cansaré de pedirle se digne hacer correjir las pruebas escru-
nulosamente.Escribo a Torres Rioseco,maestro chileno,pidiéndole este
servicio;pero es de usted de quien espero la correción definitiva.
He sido mui malaventurada en esto de los errores tipográficos i eso
en un libro ya es cosa sin vuelta.

Insisto en que el libro lleve su carta i mi respuesta por Prólogo.
Yo debia haber esperado uno que escribe para la obra Gonzalo Zaldum
bide,el crítico ecuatoriano;pero tardaría demasiado esto en ir i,so
bre todo,Zaldumbide necesita conocer el volumen en total,i no co-
noce sino mis versos.

Eso por una parte,por otra,yo quiero que quede estampado clara-
mente la iniiativa de ustedes.

No dejo copia del total de las composiciones.Me ha tocado hacer
este trabajo en la época,tan afiebrada,de los exámenes en mi Liceo.
     Me permito recomendarle al portador de mi libro,el Doctor J.M.
Galvez,profesor chileno que desearia conocerle a usted i le diera
personalmente mi saludo i mi gratitud calurosas.
     Espero sus palabras para saber que ya está en sus nobles manos
ese manuscrito un poco ensangrentado de mis versos.
     Pano.
     La saluda mui respetuosa i cordialmente.

Gabriela Mistral

14 dic. 2?
Santiago de Chile,
Correo f.

The name of the volume: Desolación

My esteemed Mr. Onís: I am very delayed in replying. First, your letter was returned from Punta Arenas, with the consequential delay; then, you had already departed for Spain.

I am sending the originals for my book. It will be a combined volume, containing both verse and prose. I cannot fathom leaving behind all of the prose, since it is my more polished work, and it would be too much to ask to publish two books for me.

I ask that you please include, as a Prologue to the volume, these letters we have exchanged, so as to justify its publication, which I have always dismissed. Editorial México, from that country; Editorial Cervantes in Madrid; Editorial América Latina in Paris; the Argentinian Atlántida, plus two from my country, have all requested it. I could only be moved to accept the very beautiful and noble offer from you, and especially at the bleak time it reached me, as I related in my letter.

To you I have dedicated one of the few poems I love: my Rural Teacher. Please accept this dedication, not just as an expression of my gratitude, but also as an expression of my long intellectual esteem, as I have known you for years now.

I will not tire of asking you to please correct my proofs scrupulously. I have written to Torres Rioseco, a Chilean teacher, asking the same of him; I anticipate the definitive correction from you. I have been much too unlucky when it comes to typographic errors and in a book, there is no turning back.

I insist that the book feature your letters and my reply as a Prologue. I should have waited to receive a prologue from Gonzalo Zaldumbide, the Ecuadorian critic, but it would delay the whole process, and would also require Zaldumbide to be familiar with the complete volume, and he only knows my verses.

That is one reason; the other is that I wish to make it clear that it was your initiative.

I have not provided you copies of everything I have written. I have had to complete this work in the midst of a feverish exam season at my school.

Let me also share the name of the bearer of my book, Doctor J. M. Gálvez, a Chilean professor whom I hope you can meet, so he may personally convey my warm greetings and gratitude to you.

I wait to hear from you, once that branch that is a bit bloodied by my verses is safely in your noble hands.

With my respect and cordial regards,

Gabi Mistral [3]

14 dic. 21
Santiago de Chile,
Correo 7

P.D. I beg that you kindly illustrate the book, if possible, with the enclosed engravings.

Notes

1. Founded by Federico de Onís in 1920 as Instituto de las Españas, the Hispanic Institute at Columbia University is today a scholarly and cultural center that disseminates research on Iberian and Latin American cultures, in all their ethnically diverse and multilingual manifestations. The Hispanic Institute also hosts academic and social events that showcase new contributions to Latin American and Iberian cultural production in the United States, Latin America, the Caribbean, and Europe. The Hispanic Institute is now housed at Columbia University's Casa Hispánica (612 West 116th Street). Its original home (419 West 117th Street) no longer exists. ("Hispanic Institute | LAIC")

2. These handwritten words appear to be have been added by the hand of Federico de Onís, since the penmanship is very similar to his signature.

3. The "GabrMistral" signature corresponds to her time in the Andean region (1915-1918), but it seems to have carried over in the rather transitional period following her stay in Patagonia (Mistral, *En batalla de sencillez: De Lucila a Gabriela: Cartas a Pedro Prado, 1915-1939*. Edited by Luis Vargas Saavedra, María Ester Martínez Sanz, and Regina Valdés Bowen. Ediciones Dolmen, 1993.) Between 1922 and 1924, Mistral visited Mexico and joined the efforts of the educational reform program whose main advocate was José Vasconcelos. She also collaborated on *El Mercurio*, a local Chilean newspaper, and in 1924, she published a treatise on women and motherhood called *Lecturas para mujeres* [*Readings for Women*], sponsored by the Secretary of Public Education in Mexico. (Arrigoitía, Luis de, and Edith Faría Cancel. *Gabriela Mistral en Puerto Rico*. Editorial de la Universidad de Puerto Rico, 2008).

"Observándote" (2022) by Camila Zaccarelli

Preliminary Words

(1922)

THE INSTITUTO de las Españas has prepared this edition of the poetic work of a writer who, although barely known, has become one of the purest glories of contemporary Hispanic literature. The history of this edition should be known by all readers. Here it is, in brief remarks:

In February 1921 one of our directors, D. Federico de Onís, professor of Spanish Literature at Columbia University, gave one of the conferences organized by the Institute and spoke about the Chilean poet Gabriela Mistral. That was probably the first time that this name, today illustrious, reached the ears of most of the many attendees, almost all teachers and students of Spanish. As soon as the admirable personality of the young Chilean writer and teacher was known, however, thanks to what Mr. Onís said and the reading he offered of some of her works, it is fair to say that Gabriela Mistral garnered, not only the admiration, but the affection of every person in the audience. Everyone discerned in the Hispanic

American writer not only great literary value, but also superior moral stature.

The Spanish teachers, many of them women as well, were more deeply impressed than anyone to learn that the author of those moving poems was also, and above all, a teacher like them. The sense of admiration and affinity for Gabriela Mistral was twofold: born from her love for the Hispanic spirit, on the one hand, that spoke with new vigor and voice in the poetry of a first-rate writer; and, on the other hand, from the depths of her professional vocation that led them to feel a profound kinship toward the noble woman who in South America devotes her life to an ideal of exemplary teaching.

The few poems by Gabriela Mistral that had been published in newspapers and magazines passed from hand to hand, and "The Teacher's Prayer" was recited in Spanish by many voices with foreign accents. The desire to know more came naturally, to know the entire oeuvre of such an excellent writer. The Spanish teachers learned that this was impossible because her creative work had not been collected in book form by its author. Hence, the idea arose among them of creating an anthology, as an expression of their admiration and affinity toward their colleague from the South.

The Instituto de las Españas enthusiastically welcomed the noble idea and proposed to carry it out, beginning by communicating it to the illustrious writer. Her response, quite generous indeed, was to send this book, in which her work appears in a collection for the first time, both the published pieces and those yet to be published. If we have reason to be grateful to Gabriela Mistral for having responded so splendidly to our wishes, surely the Spanish-speaking world and lovers of Hispanic culture from all countries will thank the Spanish teachers of the United States and the Instituto de las Españas for endeavoring to get this book published so that everyone may read it.

It was not an easy undertaking. As we learned later, confirming what we assumed beforehand, it had been the author's intention not to collect her work. A few poems, very few, and some information about her personality contained in articles written by people who had the fortune and clairvoyance to meet her and understand her first—especially an article by our colleague, the fervent Chilean poet Arturo Torres-Rioseco, professor at the University of Minnesota—crossed the borders of Chile, spread throughout the Spanish-speaking press, were translated into various languages, and were enough to surround the name of Gabriela Mistral with the maximum prestige and popularity to which a writer may aspire. It was natural that she saw the publication of her works constantly requested, as was the case; and if they have not been published it is precisely because of her adamant will against it. The brilliant modesty underlying this attitude is undoubtedly admirable; but we should all rejoice that it has finally been defeated by the sincere and generous exhortation of our North American teachers. This is how this book was born from the convergence of kind and lofty sentiments.

Instituto de las Españas

GABRIELA MISTRAL

DESOLACION
POEMAS

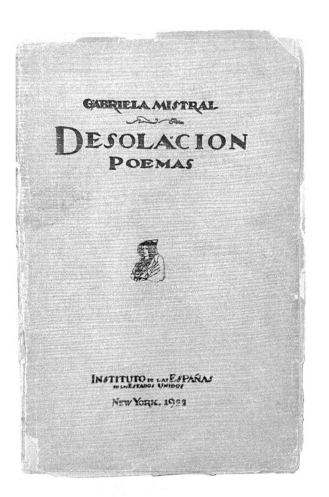

INSTITUTO DE LAS ESPAÑAS
EN LOS ESTADOS UNIDOS

NEW YORK, 1922

Desolación (1922 Cover)

Gabriela Mistral Portrait (1922 frontispiece)

DESOLACION

POEMAS

DE

GABRIELA MISTRAL

INSTITUTO de las ESPAÑAS
en los Estados Unidos

NEW YORK, 1922

Desolación (1922 title page)

"Ella va kontodo" (2022) by Pamela Tapia

Translator's Note

ALEJANDRA CAMILA QUINTANA AROCHO

GABRIELA MISTRAL, born Lucila Godoy Alcayaga in Vicuña, Chile in 1889, has fascinated and puzzled scholars, writers, and artists alike for more than a century, all of whom have tried to weave together the variegated layers of her persona and her "emotionally outspoken verses," as Langston Hughes describes them. There is extensive scholarship on her life, her work, and her connections to her contemporaries, a wide range of thinkers that include the Uruguayan poet Delmira Augustini and the Argentine authors Alfonsina Storni and Victoria Ocampo. Much of this scholarship, though, has drawn from or reproduced a particular, composite image of Mistral: that of the Nobel Prize winner, the national symbol of Chile, the devout Christian heterosexual woman par excellence, and the caring yet lonely rural teacher.

This framing, which has belittled and sometimes rendered invisible the many other dimensions of Mistral's life and work, has been driven by the Chilean state and many other

Latin American governments' aim to reaffirm her supposed sanctity and eliminate or delegitimize any trace of her queerness, in particular, as Licia Fiol-Matta argues in her book *A Queer Mother for the Nation: The State and Gabriela Mistral* (2001). Having spent decades accumulating primary documents, including early drafts of Mistral's poems and much of her personal correspondence, in "an acute sense" of what Licia Fiol-Matta, following Derrida, calls "archive fever," scholars and collectors in Chile have become the custodians of Mistral's reception, "selectively publishing anthologies and books to buttress their vision of Mistral as [a] great writer"—as well as a metonym, or stand-in, for the Chilean nation—and "showing little interest in a sophisticated reading of Mistral's poetics" (Fiol-Matta 35). Thus, "la orientación dominante en la crítica," or "the dominant position among critics" writing about Mistral, even to this day, is to selectively analyze her work, doing away with apparently unfavorable or contradictory aspects of her poetry and personhood that might destabilize the "normative conception of the Chilean nation generated from prescriptions of gender and sexuality" (Concha; Fiol-Matta 35).

In the eyes of the state, one such unfavorable aspect of the materials found in her archive are Mistral's "self-references as masculine" throughout her correspondence with her partner Doris Dana, with whom she spent the latter part of her life in New York. It's worth noting that Dana, a Barnard alumna and literary critic, also translated into English a portion of Mistral's poetry and first published it in 1961 as a bilingual volume with selections from Mistral's four major collections, *Desolación* [Desolation] (1922), *Ternura* [Tenderness] (1924), *Tala* [Felling] (1938), and *Lagar* [Wine Press] (1954). According to Fiol-Matta, Mistral's masculine self-references, which consisted usually of masculine adjectives used to describe herself, "caught the establishment off guard," such that scholars and collectors scoured the archives for possible counterevidence or anything that could deter any and all claims to Mistral's queerness (Fiol-Matta 46).

The "preferred route," then, was to "downplay" this suggestion of masculinity as well as queerness through "desexualization"—that is, by promoting a somehow sexless, practically saintly, portrayal of Mistral—"a recasting of maternalism as 'paternalism,' or by ignoring this uncomfortable use altogether" (Fiol-Matta 46). In decentering Mistral's queerness and relegating it to the margins of scholarship on her life and work, government agencies and cultural centers across and beyond Latin America have found ingenious ways to uphold and preserve their preferred image of Mistral.

MISTRAL, THE "UNKNOWN" POET

Between the years 1921 and 1922, Federico de Onís, a professor of Spanish and literary critic who served as the director

of Columbia University's Instituto de las Españas at the time
(now the Hispanic Institute, housed in Casa Hispánica), ex-
changed a series of letters with Mistral in which he expressed
interest in publishing a volume of her collected poetry. Mis-
tral would go on to send de Onís practically all the poems
she had written up to that point, and they would be incorpo-
rated into her first "published" volume of poetry, *Desolación*.
De Onís had, so he claims in one of the letters, stumbled
on her writing and presented on it for a lecture he gave at
the Institute, and he had also been aware of a growing curi-
osity surrounding Mistral's work among other professors at
the Institute, which, apparently, included many women[1] (see
"Preliminary Words"). Acting just as much as an archivist as
the Chilean state and collectors still do, but using another
strategy, de Onís framed Mistral, in his letters and prologue
to the volume, as an "unknown" poet whom he had discov-
ered for the benefit of "North American teachers" and whose
work he perceived to be not just of "great literary value" but
of "superior moral stature" as well ("Preliminary Words").

Elizabeth Horan, writing on the success of *Desolación* in
her book *Gabriela Mistral: An Artist and Her People* (1994),
rightly recognizes this active framing of Mistral on the part
of de Onís to sell the idea, early on, that Mistral's writing has
a "moving" quality that is, however, meant to be kept within
the bounds of what female authors are apparently solely
capable of producing: work whose greatness lies "far less in

its craft than in its affective [power]" (Horan 68-9). Critics, in fact, have been quick to group Mistral with Storni and Agustini as writers of the "sentimental experience," as "lovers of nature" who offer lessons on life, death, and suffering, which they certainly were, but their work was not always tinged with the moralist tone de Onís, in this case, projects onto Mistral (Concha).

Since Mistral "la canonizaron prematuramente [was canonized prematurely]" through this framing of "moral" teacher and woman that de Onís perpetuated, "the achievements and alliances that Mistral formed in Chile and Mexico" as well as her initial stylistic innovation have been largely ignored (Concha; Horan 67). And the attention that de Onís gave to the volume that was to be published of her "unknown" poetry obscured Mistral's previous "unpublished" or not "formally published" work, including but not limited to "some fifty-five poems in Manuel Guzmán Maturana's *Libros de lectura* (Reading Textbooks)," the various poems[2] she published in local Vicuña and La Serena papers such as *La voz de Elqui*[3] [The Voice of Elqui], and the 1914 "Sonetos de la Muerte [Sonnets of Death]"[4] that earned her first place in the Juegos Florales, a "nationwide poetry contest" hosted by the Sociedad de Artistas y Escritores (Horan 67; Concha). Not to mention the intellectuals she was already surrounding herself with; in addition to Agustini, Storni, and Ocampo, she was in touch with the Puerto Rican poet Mercedes Negrón Muñoz (a.k.a

Clara Lair), Chilean playwright Manuel Magallanas Moure, and the writer and architect Pedro Prado.

Even in terms of craft, Mistral was much more innovative than commentators on her work have often claimed. Her verses in *Desolación*,[5] "les plus beaux, les plus sobres, les plus pleins qui aient été écrits en Amérique latine [the most beautiful, the most understated, the most complete that have been written in Latin America]" as the French translator of Mistral's work Mathilde Pomès describes them, actually boast modernist techniques that rival the work of "great literary value" of Nicaraguan symbolist poet Rubén Darío, whose poetry, and not necessarily character—as is expected of women, following de Onís's hierarchy—is seen as more "virtuous" or impressive (Pomès 90; Arce de Vázquez 27). Mistral frequently employs inverted syntax to make certain words or phrases stand out or to achieve complex rhyme schemes, producing a rich lyricism and musicality that can be interpreted on many levels. She also incorporates archaisms and regionalisms, making room for language that is often left out of works of "great literary value," especially relating to agricultural work, the Andean landscape, and Indigenous populations in Chile.

A QUEER POETICS

As the state's narrative goes, Mistral started teaching in rural schools from age fifteen; she went on to teach classes in the humanities in high schools across Chile, stretching to the Magallanes region; she became a diplomat for the Chilean government; she was a devout Christian; and she frequently lived alone, as she herself asserts in a biographical note to the 1923 edition of *Desolación*. But her work should not be read and interpreted only in one light or the other; future scholarship on Mistral would benefit immensely from an intersectional and interdisciplinary approach to reconsidering the modernist techniques and queerness in her poetry.

The "queer figurations" of the roles she embraced, especially "schoolteacher" and "mother," and that were dependent on her "manipulation of the feminine in modernity" remain to be fully studied (Fiol-Matta 46). These queer figurations, I contend, are present in *Desolación* (1922). And they encompass everything that deviates from the heteronormative, operating through specific poetic devices and mechanisms, among them, the speaker's gaze and the use of sensory language. "Queer experience," Fiol-Matta states, "is at the heart of modernity," and yet even when "Mistral is one of its twentieth-century avatars," we must welcome her into this century, and reconsider *Desolación*, in particular, as a site of "unknown" interpretive possibility (Fiol-Matta 42).

Mistral's gaze, or that of her poetic speaker, is attentive and restless, and it unabashedly lingers in the contours of the faces and bodies of women, while also welcoming the gaze(s) of others, nature, or anything that may look back at her. The act of looking in her poems is one of radical sensitivity, the lines in her poems extending to make room for keen observation while recognizing that the gaze is not one-sided. Mistral teaches you how to look, and has no qualms in honing in on whatever catches her eye, which perhaps makes her gaze somewhat odd to the untrained one.

In paying attention to how gender and sexuality operate in the text, Inés and I also made sure to employ gender-neutral language, or alternate between masculine and feminine pronouns, in cases where the use of the masculine neuter in Spanish was not deliberately or explicitly gendered. For instance, in the poem "The Guardian Angel," there is scarcely a reference to the angel's gender, and though Mistral resorts to using masculine pronouns, it seems to be more of an effort to be grammatically correct (since the word "angel" is masculine in Spanish) and less so to portray a masculine figure. Our approach, then, was to replace the masculine pronouns with feminine ones, destabilizing the use of the masculine neuter while still casting the angel as a potentially gender-neutral figure. Where the word "hijo" appeared in the text, we also resorted to the gender-neutral "child" and/or used third-person, feminine, and masculine pronouns interchangeably to

preserve Mistral's not necessarily gendered, perhaps inten-
tionally ungendered verse.

DESOLACIÓN (1922), A CENTURY LATER

This centennial edition of *Desolación* (1922) is based on a
copy of the first edition that Casa Hispánica still preserves.[6]
Eunice Rodríguez Ferguson, founding editor of Sundial
House, was kind enough to provide Inés, Anne, and me with
digital copies of that first edition and of the correspondence
between Federico de Onís and Gabriela Mistral. The letters
were not included in the 1922 edition, despite Mistral's wish-
es that they serve as the "prologue" to her book. Instead, de
Onís adds a section titled "Palabras preliminares" ["Prelim-
inary Words," included in this edition] in which he either
copies verbatim or paraphrases most of what he wrote in his
letters and speaks for Mistral, twisting her words into his
desired narrative: her initial disdain for any publication offer
before de Onís's becomes a source of frustration, an inconve-
nience for the Institute; he claims she was "vencida," or that
she acquiesed to his exhortations to publish her collected po-
ems; and he repeatedly alludes to her "acento extranjero," to
her "foreignness," as the mark of a talent yet to discovered by
the literary world.

One hundred years later, *Desolación* still invites repeated
readings, but none of the existing English translations—or

into any other language, for that matter—have rendered the 1922 edition in its entirety.[7] Langston Hughes,[8] Doris Dana, and Mathilde Pomès all chose specific sections from the book to translate and incorporate into their respective *Selected Poems*. Among them are the "Canciones de cuna [Lullabies]" section and the "Poemas de las madres [Poems for Mothers]," but they are printed in such a way that they seem to be verse and not prose poems, as Mistral clearly demarcated them in the 1922 edition. In the letter to de Onís in which she reluctantly accepts his publication offer, Mistral demands that both her poetry and prose be published in the same volume, and they ended up appearing in the edition under separate sections titled "Poesía [Poetry]" and "Prosa [Prose]." In our translation, we've formatted the prose poems accordingly, even when the content in the "Prose" section has any sort of rhyme pattern or inner rhyme scheme or seems to be more aligned with verse, like the "Lullabies."

The "Sonetos de la Muerte [Sonnets of Death]," reprinted in *Desolación*, and "Poema del Hijo [A Child]" have been omitted from some collections despite how critical they've been in consolidating Mistral's image, and of the former, Hughes writes in the introduction to his 1957 volume, "[t]hey are very beautiful, but very difficult in their rhymed simplicity to put into an equivalent English form. To give their meaning without their word music would be to lose their meaning" (11). Langston Hughes rightly recognizes how difficult it is to translate her seemingly straightforward verses, for they are imbued with a musicality that is hard to replicate in English. We hope they can be more widely read and discussed in future studies of her work. Hughes's lucidly rendered translations also accompany this bilingual volume of *Desolación*.

As Marie-Lise Gazarian Gautier, a disciple and close friend of Mistral's once wrote, "[s]u prosa, no cabe duda, es lo que más se acerca a su manera de hablar y su modo de ser [her prose, no doubt, is the closest we get to her manner of speaking and her way of being]" and "la prosa y poesía que cultivó Gabriela Mistral son dos formas paralelas de su arte [the prose and poetry that Gabriela Mistral cultivated are two parallel forms of her art]" (Gazarian Gautier 17). We hope to rekindle interest in her two, closely intertwined forms of poetry in this translation of *Desolación*.

MY "THEORY OF TRANSLATION"

"I have no theories of translation," Hughes writes in his introduction to his translated poems, "I simply try to transfer into English as much as I can of the literal content, emotion, and style of each poem" (Hughes 11). Hughes, though, by saying that he attempts to transmit the "literal content, emotion, and style" of Mistral's poems, does have a "theory" of sorts: that each of these elements can be transmitted into the desired target language, in this case, English. Hughes does not mention which of them he prioritizes but he does indicate that in cases where he has not been able to convey the emotion and style and only the literal content, he hasn't translated those poems at all (11). The idea that these three elements, taken together, are necessary for a translation to take place is predicated on the belief that they are discrete aspects of a literary work; that "literary content" can be extricated from "emotion" or from "style," and while that may be true in Hughes's eyes, I have tried to stray from clearly establishing boundaries between these and more sides to her text in this translation of *Desolación* (1922). In Mistral's poems, the "literal content" sometimes doesn't make sense when translated or doesn't have an exact counterpart in English. Take the word "entrañas," which can mean "entrails," "intestines," "guts," as Hughes notes in some early drafts of his translation, but that is invested with the "emotion" of being a mother, caring for a child and thinking of them as part of who you are—beyond the belly or womb—as part of your "being," which is another possible translation ("Selected Poems").

Langston Hughes's remarks also convey the hope that the English translation will cement a domestic readership that can gain, to the extent possible, an understanding of the "foreign text" (Venuti 485). Translation theorist Lawrence Venuti talks of a certain type of domestication, one that renders the text itself more accessible to a certain global or local audience, adapting regionalisms—expressions particular to, say, the Elqui province—and metaphors to fit English language and speech conventions. While hoping to expand Mistral's readership through my translation, I by no means intend to domesticate her poetry in this sense. I have tried to invest her language with the same "emotional power" it has in Spanish, while also shining a light on the more radical—and until now, critically unexamined—use of poetic language and devices in her text that have to do with the female gaze and sensorial experience.

In "allowing a glimmer of the real Mistral to shine through," I have deployed the "transcreation" approach promoted by Japanese translator Sawako Nakayasu, who thinks of translation as a creative endeavor and questions the idea of "fidelity," or adherence to "literal content" (Bates xv). Rather than revering a text, I believe that the best way to respect it is to actually employ processes like Nakayasu's, wherein a text gains more meaning than it seems to lose and new connections can be drawn for readers of this generation.

Although an "English translation is always a different thing: it is always an English poem," as Dana notes in her "Translator's Note" to her selection of Mistral's poetry, and it might be "lesser than how [Mistral] dreamt it," quoting her "Artist's Decalogue," I've tried to render visible in English the poetic speaker's immediacy and fluidity (Dana xxvii). I focused on how Mistral uses the gaze and the act of looking to explore themes often relegated to the periphery of discussions on woman- and motherhood, like desire, self-perception, and changes in the body (e.g., see "The Rural Teacher," "A Child"). The recurring objects and subjects of the poetic speaker's gaze—strong, barren & everyday women, breasts, flesh, swollen hips, and bodily wonder & decay—are all brought to the forefront for future analysis in this translation. If I've domesticated Mistral's work at all, it's been by bringing the "interior and domestic sphere" into the "public" one, reinterpreting her prose and poetry as "modern" and renewing the radicality of her work (Munnich 16).

A "SELFISH WORK"

In a note attached at the end of her "Poemas de las madres," Mistral describes this section and the rest of the poetry in the edition as "selfish work." She says so in the context of women who had complained that her poems for mothers were too concerned with the "cruel" realities of being a mother, with anything that did not have to do with the worries of "chaste" women. They, like the men Mistral writes about at the end of the book in her Vow, seemed to suggest that it was too uncomfortable for them to read, that it was too "bitter" a book for those to whom "life feels like sweetness." Yet Mistral wasn't looking for their approval, nor that of de

Onís and other men who had offered to publish her work for that matter. She opted to write about and disseminate the voices of women rarely given the spotlight in the world of "great literary" texts. For this reason, I hope our translation of *Desolación* remains her own "selfish work," giving it back to her to make her lyrical complexity and distinct poetic voice even more evident.

By choosing not to domesticate her or her work and instead translate the first volume of her poetry the way she herself would have preferred, embracing and not discarding traces of her persona, I aim to provide new avenues through which to study the not-so-elusive Mistral. In translating *Desolación*, I wish to promote comparative studies of her work and enhance it by allowing scholars to hear from a young Mistral.

Admittedly, I operate as a cultural mediator between audiences in the U.S. and her reception in Chile, and as a non-Chilean Latinx translator, I am indeed limited by linguistic and regional borders. But I have nevertheless strived to narrow these gaps while also allowing Mistral the rightful temporal and spatial distance she deserves or that her poems seem to insist on. I hope that Inés, Anne, and I have produced a translation that renders Gabriela Mistral's poetry accessible yet not too simplified, both innovative and traditional, both urban and rural, and, above all, queer and unforgettable. I suggest we all go back to her words and to her archive in search of anything that counters the prototypical image of Mistral—only then will she be reborn according to her very selfish wishes.

ACKNOWLEDGMENTS

I thank, first and foremost, Eunice Rodríguez Ferguson, for her continued support and guidance as I took on the almost impossible task of translating Gabriela Mistral and that "branch bloodied a bit with [her] verses." I owe her the freedom I had to delve into Mistral's world and investigate my topics of interest. I am also incredibly grateful to my brilliant fellow translators, Inés Bellina and Anne Freeland, for showing me new ways to read and appreciate Mistral. And I am profoundly indebted to our meticulous editors, Lizdanelly López Chiclana and Silvina López Medin, for their tremendous insight, boundless generosity, and keen eye for detail.

I am lucky to have had the support of Barnard Archives and Special Collections Director Martha Tenney and the rest of the staff at the Barnard Archives, who were kind enough to allow me to browse the Gabriela Mistral collection during my research. I cannot wait to see what else researchers do with the collection in the years to come, and I hope this volume inspires readers and scholars to keep engaging in the conversation surrounding the inimitable Mistral.

I am grateful to Professor Bruno Bosteels, Professor Graciela Montaldo, and Professor Isabelle Levy for inspiring many of the directions that I took throughout my research and strategies that I adopted for my translation. I am profoundly thankful as well to my LAIC and ICLS communities for their feedback and advice, along with the friends and family whose warm gazes and embraces nourished me throughout this project.

Lastly, I am thrilled that etchings by Rafael Lara and his wonderful students at the Academia de Artes Islas al Sur in Chiloé lovingly adorn this edition and its cover, making Gabriela's dream of pairing her poems with art come true in the best way possible.

Notes

1   Horan suggests that de Onís's insistence on the relevance of Mistral's poetry to women, in particular, demonstrates "the division in [Mistral's] readership . . . between patronizing male critics and [supposedly] empathizing female peers" (68). Here, we see an appeal to the generic referent of "woman," whom "all women" are meant to identify with (Galindo 35).

2   She wrote these poems under other pseudonyms, including "Alguien [Someone]," "Alma [Soul]," and "Soledad [Loneliness]" (Concha).

3   Named after the river that runs from the west Andes to the Pacific Ocean, Elqui is the province in Chile where Vicuña is located and where Mistral was born and grew up.

4   Mistral wrote the "Sonnets of Death," also published in *Desolación* (1922), after her lover, Romelio Ureta, died by suicide in 1909 (Con-

cha). Many critics have analyzed the poems as grief-stricken elegies for Ureta. Though inspired by this tragic event, the "Sonnets of Death" are by no means only limited to this interpretation.

5 Mistral wrote *Desolación* during her time in the Patagonia region, which she herself recalled as a depressing, desolate time. But it perhaps is too reductive to ascribe the pain and beauty found in her poetry to an entire era of Mistral's life.

6 To learn more about this copy and the correspondence between de Onís and Mistral that Rodríguez Ferguson recovered, read "Siguiendo las huellas de Gabriela Mistral en Nueva York [Finding Traces of Gabriela Mistral in New York]" by Jorge Ignacio Covarrubias in *Revista Mapocho*, no. 68, 2010. http://www.memoriachilena.gob.cl/archivos2/pdfs/MC0048556.pdf

7 There is one entire bilingual volume of *Desolación* translated by Michael P. Predmore and Liliana Baltra, but it is based on the 1923 edition.

8 Hughes's 1957 translation of Mistral's poems is understudied. I could not find a single article on his translation or his interest in the work of Mistral. Hughes did translate other Latin American authors, however, including Cuban poet Nicolás Guillén.

Bibliography

Arce de Vázquez, Margot. *Gabriela Mistral: Persona y Poesía*. Ediciones Asomante, 1958.

Bates, Margaret. "Introduction." *Selected Poems of Gabriela Mistral: A Bilingual Edition*. Translated and edited by Doris Dana, woodcuts by Antonio Frasconi, Johns Hopkins UP, 1971.

Columbia University Record. October 14, 1994, vol. 20, no. 6.

Concha, Jaime. "Introducción." *Gabriela Mistral*. Ediciones Universidad Alberto Hurtado, 2016.

Covarrubias, Jorge Ignacio. "Siguiendo las huellas de Gabriela Mistral en Nueva York." *Revista Mapocho*, no. 68, 2010. http://www.memoriachilena.gob.cl/archivos2/pdfs/MC0048556.pdf

Dana, Doris. "Translator's Note." *Selected poems of Gabriela Mistral: A Bilingual Edition*. Translated and edited by Doris Dana, woodcuts by Antonio Frasconi, Johns Hopkins UP, 1971.

Díaz Casanueva. Humberto, et al. *Gabriela Mistral*. Veracruz, México: Centro de Investigaciones Lingüístico-Literarias, Instituto de Investigaciones Humanísticas, Universidad Veracruzana, 1980.

Fiol-Matta, Licia. "A Queer Mother for the Nation Redux: Gabriela Mistral in the Twenty-First Century." *Radical History Review*, vol. 120, 2014, pp. 35–51.

— . "'Race Woman': Reproducing the Nation in Gabriela Mistral." *GLQ: A Journal of Lesbian and Gay Studies*, vol. 6, no. 4, 2000, pp. 491-527.

Galindo, María. *No se puede descolonizar sin despatriarcalizar: Teoría y propuesta de la despatriarcalización*. Mujeres Creando, 2013.

Gazarian Gautier, Marie-Lise. "La prosa de Gabriela Mistral, o una verdadera joya desconocida." *Revista Chilena de Literatura*, no. 36, 1990, pp. 17-27.

"Guide to the Gabriela Mistral Collection." Barnard Archives and Special Collections. Gabriela Mistral Collection, 1923-1995; Box and Folder; Barnard Archives and Special Collections, Barnard Library, Barnard College.

Holca, Irina. "Sawako Nakayasu Eats Sagawa Chika: Translation, Poetry, and (Post)Modernism." *Japanese Studies*, vol. 41, no. 3, 2021, pp. 379-94.

Horan, Elizabeth. *Gabriela Mistral: An Artist and Her People*. Organization of American States, 1994.

Hughes, Langston. "Introduction." *Selected Poems of Gabriela Mistral*. Indiana UP, 1957, pp. 9-12.

Mistral, Gabriela. *Desolación*. Instituto de las Españas en los Estados Unidos, 1922.

— . *Bendita mi lengua sea: diario íntimo*. Compiled by Jaime Quezada. Catalonia, 2019.

— . *Poemas de las madres. 63 dibujos de los cuadernos diarios de André Racz, con un estudio crítico por Antonio R. Romera*. Editorial del Pacífico, 1950.

Molina, Julio Saavedra. "Gabriela Mistral: Vida y obra." *Revista Hispánica Moderna*, vol. 3, no. 2, 1937, pp. 110–35.

Moraga, Ana M., ed. Gabriela Mistral: *Álbum Personal*. Pehuén, 2008.

Munnich, Susana. Gabriela Mistral: *Soberbiamente Transgresora*. LOM Ediciones, 2005.

Pomès, Mathilde. Gabriela Mistral: *présentation par Mathilde Pomès*. Seghers, 1963.

"Selected Poems of Gabriela Mistral, Notes." 1957. https://collections.library.yale.edu/catalog/17426422.

The Nobel Prize in Literature 1945. NobelPrize.org. Nobel Prize Outreach AB 2023, 26 Aug 2023. https://www.nobelprize.org/prizes/literature/1945/summary/.

Venuti, Lawrence. "Translation, Community, and Utopia." *Translation Changes Everything: Theory and Practice*. Routledge, 2013, pp. 468-88.

"C/T de Chilwe" (2023) by Víctor Manuel Levin Santos

Translator's Note

INÉS BELLINA

WHEN I was invited to join the team of translators for the bilingual edition of *Desolación*, it had been several years since I had read Gabriela Mistral's poetry. I was well aware of her importance as a Nobel laureate, as one of Chile's preeminent literary figures, and as one of the few women included in the ever contested—and always unsatisfying—list of canonical Latin American titles. Yet my relationship to her words had been relegated to the historical and referential, rather than the visceral and emotional.

Therefore, my first step in approaching this daunting task was to reacquaint myself with her poetry as a reader, instead of a scholar or even a translator. There were, of course, certain characteristics that clearly situated her writing in a particular temporal and geographic context. Mistral's use of language, especially her wholehearted adoption of regionalisms, is hyper-reflective of her rural upbringing. The Chilean landscape was a constant source of inspiration, as was the use of Catholic imagery as an intellectual and cultural anchor. Her odes to national and Latin American literary figures also speak of a young nation finding its footing.

Yet what struck me about her verses was how urgent they felt, despite the century that has transpired since their publication. So many of Mistral's existential preoccupations continue to resonate today—the contested status of women's role in society, the indignities suffered by marginalized and vulnerable populations, the painful experience of denied motherhood, the overwhelming sense of loss and grief that accompanies our daily lives, the expression of sexual desire to a world that would prefer to keep it taboo. This emotional immediacy drew me in to her work and would be my guiding light as I embarked on the challenging and rewarding responsibility of translating her poetry into English.

I hold two firm beliefs regarding literary translation. First, that it is a form of creative writing, not a question of fealty, that invites a reader to experience the translator's own relationship to the original work. At its best, a translation can offer a riveting and revealing interpretation of the original, but it cannot be a faithful rendition of the original. This leads me to my second belief: a translator leaves a bit of destruction in her wake. The sacrifices are often necessary to move forward with her responsibility, but they are sacrifices, nonetheless. They tend to reflect the translator's priorities and sensibilities. She may mourn what is left behind, but it is in service to the greater good.

When it came to my approach, I sought to recreate for the English reader the same intimacy I felt as I experienced Mistral's work in Spanish. My goal was to erase as many barriers as I could between the palpable vulnerability of her verses and the audience. For that reason, I decided to privilege meaning over stylistic considerations, especially with regards to rhyme. This is not to say that I failed to consider Mistral's masterful lyricism. I tried to maintain the cadences of poems, emulating the number of syllables in a verse as closely as possible or opting for words that had a Latin root if I felt they echoed the rhythm of the original. I also tried to mirror her obfuscating syntax in poems where such constructions were used to enhance the word's emotional realms.

I did not force rhymes, however, at the expense of the spirit of the poem or its emotional bent. The loss of rhyme may constitute a distraction, a lingering presence of the untranslatable for some readers yet I am at peace with the limitations of the exercise.

Similarly, there were handful of words and Chilean terms that I felt were most potent in Spanish. The most notable example of these is "campesino." The figure of the "campesino" has often been invoked to reify national identities, to mobilize political ideologies, and to romanticize traditions that stand in sharp contrast to the more cosmopolitan and Euro-centric impulses of established elites. (This is not to say that its uses are above criticism or conflict, nor that it has always been manipulated in good faith.) In such instances, to translate terms like "campesino" might diminish the reader's experience.

My approach to capture Mistral's undeniable voice benefited from my collaboration with Anne Freeland, Silvina López Medin, and Eunice Rodríguez Ferguson. I am also grateful for the opportunity to share this project with Alejandra Camila Quintana Arocho, whose dedication has been illuminating. Their collective expertise and our lively conversations over each verse, and at times over a single word, have only deepened my understanding and admiration of Gabriela Mistral's craft.

Desolación

*To Mr. don Pedro Aguirre Cerda and
to Mrs. doña Juana A. de Aguirre,
to whom I owe the peaceful hour I enjoy.*

"Paisaje de Achao en Chilwe" (2022) by Franchesca Aguero

Poetry

I

Life

RODIN'S *THE THINKER*

For Laura Rodig

His chin resting on a rough hand,
The Thinker remembers he's flesh for the grave,
mortal flesh that before fate naked stands,
flesh that abhors death, and with beauty, he quaked.

And he quaked with love, his whole scorching spring,
and now that in fall, he's flooded with truth and tears.
Across his brow sweeps the only certainty life brings,
in all its piercing bronze, when night nears.

And in this anguished state, his muscles split asunder.
Every groove in his flesh fills with terror.
Like the autumn leaf, he cleaves for the Lord full of
    strength

who beckons him from the bronze . . . and there's not a
    tree bent
by the sun across the plain, nor a lion with rent
flank frayed like this man reflecting on death.

BISTOLFI'S CROSS

Cross that no one sees but we all feel,
the invisible and the true like a broad mountain:
we sleep on you and on you we live;
your two arms rock us and your shadow bathes us.

Love feigned a bed for us, but it was
only your living hook and your naked log.
We thought we were running free through the meadows
and we never descended from your tight knot.

With the blood of all mankind fresh is your timber,
and over you I inhale my father's wounds,
and on the dreamlike nail that wounded him, I die.

It's a lie that we've seen nights and days!
We were fastened, like a child to its mother,
to you, from the first cry to the last throes!

TO THE EAR OF CHRIST

For Torres Rioseco

I

Christ, of the flesh sliced open;
Christ, of the veins emptied in rivers:
these poor people of the century are dead
of laxity, of fear, of cold!

At the head of their beds you are,
if they have you, too gory a form,
without that softness women love
and with those marks of violent life.

They won't spit on you, thinking you mad,
nor are they capable of loving you,
with their lax and wilted spirits.

Because like Lazarus they already reek, already reek,
so as not to disintegrate, they prefer not to move.
Neither love nor hate will pry cries from them!

II

They love elegance of manner and color,
and in your wincing on the wood,

in your sweating blood, your last tremor
and the purple radiance of the whole of Calvary,

they sense exaggeration
and plebeian taste. That You should have cried
and experienced thirst and tribulation,
does not draw two clear teardrops from their eyes.

They have the opaque eye of barren tinder,
without the virtue of weeping, which cleanses and
    restores;
they have a mouth like a loose bud

wet with lasciviousness, neither firm nor red;
and as of the end of autumn, thus, limp
and impure is the apple of their heart!

III

Oh Christ! May pain bring back to life
the soul you gave them that has fallen asleep,
may it be revived deep and sensitive,
a house of sorrow, passion, and cries.

Hooks, irons, claws, may their flesh split
like burnt sheaves are split;

may flames seize their dry bough,
flames of torture: shackles, blades!

Tears, warm torrents of tears
renew the turbid crystal eyes
and bring back the old fire of sight!

Make them sprout again from their entrails, Christ!
If it is no longer possible, if You yourself have seen it,
if they are threshed straw . . . swoop down to winnow!

FOR THE HEBREW PEOPLE

(Massacres in Poland)

Jewish race, flesh of sorrows,
Jewish race, river of bitterness:
like the heavens and the tough earth,
your forest of clamors still grows.

They've never let your wounds aerate;
They've never let you stretch out in the shade,
to wring out and change your bandage,
redder than any rose.

With your moans, the world has been lulled,
and they play with the strands of your tears.
The furrows of your face, which I dearly love,
are as deep as the wounds of the mountains.

Trembling, women rock their children,
trembling, men reap their sheaf.
In your dreams the nightmare was plunged
and your word is solely Miserere!

Jewish race, and yet you still have the grit
and a voice like honey to praise your hearths,
and recite the Song of Songs
with broken tongue and lips and heart.

In your women, Mary still walks.
On your face is the profile of Christ;
On Zion's slopes they've seen him
call for you in vain, when the day dies . . .

That your pain in Dimas looked at Him
and He told Dimas the immense word,
and to anoint his feet, He looks for
Magdalene's braid. And finds it bloodstained!

Jewish race, flesh of sorrows,
Jewish race, river of bitterness.
Like the heavens and the tough earth
your forest of clamors still grows!

GOOD FRIDAY

The sun of April is still burning and good
and the furrow, in its waiting, shines;
but today do not fill the longing of its breast,
for Jesus suffers.

Do not dig up the soil. Leave, meek,
the hand on the plow; scatter the grain
when our hope has been returned to us,
for Jesus is still suffering.

He has sweat blood under the olive trees,
and heard the one he loved deny him three times.
But, rebellious with love, his heart still beats,
he suffers still!

Because you, laborer, sow seeds with hate
and I am filled with bitterness when night falls,
and a child today wanders like a man crying,
Jesus suffers.

He is still on the cross
and his lip trembles with a tremendous thirst.
I hate my bread, my verse, and my joy
because Jesus suffers!

RUTH

For González Martínez

Ruth the Moabite to glean the fields goes,
though she owns not a meager terrain.
She thinks God claims the meadows
and that she gleans in divine domain.

The Chaldean sun stabs her back,
awfully bathes her leaning body;
her light cheek burns with fever, her flank
surrenders to exhaustion.

Boaz sits on the bountiful grain.
The wheat field's an infinite wave,
from the mountains to his resting place,

for the path is submerged in its plenty . . .
And through this golden wave Ruth the Moabite
comes, gleaning, to find her destiny!

Boaz looked at Ruth, and to the harvesters
said: "Let her gather at ease . . ."
And the gleaners smiled, seeing the enraptured
absorption of the old man's gaze . . .

His beard was two flower paths and
his eye sweetness, repose his countenance;
his voice went from hill to mountain,
but it could put a child to sleep at once . . .

Ruth looked at him from head to toe,
letting her eyes wander down, quenched,
like one who drinks from the vast stream as it flows . . .

Back at the village, the lads
she found looked at her trembling.
But in her dream her husband was Boaz . . .

And that night the patriarch in the field
seeing the constellations that beat with yearning,
remembered the promise by God upheld
of granting Abraham more children than stars shining.

And he sighed for his empty bed,
prayed crying, and made room on his pillow
for she who, as the dew descends,
would come in the night, like a shadow.

Ruth saw in the stars the eyes full of tears
of Boaz calling her, and trembling,
left her bed, and went out to the fields . . .

The just one slept, all peace and beauty.
Ruth, quieter than a vanquished spike of wheat,
her head on Boaz's chest gently laid.

THE STRONG WOMAN

I remember your face, fixed in my mind for days,
you, woman with the blue skirt and tanned forehead,
whom in my youth and on my own land of ambrosia haze
I saw open that black furrow in the blistering April heat.

In the tavern, drunk, he raised a sinful glass—
the one who thrust a child upon your lily breast,
and as that memory simmered, and burnt you at last,
you let the seed fall from your hand, at rest.

I saw you, in January, reaping your child's wheat,
and I couldn't take my eyes off of you,
    uncomprehendingly,
wide as much with wonder as with weeping.

And I'd still kiss the mud on your feet
because with your face, a hundred worldly women can't
    compete.
My song follows you still, your shadow in the furrows—
    everlasting.

THE BARREN WOMAN

The woman that has no child to rock or embrace,
whose warmth and scent might reach her inner being,
carries a world of laxity in its place;
her heart is bathed in anguish to the brim.

The lily reminds her of an infant's temples;
the Angelus another mouth entreats,
and the diamond breast's fountain wonders
why her lip shatters the crystal peace.

And contemplating her eyes, the hoe she sees;
thinks she won't blissfully behold in a child's eyes
when her own are emptied, October's foliage.

Trembling doubly, she hears the wind in the cypresses.
And a pregnant beggar, whose breast flourishes
like the January grain, envelops in shame her visage!

A CHILD ALONE

For Sara Hübner.

As soon as I heard the cry, I stood on the bend,
and went to the ranch door down the incline.
A child with kind eyes looked at me from his bed
and a great tenderness intoxicated me like wine!

The mother was late in coming, bent over the fallow land;
the child awakened and sought the rose nipple, breaking
into tears . . . I held him against my heart, and
a lullaby arose from within me, trembling . . .

Through the open window, the moon gazed at us.
The child now slept, and the song bathed, thus,
like another gleam, my now fulfilled heart.

And when the woman, trembling, opened the door,
such utter bliss she must've seen my face bore
that she left her sleeping child in my arms to rest!

SONG OF THE JUST

Bosom of my Christ,
more than the sunsets,
more, bloodstained;
since I saw you
I have dried my blood!

Hand of my Christ,
that like another eyelid
cries slashed:
since I saw you
mine does not implore!

Arms of my Christ,
arms wide open
with no refusal:
since I saw you
my embrace exists!

Side of Christ,
another open mouth
watering life:
since I saw you
I have ripped open my wounds!

Gaze of Christ,
not turning to His body,
it was raised towards Heaven:
since I saw you
I don't look at my life
that is bloodstained!

Body of my Christ,
I look to you expectantly
still crucified.
I will sing
when they unnail you!

When will it be? When?
For two thousand years I have
waited at your feet,
and I wait weeping!

TORTURE

For twenty years I've had in my flesh sunk
—and the dagger is searing—
a huge verse, a verse with the crests
of a high tide.

Harboring it obediently, its majesty
tires my entrails.
With this poor mouth must it be sung,
sullied with lies?

The obsolete words of men
don't have the heat
of its tongues of fire, its vivid
undulation.

Like a child, by my curdled blood
it is sustained,
and no child drank more blood
from a woman's breast.

Awful blessing! Long burn
that makes me howl!
He who came to nail it in my flesh,
have mercy!

SERENE WORDS

In the middle of my days already, I glean
this truth with the freshness of a flower.
Life is gold and the sweetness of wheat,
hate is fleeting and love is boundless.

Let us replace that inventory
of bitter blood with this smiling verse.
Divine violets bloom, and the wind
carries a scent of honey over the acres.

Now I understand not only he
who prays, but who bursts into song.
Our thirst is long, the hill is steep,
but in a lily, our meandering gaze is caught.

Our eyes grow heavy with tears
and a brook makes us smile;
a lark whose rising song we hear
makes us forget it's hard to die.

Nothing can pierce my flesh now.
The boiling ended with love's sweep.
My mother's gaze still nourishes me, my brow
soothed by God's hand lulling me to sleep!

IN MEMORIAM

Amado Nervo, soft profile, smiling lips;
Amado Nervo, verse and heart at peace:
as I write, you have a gravestone over your brow,
immensely your shroud lowers into the snow
and the tremendous whiteness falls over your face.

You would write to me: "I'm sad like the lonely,
but I have dressed my trembling with serenity,
my atrocious anguish with the shroud and ossuary,
and the intense yearning for Jesus Christ, my Lord!"

To think there's no hive that offers your sweetness;
that amongst the languages of hate you were a language
    of peace;
that the song which lulls bitterness is leaving,
that there will be tribulation and you won't respond!

From where you sang, my day would rise.
A hundred nights to sleep your verse has carried me in
    peace
I was still heroic and strong, because I still had you;
your radiance fell over all confusion.
And now you are silent, dust, and are no more.

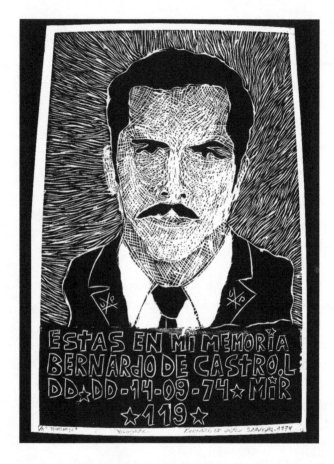

"Homenaje" (1974) by Bernardo de Castro Saavedra

I never saw you. I will not see you. My God has made
    it so.
Who put your hands together? Who said, voice broken,
the prayers for the dead at the side of your bed?
Who brought God's stupor to your eyes?

I still have days left under the suns. When
to see you, where to find you and give you my affliction,
above the Southern Cross that sees me shaking,
or beyond, where the winds start to quiet,
and, because it is impure, won't reach my heart?

Remember me—sad mud and ash—
when you're in your kingdom of enraptured sapphire.
In God's shadow, cry out what you knew:
that we are orphans, that we walk alone, that you saw us,
that all anguished flesh begs to die!

FUTURE

Winter will roll in, white,
over my weeping heart.
It'll irritate the light of day.
My song will tear me apart.

That lock of straight,
delicate hair will tire my forehead.
And I will die of the scent
of violets in June!

My mother will have ten palms
of ash on her temple.
She won't glean between my knees
a child as blonde as the grain.

Because I rummaged in the graves
I won't see sky or field.
For stirring them, madness
will lodge within my breast.

And as the features of the one
I seek are jumbled
when I go into the Wide Light,
I'll never find him.

TO THE VIRGIN OF THE HILL

To drink light on the hill,
they put you like an open lily,
and on you a smooth hand falls
near the poplar of my orchard.

And I have come to live my days
here, under your white feet.
On my naked and cold door
your own cloak casts a shadow.

At night, the dew washes
your cheeks like a flower.
If for one night this breast of mine
could be washed by your love!

Thicker than the dark moss
of the grottos are my faults;
more stubborn, I assure you,
than your rock, is my heart!

And how evasive of your bounty
And how bitter, even when I loved!
Asleep, temples broken,
was my soul and I did not save it!

Pure, pure Magdalene
who naively loved in clarity.
I hid my love in my veins.
There will be no pity for me!

Oh! believing I had given so much
I see that I gave a glass of bile!
What I pour are delayed tears.
For not having cried, woe is me!

Mother of mine, but you know:
I was wounded more than I wounded.
Your open cloak cannot hold
the brine I drank.

In your hands I don't shake off
the thorns that are on my temple.
If I tie my sorrow around your neck
I could choke you as well!

How much light the mornings bring!
I no longer enjoy their sapphire.
Only your knees draw me in
like a child who must go to sleep.

And although the paths always call
and remember my bold step,
your lap only I love
because it will depart no more . . .

Now I'm offering verses and tears
to the fire of your gaze.
Your own cloak gives me shade.
If you wish, I will cleanse myself.

If you call me I'll go up the slope
and at your crag I will fall.
You'll shelter me against your breast.
Those of the valley need not know . . .

Death's restlessness now
troubles my soul at nightfall.
A strange fear dwells in my flesh.
If you are silent, what will I do!

TO JOSELÍN ROBLES

(On the anniversary of his death)

Poor friend! I never knew
your countenance or your voice;
only your verses told me
that in your lyrical heart
the twenty-year-old dove
had a moaning throat!

(Some verses were translucent
and gave off crystal bells;
others had a placid
way of sobbing.)

And now? Now in every wind,
across the plain or across the sea,
under the mauve of twilight
or summer's full moon
you play the docile pan flute,
—much more mild and musical—,
without the uncontrollable quiver
I have when I babble
the invariable livid question
with which I claw the darkness!

You, who already know, have God's
gentle speech and song;
I bite a verse of madness
every afternoon, the sun dead.

Sweet poet, in the clouds
that now ripple south,
may God draw your countenance
in two sober touches of light.

And I will listen to the accents
in the fountain's foam,
so that I may know by your gesture
and recognize you by your voice,
if the full moons don't see
your scarlet heart!

CREDO

I believe in my heart, a branch of scents
my Lord like foliage shakes,
perfuming all of life with love;
everything holy it makes.

I believe in my heart, heart that has
nothing to ask because there's no greater
dream than its own, and in this dream,
it embraces everything—great creator!

I believe in my heart that, singing,
dips in the deep God its torn
flank to come out of the pool
alive as a newborn.

I believe in my heart, heart that flutters,
because it was made by he who churned the seas,
and in which Life, like the high tide,
makes its plans with ease.

I believe in my heart, which I wring out
to dye life's parchment
red or pale, and which has made of it
a flaming garment.

I believe in my heart, the one that sowing
in an endless furrow made grow.
I believe in my heart, never emptied
though perpetually it flows.

I believe in my heart, which worms
dare not bite, for they would gnaw at death;
I believe in my heart, leaning
against the awesome and strong God's chest.

"Canales de Luz" (2022) by Jessica González

THE RESTLESS SHADOW

I

Flower, flower of my race, restless Shadow,
how sweet and terrible your evocation!
Ecstasy's profile, silhouette of flame,
temples of tuberose, speech of song;

Long mane like a warm cloak,
pupils pleading, quivering bosom;
deep eyes to hold more weeping;
fine breast into which to bore.

For being so soft, so tall, so beautiful, damned!
seven times fatal; fatal, poor thing!
for her deep gaze and deep thought.

Oh! may whoever condemns you, see your beauty,
look at the bitter world, measure your sadness
and, blushing, break into tears!

II

What rivers and fountains of teeming basin,
what generous and fresh bounty

of waters, for our singed mouth!
And the soul, orphan, dying of thirst.

Panting with thirst, mad with infinity,
dead of sorrow, your soul, clamoring,
voiced your immense yearning in prayer and cry:
Hagar from the vast scorching wasteland!

And to give you lasting, lasting, lasting water
Christ made your body silent and lethargic,
and attached it to his wide satiating spout . . .

Those who are quick to curse your doubt,
should place their hands over their hearts and swear:
"My faith knows no perturbation, Lord."

III

And now that her sole does not snap the grass
of our paths, and in our walk
we notice her figure, waving flame,
painting the fields with light, is gone,

those of us who loved her below, let's latch
our lips to the earth, and to her heart,

cup of sweet ashes, and mumble
this formidable question:

Is there enough blue milk of moons above,
enough glorious light of flaxen summers,
enough distinguished and deep virtue of ablutions

to clean, to wash, to whiten the umber
hands that bled with hooks and in rivers
—oh, dearly departed!—the flesh of your heart?

———————————

Author's note: This poem is a commentary on a book of the same title, which was written by the Chilean prose writer, Alone. The main character is an artist who lived a painful life.

II

The School

For the schoolteacher
Miss Fidelia Valdés Pereira,
with gratitude

"Mi casa de Chilwe" (2022) by Catalina Hemmelmann

THE RURAL TEACHER

For Federico de Onís

The Teacher was pure. "The gentle gardeners,"
she would say, "of this domain, which is the domain of
    Christ,
should ensure their eyes and hands remain pure,
keep their oils clear, to give clear light."

The Teacher was poor. Her kingdom is not human.
(Like the aching sower of Israel.)
She wore drab skirts, unadorned her hand.
And all her spirit was a great jewel!

The Teacher was cheerful. Poor wounded woman!
Smiling was her way of crying with kindness.
Above the sandal reddened and broken,
her smile was the rare flower of her saintliness.

Sweet being! In her river of honey, abundant,
unceasing pain nourished her tigers!
The iron that ripped open her bountiful breast
made her basins of love grow wider!

Oh, you, farmer, whose child from her lips learned
the hymns and prayers—you never saw the glow

of the captive star that in her flesh burned:
you passed without kissing her heart in flower!

Campesina, do you remember pinning
her name to a cruel or petty remark?
You looked at her a hundred times, not seeing.
And there's more of her than of you in your child's plot!

She passed through him her fine, delicate plow,
opening furrows where perfection might reside.
The virtuous dawn that gently snows down
is hers. Campesina, won't you apologize?

Her split holly oak cast its shadow deep
as a forest on the day death bid her leave.
Thinking her mother awaited her asleep,
she gave herself to the Deep-Eyed One freely.

And on her God, like on a lunar cushion, she's fallen
    asleep;
the pillow of his temples, a galaxy.
Our Father sings her lullabies and peace
rains on her heart eternally!

Like a brimming cup, her soul was made
to scatter pearls over humanity;

and her human life, the opened space
through which Our Father showers clarity.

That's why the dust of her bones sustains still
a violent blazing bush of purple rose.
And how they perfume, the sexton tells,
the soles of those who tread upon her bones!

"Polluelo" (2022) by José I. Moreno

THE EVERGREEN OAK

For Brígida Walker

I

This soul of a woman, virile and delicate,
sweet in gravity, severe in love,
is a splendid oak of perfumed shade,
through whose rough arms a blooming myrtle climbs.

Dough of soft tuberose, dough of strong oaks,
they kneaded the pink flesh of her heart,
and though she is haughty and hardy, if you look closely,
    you'll discern
a rustling of her leaves that is a rustling of emotion.

Two thousand larks learned to chirp
in her, and to all the winds they scattered
to populate the skies with glory. Noble oak,

let me kiss you on your wounded trunk,
that with right hand raised, your sacred sturdiness
blesses perpetually, like a divine form!

II

The weight of nests—heavy!—hasn't overwhelmed you.
Never did you think of shaking off that sweet burden.
No care has disturbed your sensitive canopy
but that of being wide and thick and knowing how to
    shield.

Life (a wind) blows through your vast foliage
like a spell, without violence, without voice;
tumultuous life knocks on your cordage
with a serene rhythm that is the rhythm of God.

From sheltering nests so long, from so much sheltering of
    song,
from making your breast such fragrant warmth,
from so much service, and giving so much love,

your whole heroic trunk has become, evergreen oak, holy.
Beauty is made immortal in your foliage,
and autumn will pass without touching your verdure!

III

Oak, noble oak, I'll sing you my song!
May bitter tears never flow from your trunk,

may the woodcutter of human wickedness
prostrate himself before you and lay down his axe;
and when God's lightning wounds you, may it become
    tender
and broad like your breast, the breast of the Lord!

"Montañas de Flores" (2022) by Sofía Lisboa Hernández

THE LUMINOUS CIRCLE

For my sister

Circle of girls,
circle of a thousand girls
around me:
Oh, God! I reign over this glow!

On the barren land,
on that desert
bitten by the sun,
my circle of girls
like an immense blossom!

On the green plain,
at the foot of the hills
that strained the voice,
the circle was one
divine tremor!

On the immense steppe,
on the rigid steppe
of desolation,
my circle of girls
burned with love!

In vain you want
to drown my song:
a million children
sing it in a circle
beneath the sun!

In vain you want to
break my stanza
of tribulation:
the circle sings it
beneath God!

Children's Poems

DAILY PRAYER

For Miss Virginia Trewhela

On this new day
you grant me, oh Lord!
give me my share of joy, and a way
myself to transform.

Give me, God, the gifts of health,
faith, passion, and courage,
the attendants of youth;
and the harvest of truth,
reflection and wisdom,
the wealth of old age.

What fortune, if at the end of the day,
I carry one ounce less of hate;
if one more light guides my way,
and one more error I have erased.

And if no tear's been shed
for my lack of grace
and if someone felt a shred
of joy in my embrace.

May every stumble along the path
serve to acquaint me
with every treacherous boulder that
my base eye couldn't see.

And stronger may I stand again,
without protest or blasphemy.
And may my hope gild the lane
and make me love it perfectly.

May I give my utmost
in acts, love, and kindness
due to every being:
to the flower, perfumes sublime,
and white clouds to the sea.

And may at last my century, vain
in its material splendor,
not make me forget I'm clay
and to death I must surrender.

May I love all beings on this day;
in every hardship find the light.
May I love my delight and my pain:
may I love the trial of my plight!

"Wetripantu. La nueva salida del sol, cucao-contento (Chiloé – Chilwe)" (2022)
by Vilica Gómez Arévalo

LITTLE FEET . . .

For Jorge Guzmán Dinator

Little feet of children,
bluish from the cold,
How can they see you and not cover you,
  Dear Lord!

Little feet, sore
from the pebbles and all,
abused by the snow
  and mud!

The blind man knows not
that wherever you walk,
a flower of vivid light
  you leave behind;

that wherever you set
your little bleeding sole,
the tuberose grows more
  fragrant.

Be, since you march
down righteous paths,

as heroic as you are
  perfect.

Little feet of children,
two suffering little gems,
How do people walk by, without
  seeing you!

WHITE CLOUDS . . .

—White sheep, sweet sheep whose fleece
swells like tulle,
like women, your prying faces appear
behind the blue hill.

It seems you're checking the sky or the weather,
with a childlike fear,
or that, to move on, you're awaiting an order.
Do you, then, have a shepherd?

—Of course we have a shepherd:
the errant wind, it's him.
And sometimes he treats our fleece with love,
and with anger other times.

And sometimes he sends us north or he sends us south,
He commands and we must go . . .
But he is, through the infinite blue prairies,
wise in his guidance.

—Sheep of snowy fleece,
do you have a master and lord?
And if he has entrusted his divine livestock to me,
wouldn't you want me for a shepherd?

—Of course the beautiful herd
has a master, over there.
Behind the tremulous gold of the tremulous star,
the shepherd, they say, is there.

Following us through this valley so wide
may tire you.
Those are also your sheep of delicate fleece . . .
Will you abandon them?

AS THE SNOW FALLS

The snow has fallen, divine creature,
    to explore the valley.
The snow has come down, the star's wife.
    Let's watch her fall!

Sweet! She comes without a sound, like gentle beings,
    wary of causing harm.
Just as the moon falls and dreams fall.
    Let's watch her come down!

Pure! Watch as she embroiders your valley
    with her light blossom.
She has sweet fingers so light and subtle
    that graze without touching.

Beautiful! Don't you think it's the magnificent gift
    of a high Giver?
Behind the stars, her wide peplum of silk
    Is torn without a murmur.

Let her dissolve her feathers on your forehead
    and fasten her flower to you.
Perhaps she brings a message for mankind,
    on behalf of the Lord!

"Naturaleza" (2022) by Francisca Cerda Navarro

PLANTING THE TREE

Let's open the sweet earth
with love, with lots of love;
this is an act that beholds
the greatest of mysteries.

Let's sing, while the stem
touches the maternal breast.
A baptism of light strikes
the pyramidal cone.

We will entrust it now
to the good Water, and to you,
noble Sun; to you, Lady
Earth, and to the good Holy Father.

The Lord will make it as good
as a good man, or better:
amidst the tempest, serene,
and at all times protective.

I leave you standing. You're mine now,
and I vow to protect you,
from axes, from the cold,
the insects, and the storm.

I devote myself to your life;
you will rest in my love.
What shall I do worthy of the miracle
of your fruit and your flower?

HYMN TO THE TREE

For José Vasconcelos

Brother tree, that, nailed
by brown hooks to the ground,
have lifted your clear brow
in an intense thirst for the sky:

make me merciful towards the dregs
with whose sludge I support myself,
without putting to sleep the memory
of the blue land from which I come.

Tree, you who announce to the passer-by
the softness of your presence
with your cool and ample shade
and with the nimbus of your essence:

make me reveal my presence,
in the prairies of life,
my soft and warm influence
worked in human souls.

Tree producer ten times over:
of the rosy apple,
of the building timber,

of the perfumed breeze,
of the sheltering leaves;

of the softening gums
and the miraculous resin,
full of overwhelming stems
and melodious throats:

make me opulent in giving.
To match you in fruitfulness,
may my heart and my thought
become vast like the world!

And may my activities
never come to tire me:
may great prodigality
flow without exhausting me!

Tree where the pulse
of existence is so soft,
and you see my strength the agitated
fever of the century consume:

make me serene, make me serene,
with the virile serenity

that gave the Hellenic marble
its breath of divinity.

Tree that is nothing other
than a woman's sweet entrails,
for every branch sways gracefully
in every light nest a being:

give me vast and dense foliage,
as much as is needed
by those who in the immense human forest
have not found a branch to make a home!

Tree, wherever your body
full of vigor breathes,
you invariably assume
the same shielding gesture:

make my soul in every state
–childhood, old age, pleasure, pain–
assume an unchanging
and universal gesture of love!

"Keltehue" (2023) by Emmanuel Lledó Jiménez

PRAYER FOR THE NEST

Sweet Lord, I pray for a brother,
defenseless and beautiful: for the nest!

In its sprigs make its trill blossom;
rehearse flight on its small cushion.
And you say the song is divine
and the wing is a thing of heaven!

May your breeze be sweet when cradling it,
may your moon be sweet in silvering it,
strong your branch in holding it,
lovely your dew bejeweling it.

From its delicate shell
knitted with golden thread,
strip the crystal shards of frost
and the rainfall's strands;

divert the rough-winged winds
whose caress unbinds it
and the gaze that seeks it
alight with avarice . . .

You, who reproach me for the ordeals
suffered by your fine creatures:
by the light petals of lilies
and the tiny carnations,

keep its form with care
and clasp it with tenderness.
It shivers in the wind like a child;
it is like a heart!

LADY OF THE SPRING

Lady of the Spring,
she's a vision
in white, just like
the lemon tree in bloom.

For a pair of sandals,
she wears wide leaves
and for earrings
red fuchsia blossoms.

Go find her
along those paths,
wild with sun
and birdsong!

Lady of the Spring,
of fertile breath,
laughs at all
the world's sorrow.

She doesn't believe
those who talk of vain lives.
Among her jasmines,
how could she?

How could she heed them
by the fountains,
golden mirrors,
and songs of passion?

From the sick earth
in the deep grooves,
she lights rose bushes
with red twirls.

She lays her lace,
hangs her roots,
on the sad rock
that from graves protrudes.

Lady of the Spring,
of hands divine,
let us shed roses
in the name of life.

Roses of happiness,
of forgiveness,
of tenderness,
and selflessness.

PLANT THE SEED!

The furrow is open and its soft depth
beneath the sun resembles a burning cradle.
Oh, plowman, your work pleases the Lord!
        Plant the seed!

May hunger, the black reaper, never ever
come furtively to your home.
For there to be bread, for there to be love,
        plant the seed!

You drive life, rough sower.
Sing hymns where hope heartens,
Mock misery and mock pain:
        plant the seed!

The sun blesses you, and caressing
in the wind, God kisses your brow.
Man that plants grain, man creator,
        may your golden seed prosper!

PROMISE TO THE STARS

Dear eyes of stars
open to a dark
velvet: From up high,
⠀⠀⠀⠀do I look pure?

Dear eyes of stars,
fastened to the serene
sky, tell me: From above,
⠀⠀⠀⠀do you find me good?

Dear eyes of stars,
with golden eyelids,
I will say: You have so soft
⠀⠀⠀⠀a gaze!

Dear eyes of stars,
with restless eyelids,
why are you blue, red
⠀⠀⠀⠀and violet?

Dear eyes with pupils
curious and nocturnal,
why does dawn erase you
⠀⠀⠀⠀with its roses?

Dear eyes splashed
with tears or dew,
when you shiver up there,
           is it with cold?

Dear eyes of stars
prostrated on the Earth, I swear
that you will see me always,
           always pure.

SUMMER

Summer, king summer,
laborer of fiery hand,
be for the harvesters,
furnace stoker, more clement.

Leaning over your rough
golden spikes of wheat,
they collapse. Send a fresh
wind with friendly wings!

Summer, the land swelters:
flame your sun up above;
flame your open pomegranate;
flame your lips, intense flame.

The vine is exhausted
from abundant production.
The river, languid, flees
your ardent punishment.

Open a shawl of clouds,
of clear clouds spread out,
over the grape picker,
she of the burning cheek.

Prideful summer king,
you of the blazing ovens,
do not suck the freshness
from the fountain's lips . . .

Thank you for the scorched boughs
of fruit in the orange groves
and thank you for the poppy
that sets fire to the wheat fields.

ADDRESSING THE FATHER

Father: You must hear
this phrase
that opens up on my lips like a flower.
I will call You
Father, because
the word evokes sweeter love to me.

I know I am yours
since I saw
in my flesh your glow kindled.
You must help me
to walk
without shedding my petals of splendid rose.

You must help me
to nourish,
like a blue flame, my youth,
without crude
and carnal matter,
with fragrant logs of virtue!

For all that I am
I give You thanks:

because the skies open up to me their jewels,
the sea sings to me
and the orchard pours
for my lips honey on its apples.

Because You give me,
Father, the grace of receiving
snow on my face
and for seeing
the afternoon burn:
for the enchantment of existing!

For having,
more than any other being,
a capacity for love and feeling;
and yearning,
and reaching;
for accumulating perfection in life.

Father, to go
through living,
give me your soft hand and your friendship,
because, I must say
I don't know how to go
alone righteously towards your clarity.

Teach me to knock
at the door
of every being with softness,
bringing a gift
in my heart
and to shower lilies on their land!

Give me the thought
of You when stumbling
hurt in the middle of the road. That way
I will not call out,
I will remember
the subtle mender that lives in You.

After living
give me sleep
with those to whom You tied my love here.
May You lull me
to a deep sleep.
A home inside of You, You'll make for us!

THE GUARDIAN ANGEL

I

It's true, it's not make-believe.
There is a Guardian Angel
that sees your actions and sees your thoughts,
that goes wherever children go.

She has soft hair
of frayed silk,
sweet and grave eyes
that, with only a glance, will put you at ease
Eyes of awesome clarity!
(It's not make-believe, it's true!)

She has beautiful hands
made to protect.
When defending piously
with one raised, she watches.
Graceful hand of supreme ideality!
(It's not make-believe, it's true!)

She has vaporous feet.
The dawn makes more noise
than her harmonious step.
She hovers over the ground, not touching it.

"Escudo" (2018) by Priscila Viviana Barrientos

Walk of mysterious vagueness!
(It's not make-believe, it's true!)

Under her silk wing,
under her blue wing, curved and rippled,
her whole body remains while you sleep
and inhales a perfumed warmth.
Wing that is like a gesture of goodwill!
(It's not make-believe, it's true!)

II

She sweetens the ripe pulp
that you squeeze between your eager lips,
she breaks the tenacious shell of the nut
and it is she who delivers you from gnomes and witches.

Kindly, she helps you trim roses;
she purifies the lymph you drink;
she tells you the way things work:
the ones you attract and the ones you reject.

She cries, if you happen to pillage nests,
and if you mutilate a lily's head,
and if a brutal phrase, that turns cheeks red,
in your mouth distils its acrid poison.

And though the ribbon that binds her to you
is like that of flesh and soul,
when sin drapes you with its stigma,
overcome with horror and tears she backs away . . .

It's true, it's not make-believe.
There is a Guardian Angel
that sees your actions and sees your thoughts,
that goes with children, wherever they go!

LITTLE RED RIDING HOOD

Little Red Riding Hood will visit grandmother
who in the next village is bedridden by a strange illness.
Little Red Riding Hood, she of the golden locks,
has a little heart as tender as a honeycomb.

At first light she is already on her way
and is crossing the forest with bold little steps.
Mister Wolf, of diabolical eyes, appears in her way,
"Little Red Riding Hood, tell me where you're going."

Little Red is candid like white lilies . . .
"Grandma is sick. I am bringing her pie
and a soothing, creamy stew.
Do you know the next town over? She lives right where
    it begins."

And later, running through the forest with glee,
she picks red berries, cuts branches in bloom,
and falls in love with painted butterflies
that make her forget the traitor's travels . . .

The fabulous Wolf, with whitened teeth,
has already passed the forest, the mill, the hill,

and knocks on grandma's placid door;
she opens it. (The traitor has declared himself the girl.)

The betrayer has not tasted a bite in three days.
Poor crippled grandma, who will defend her!
. . . He ate her smiling, expertly and slowly,
and immediately donned the woman's clothes.

Small fingers tap the half-shut door.
From the wrinkled bed the Wolf says: "Who is there?"
The voice is hoarse. "But grandmother is sick,"
the naïve child explains. "Mother sent me."

Little Red has entered, smelling of berries.
In her hands shake bundles of sage in bloom.
"Leave the treats; come warm the bed for me."
Little Red gives in to the lure of love.

Out of the bonnet pop the monstrous ears.
"Why so long?" says the girl with candor.
And the hairy deceiver, hugging the girl:
"Why are they so long? The better to hear you."

The little rosy body dilates his eyes.
The girl's terror dilates them as well.
"Grandma, tell me: why those big eyes?"

"My darling, the better to look at you . . ."

And the old Wolf laughs, and in his black mouth
the white teeth give off a terrible glow.
"Grandma, tell me: why those big teeth?"
"My darling, the better to devour you with . . ."

The beast has engulfed, under his rough fur,
the small trembling body, soft like fleece;
and he has ground the flesh, and he has ground the
    bones
and has crushed the heart like a cherry . . .

TO NOEL

Noel, of the night of wonder,
Noel of the beard wide,
Noel of the delicate surprises
and the sandals sly!

Tonight I leave my little socks
hanging from the balcony;
before you walk in front of them,
your sacks please do not empty.

Noel, Noel, you will find my stockings
damp from the dew,
looking with little eyes that glimpse
the river of your big beard flow . . .

Shake off the tears and leave each one
perfumed and full,
of Cinderella's ring
and Little Red Riding Hood's wolf . . .

And don't forget Marta. She'll also leave
her little shoe open wide.
She is my neighbor and I love her, ever since
her mamita died.

Noel, sweet Noel, of the big hands
blooming with gifts,
of the mischievous and blue little eyes
and the beard of fleece!

CHILDREN'S ROUNDS

For D. Enrique Molina

The mothers tell their stories
as they sit on the doorstep.
The children went off to the fields,
for red poppies to pick.

They're playing the echo game
at the foot of their German hill.
The children on France's side
burst into song as well.

The song traveled the hills.
(The world's crystalline.)
And the two rounds with each song
nearer and nearer are drawn.

Though the words of the songs
they cannot understand,
they'll join and when their gazes meet,
they'll interlace their hands . . .

The mothers will go out to look
for them, and find them up high,

and seeing the living garland,
like mountain springs they'll cry.

The men will go out to look for them
and so wide will be the ring
they'll think it a shame to break it
and laughing they'll join in . . .

Then they'll go down to the threshing floor,
and bake their bread without tears.
And when the afternoon wanes,
the round up high will remain . . .

I

WHERE SHALL WE WEAVE THE ROUND?

Where shall we weave the round?
Shall we go to the seaside?
The sea will dance with a thousand waves,
making an orange blossom braid.

Shall we go to the foot of the hill?
The hill will answer our call;
it'll be as if the rocks of the world
were singing one and all!

Shall we go to the forest instead?
Voice with voice the woods will blend
and the songs of children and birds
will rise and kiss in the wind.

We'll make the round infinite:
we'll braid it on the forest floor,
at the foot of the hill, and on all
the ocean's sandy shores!

II

DAISY

The December sky is pure
and the fountain flows divine,
and the grass called, trembling,
to sing the round on the hillside.

The mothers look on from the valley,
and over the tall grass, they spy,
a great daisy that is none other
than our round on the hillside.

They see a white daisy
that twists and leans and rises,
that unties and knots itself,
our round on the hillside.

On this day, a rose blossomed,
with a carnation's perfume entwined,
a little lamb was born in the valley,
and we made our round on the hillside . . .

III

INVITATION

What child doesn't want
our round on the hill to join?
You can see climbing up the slope
The ones who fell behind.

We went to look for the children
through vineyards, folds, and homes.
Their white ring drapes the valley,
united in their song . . .

IV

TAKE MY HAND

Take my hand and dance with me;
I'll take you to love's door.
like a single flower we'll be
like a flower, and nothing more . . .

We'll sing the same lay,
and dance in step on the valley's floor.
Like the wheat, we'll sway,
like the wheat, and nothing more.

Your name is Rose, and mine is Hope;
but your name you'll ignore,
we'll be a dance on the slope,
and nothing more.

V

THOSE WHO DO NOT DANCE

A girl who could not walk
asked, "How will I dance?"
We told her to make
her heart dance . . .

Then the ravine wondered:
"How will I sing?"
We told it to make its
heart burst into song . . .

The poor, dying thistle
said: "How, exactly, do I dance?"
We said: "Let the wind make
your heart fly . . ."

God said from up high:
"How do I descend from the blue?"
We told him to come down
and whisk our dance into the light.

All the valley's dancing
in a ring under the sun,
and the hearts of those
outside it have sunk, sunk into the soil.

VI

THE GROUND

We dance on Chilean ground,
softer than honey and roses,

ground that breeds people whose
lips and breasts no bitterness know . . .

The ground that's greenest
with gardens, blondest with grain,
reddest with vineyards,
how sweetly our feet it grazes!

Its dust was what made our cheeks,
our laugh was made by its river,
and it kisses the soles of our round
that makes it moan like a mother.

It's beautiful, and for its beauty, we wish
with our rounds to lighten its grass;
it's free, and because it's free we'd like
with our song to bathe its face . . .

Tomorrow, we'll plant orchards and vineyards,
we'll break open its rocky expanse;
tomorrow, we'll lift up its peoples:
today, we know only to dance!

VII

JESUS

Lost in this round,
the day slipped by.
The sun's fallen;
the hill's flame died.
But the round goes on,
even if in the sky the sun is gone.

Dancing, dancing,
the living wreath
didn't hear Him make
His way into the round.

He opened up the ring, without a sound,
and at the center, became radiance.

The singing quiets,
grows quiet with wonder.
We press our hands together,
we huddle, trembling.

And we spin around His presence,
without breaking the radiance.

The chorus is silent,
no one sings anymore:
the hearts are audible,
the throats no more.

And seeing His face burn,
to Him, the dawn will find us turned!

VIII

ALL THE WORLD IS A ROUND

The stars are rounds of boys,
playing at Earth-gazing . . .
The wheat's the waists of girls,
playing at swaying . . . swaying . . .

The rivers are rounds of boys,
playing hide and seek in the sea . . .
The waves are rounds of girls,
playing at hugging this world . . .

III

Sorrow

For his shadow

THE ENCOUNTER

I encountered him on the path.
His daydream did not disturb the water
nor make the roses open wider;
but it opened the awe in my soul.
And a poor woman has
a tear-stained face!

He carried a light song
in his carefree mouth,
and when he looked at me
the song he intoned became deep.
I looked at the path, I found it
strange and dreamlike.
And in the diamond dawn
was my face tear-stained!

He kept walking and singing
and he took my glances with him . . .
After him, no longer were the
salvias blue and tall.
No matter! My soul was left
shaken in the air.
And though no one has hurt me
I have a tear-stained face!

Tonight he didn't stay awake
like I did by the lamp;
since he is unaware, my anxiety
doesn't stab his chest of tuberose;
but perhaps a scent of broom
will pass through his dreams.
Because a poor woman has
a tear-stained face!

I was walking alone and I was not afraid;
I did not cry of hunger or thirst;
since I saw him cross my path,
my God dressed me with wounds.
My mother on her bed prays
for me her trusted prayer.
But I may forever have
a tear-stained face!

I LOVE LOVE

It flows freely in the furrow, it flaps its wing in the wind,
it beats alive in the sun and hitches itself to the pine.
It's no use forgetting about it like a dirty thought:
      you'll have to hear it!

It speaks the language of bronze and it speaks the
   language of birds,
bashful pleas, imperatives of the sea.
It's no use putting on a bold gesture, a grave furrow:
      you'll have to host it!

It wears its master down; no excuse will soften it.
It rips vases of flowers, slits open deep glaciers.
It's no use telling it that you refuse to shelter it:
      you'll have to host it!

It employs subtle sophistry in fine retorts,
arguments of wisemen, but in the voice of a woman.
Human science will not save you, less so divine science:
      you'll have to believe it!

It puts on you a linen blindfold; you tolerate the blinder.
It offers you a warm arm, you don't know how to escape.

It walks, you follow it bewitched although you see
that it will end in death!

THE LOVE THAT DOES NOT SPEAK

If I hated you, I would give you my hate
in words, emphatic and sure;
but I love you, and my love cannot be entrusted
to this talk of men, so obscure!

You would like it turned into a howl,
and it comes from so deep that it has destroyed
its burning torrent, faltered,
before the throat, before the heart.

I am just like an overflowing pond
and to you I seem a lifeless fountain.
All because of my anguished silence
that is more terrible than entering death!

ECSTASY

Now, Christ, lower my eyelids;
put frost on my lips;
for the hours are already more than enough
and all the words have been said.

He looked at me, we looked at each other in silence
for a long time, fixed,
like in death, our pupils. All
the stupor that whitens faces
in agony, had turned our features pale.
After that moment, there is nothing left!

He spoke to me convulsively;
I spoke to him, broken, cut
from plenitude, tribulation, and anguish,
confused words.
I spoke to him of his destiny and my destiny,
a fatal jumble of blood and tears.

After this, I know! Nothing is left!
Nothing! No perfume that is not
diluted when rolling down my face.

My ears are closed,
my lips are sealed.
What reason for being now
could my eyes have on this pale earth!
Neither the bloody roses
nor the silent snow!

That is why I ask,
Christ, whom I have not implored with anguished
    hunger:
now, stop my pulse,
and lower my eyelids!

Protect from the wind
the flesh in which his words rolled;
deliver me from the brutal light of day
that awaits, this image.
Receive me, I come pure;
I come as full as the inundated land!

INTIMATE

Don't you grip my hands.
Infinite time to rest,
with much dust and shade,
will come to the intertwined fingers.

And you would say: "I cannot
love her, because like grain,
her fingers have already been threshed."

Don't you kiss my mouth.
The instant full of
waning light will come, in which I will be lipless
on the wet ground.

And you would say: "I loved her, but I cannot
love her anymore, now that she does not inhale
the broom smell of my kiss."

And hearing you I would anguish,
and you would talk crazed and blind,
may my hand be on your forehead
when my fingers break,
and my breath fall over your
face full of yearning.

Therefore, do not touch me. I would be lying
if I said that I hand over
my love in these outstretched arms,
in my lips, in my neck,
and you, believing you drank it all,
would fool yourself like a blind child.

Because my love is not only this sheaf,
stubborn and exhausted, that is my body,
that shivers whole at the brush of a cilice
and falls behind in flight.

It is what is in my kiss, and it is not my lips;
what breaks my voice, and it is not my breast:
it is a wind from God, that splits open
my flesh, fledging!

GOD WILLS IT

I

The earth becomes stepmother
if your soul sells my soul.
The waters carry a chill
of tribulation.
The world is more beautiful
since I became your ally,
when next to a hawthorn
we were speechless,
and love like the hawthorn
pierced us with fragrance!

But the land will sprout vipers
if you sell my soul;
the child's wastelands, I break
my desolate knees.
Christ is snuffed in my breast
and the door of my home,
crushes the beggar's hand and casts
a gust of wind at the grieving woman!

II

Any kiss that your mouth delivers
reaches my ears,
because the deep caves
return your words to me.
The dust of the trails
keeps the smell of your soles
and pursuing it, like a servant,
I follow you through the mountains . . .

The one you love, the clouds
paint over my house.
Go like a thief to kiss her
of the earth in her entrails;
but when you raise your face to her,
you'll find my face with tears.
God doesn't want you to have
sun, if you don't go with me.
God doesn't want you to drink
if I don't tremble in your water,
does not allow you to sleep
but on my hollowed braid.

III

If you leave, even in the mosses
of the road you break my soul;
thirst and hunger bite you
in every valley or plain
and in any country the bloody
afternoons will be my wounds.
And I drip from your tongue
even if you call another woman's name,
and I stick like an aftertaste
of brine in your throat;
if you hate, or sing, or crave,
for me only you cry!

If you go and die far away,
you will have a cupped hand
ten years underground
to receive my tears,
feeling how the troubled
flesh trembles,
until my bones
dust your face!

SLEEPLESS

Since I am a queen and was a beggar, now
I live trembling in fear that you will leave me,
and I ask you, pale, every hour
"Are you with me, still? Oh! Don't pull away!"

I would like to march on, smiling
and trusting, now that you have come;
but even in sleep I fear
and ask in dreams: "You haven't left?"

"Predicción del futuro" (2015) by Ángel Paz Lara Rodríguez

ASHAMED

With your gaze, I become beautiful,
like the dew-filled grass that glimmers,
and my glorious face will be inscrutable
to the tall reeds down by the river.

I am ashamed of my poor mouth,
my rough knees, my voice jagged;
now that you looked at me and came around,
I find I am wanting and feel naked.

Not a stone in the road did you find
more stripped of light at dawn
than this woman, to whom you lifted
your gaze when you heard her song.

I will keep quiet so they don't glimpse
my joy, those who cross the plains,
in the glow it gives my coarse forehead
or the fluttering of my hands . . .

Night's come and the dew falls upon the grass.
Keep gazing at me and speak tenderly,
for tomorrow, you'll see the one you kissed has
gone down to the river dressed in beauty!

BALLAD

He walked by with another woman;
I saw him walk by.
The wind sweet as always and
the path at peace.
And these wretched eyes
saw him walk by!

He is loving another woman
through the land in bloom.
The hawthorn has opened;
a song passes by.
And he is loving another woman
through the land in bloom!

He kissed the other woman
by the seashore;
the orange-blossom moon
slipped into the waves.
And my blood did not stain
the sea's expanse!

He will go with another woman
through eternity.
There will be sweet skies.

(God wants to keep quiet.)
And he will go with another woman
through eternity!

TRIBULATION

At this hour, bitter like a mouthful of seas,
                    sustain me, Lord.
My path has become full of shadows
                    and a scream of terror!
Love flew in the wind like a bee of fire,
                    and in the waters it burned.
It singed my mouth, it soured the song
                    and it scattered my days.

You saw that I slept at the edge of the path,
                    my brow full of peace;
You saw that they came to knock on the glass
                    of my serene fountain.
You know how the sad woman feared opening her eye
                    to the terrible vision;
and you know how marvelously
                    the ineffable wonder appeared!

Now that I arrive, orphaned, to your region, trailing
                    vague signs,
don't You turn your face away, don't You turn off the
    lamp,
                    don't You stay silent!

Don't You close the tent, for my fatigue is growing
                          and my bitterness is growing;
and it is winter, and there is snow, and the night is
    crowded

                    with grimaces of madness.

Look! Of the many eyes I saw open on
                    my early routes,
only yours remain. But, oh! They are filling up,
                    congealing into snowfields . . .

NOCTURNE

Our Father who art in heaven,
why have you forgotten me!
You remembered the fruit in February
when its ruby pulp gashed.
My side is also torn open,
and you do not want to look at me!

You remembered the black raceme,
and gave it to the crimson press
and scattered the poplar's leaves
with your breath, into the subtle air.
And in death's wide press
still you will not squeeze my chest!

Walking I saw the violets open;
I drank the wind's falerno,
and I lowered my yellow eyelids,
no longer to see January or April.
And I have closed my lips tight, flooded
with the stanza that I shall not wring.

You have injured Autumn's cloud
and do not want to turn to me!

He who kissed my cheek sold me;
he denied me because of my poor tunic.
In my verses I gave him, like You
in your rags, my bloodied face
and in my night at the Orchard, you were
John the coward and the hostile Angel.

The infinite exhaustion has come
to sink into my eyes, at last:
the exhaustion of the day that dies
and the dawn that is about to come;
the exhaustion of a sky of tin
and the exhaustion of a sky of indigo!

Now I unlace the martyr sandal
and the braids begging to sleep.
And lost in the night, I raise
the cry I learned from You:
*Our Father who art in heaven
why have You forgotten me!*

SONNETS OF DEATH

I

From the freezing alcove in which men placed your bones,
down to the humble, sunny earth I'll bring you.
That I shall sleep on it, they could not have known,
nor that we are to dream on the same pillow.

I'll lay you down in the sunny earth, lay you
with the sweetness of a mother for her sleeping child,
and the earth will turn soft as a cradle
when it welcomes your body of wounded child.

Then, I'll sprinkle soil and rose remnants,
and in the moon's azure and light dust cloud,
the weightless residue will slowly get caught.

I'll walk away singing my lovely vengeance,
because no other woman would reach into that shroud,
and claim the handful of bones for which I fought!

II

This long weariness will grow one day,
and the soul to the body will say that it cannot
keep dragging its weight along the rosy way,

where men go on living, happy with their lot.
You'll feel them near you, digging vigorously,
feel that the still city has taken in another dreamer.
I'll wait until they've covered me completely . . .
and then you and I will talk for forever!

Only then will you know why, your flesh
for the bottomless grave still unripe,
you had to come down, unwearied, to lie.

There will be light in the dark zone of destiny;
you'll know that in our bond the sign of the stars resided
and, broken the mighty pact, you had to die . . .

III

Harsh hands took your life, from the day,
foretold by the stars, on which it left
its garden with a snow of lilies overlaid.
Harsh hands tragically entered your breast . . .

And I said to God: "Down deadly paths
they're leading him. Beloved shadow they cannot steer!
Pull him away, God, from those fatal hands,
or sink him in the deep slumber you confer!

I can't call out for him, I cannot follow!
His boat is carried by a black storm wind.
Bring him back into my arms or his bud cut short!"

The rose rowboat of his life came to a halt . . .
Have I not known love? Have I not pitied?
You who will judge me, understand, my Lord!

QUESTIONS

How do they sleep, Lord, the suicides?
Rennet between their lips, both temples emptied,
the moons of their eyes white and large,
their hands oriented towards an invisible anchor?

Or do You arrive, after the men have left
and lower the lids over their blinded eyes,
rearrange the viscera painlessly and noiselessly
and cross their hands over their silent chest?

The rose bush that the living water over the grave,
does it not paint wounds on its roses?
Is not its smell acrid, its beauty sinister,
and its growth sparse, of knitted serpents?

And answer, Lord: when the soul flees
through the wet door of deep wounds,
does it enter your realm cutting calmly through the air
or can you hear a crackle of crazed wings?

Does a livid ring tighten around it?
Is the ether a blooming field of monsters?
In terror can they not even recall your name?
Or do they cry it out and your heart keeps sleeping?

Is there no ray of sunshine that will reach them one day?
Is there no water that will wash away their red stigmata?
Is the only thing left for them your cold entrails,
deaf your fine ear and eyes shut tight?

That is what man affirms, by error or malice;
but I, who have tasted you, like a wine, Lord
while others keep calling you Justice,
will never call you anything but Love!

I know that as man has always been a rough claw;
the waterfall, vertigo; asperity, the sierra,
You are the cup where sweetness is soaked up by
the nectaries of all the orchards of the Earth!

WAITING IN VAIN

I forgot that your lithe
foot turned to ash,
and, like in better times,
I went to meet you on the path.

I crossed the valley, plain, and river,
and my singing turned sad.
The afternoon spilled its cup
of light and you did not come!

The sun went on shredding
its dead and burning poppy;
fringes of fog trembled
over the fields. I was alone!

With the autumn wind, a tree's
dry arms rustled.
I was afraid and I called for you:
"Hurry, love!

I am afraid and I am full of love,
hurry, love!"
The night was thickening
and my madness was growing.

I forgot that they had made you
deaf to my clamor.
I forgot about your silence
and your violet dawn,

about your inert hand clumsy
now to reach for my hand;
about your eyes dilated
with sovereign inquiry!

The night widened its pool
of wax; the ominous owl
with the horrible silk
of his wing tore the path.

I won't call out to you again,
since you no longer work your shift;
my naked sole keeps going,
while yours is at peace.

In vain it keeps its appointment
with the deserted roads.
Your ghost will not set
in my open arms!

THE OBSESSION

He touches me in the dew;
he bleeds in sunsets;
he seeks me with the moon's
rays, through the caves.

Like Christ to Thomas,
he sinks my pale hand,
so I do not forget, into
his wet wound.

I have told him I want
to die, and he does not want that,
but to caress me in the winds;
to cover me with snows;

to move inside my dreams,
looming to the surface,
to call me in the green
shawl of trees.

Have I changed skies?
I went to the sea and the mountain.
And he walked by my side
and stayed in my inns.

Because you, careless enshrouder
did not close his eyelids,
nor adjust his arms in the casket!

COPLAS

Everything in my mouth acquires
a persistent taste of tears:
my daily bread, my song,
and even my prayer.

I have no other office,
after loving you in silence,
than this office of tears, arduous,
that you left me.

Eyes shut tight
full of hot tears!
anguished and convulsive mouth
in which everything becomes plea!

I am so ashamed
of living in this cowardly way!
I do not seek you
nor can I forget you!

I bleed remorse
from looking at a sky
that your eyes do not see,

from touching the roses
that sustain the lime of your bones!

Flesh of misery,
mortifying gash, tired to death,
that does not come down to sleep by your side,
that latches, trembling,
onto the impure nipple of Life!

ETERNAL WAX

Oh! Never again will your mouth know
the shame of the kiss that dripped
concupiscence, like thick lava!

They are again two nascent petals,
plumped with new honey, the lips
that I wanted innocent.

Oh! Never again will your arms know
the horrible knot that in my days laid
dark horror: the knot of another embrace! . . .

In the calm, pure
they became, serene on the earth,
now, my God, secure!

Oh! Never again will your two blinded irises
have a contorted face, red
with lechery, drawn on their glass!

Blessed strong wax,
frozen wax, eternal and hard
wax of death!

Blessed wise touch,
with which it sealed eyes, with which it glued arms,
with which it joined lips!

Hard blessed wax,
there are no more embers of lustful kisses
to break you, to wear you down, to melt you!

TO SEE HIM AGAIN

And never, never again, not even in nights full
of the tremor of stars, or even in the virgin
dawns, or even in the burning afternoons?

On the edge of no pale path
that hugs the meadow, on the edge of no
trembling spring, whitened by the moon?

Underneath the jungle's braiding,
where I have called him till dusk,
not even in the cave that returns my cries?

Oh! No! To see him again, no matter where,
in a haven of heaven or in the boiling vortex,
under placid moons or in a violet horror!

And to be with him in all the springs
and all the winters, in an anguished
knot, around his bloodstained neck!

THE FOUNTAIN

I am like the abandoned fountain
that though dead still hears its murmur.
In its stone lips has remained,
just like in my entrails, the roar.

And I think that destiny has not come
to break off its tremendous word;
that nothing has been reaped or lost,
that if I stretch out my arms I will find you.

I am like the muted fountain.
Already another lifts its song in the park;
but since it has gone mad from thirst,
it dreams that the song is in its heart!

It dreams that it lifts towards the blue gurgling
waves of foam. And its voice has been extinguished!
It dreams that the water has overfilled with live
diamonds its breast. And God has emptied it!

THE SENTENCE

Oh fountain of pale turquoise!
Oh rose bush of violent flower!
How to prune your warm flame
and sink my lip in your freshness!

Profound fountain of love,
rose bush burning with kisses,
the corpse orders you to walk
towards his marriage bed of bones.

The clear and implacable voice calls out
in the deep night and in the day
from his miserable box.

Oh, fountain, the cool lip closes
for if he were to drink, he would rise,
he who has fallen in the dirt!

THE VASE

I dream of a vase of humble and simple clay,
that keeps your ashes close to my gaze,
and the wall of your vase will be my cheek
and my soul and your soul will be at ease.

I do not want to sprinkle them in a vase of ardent gold,
nor in the pagan amphora of carnal line:
only a vase of clay that simply clings to you,
humbly, like a pleat of my skirt.

One of these afternoons I will gather the clay
by the river, and make it with a quivering pulse.
Women loaded with sheaves will pass by
and they will not know that I am amassing my husband's
    bed.

The fistful of dust, that fits between my hands,
will pour out quietly, like a strand of tears.
I will seal this vase with a superhuman kiss,
and my immense stare will be your only mantle!

THE PLEA

Lord, you know how, with fiery exuberance,
my words invoke you for the sake of strangers.
I come now to plead for one that was mine,
my cup of freshness, the honeycomb of my mouth,

lime of my bones, sweet reason of my day,
birdsong of my ear, sash of my frock.
I am heedful even of those in whom I've placed nothing.
Do not turn a blind eye if I plead for this one!

I tell you he was good, I tell you he had
his whole heart on his sleeve, that he was
of a gentle nature, frank like the light of day,
filled with miracles like springtime.

You reply, severely, that unworthy of supplication
is he who did not part his two feverish lips in prayer,
and who left that afternoon without waiting for your
    sign,
smashing the temples like delicate vases.

But I, my Lord, argue that I have touched,
in the same way that the tuberose has his brow,

his entire sweet and tormented heart
and it was as silky as a nascent cocoon!

Was he cruel? You forget, Lord, that I cherished him,
and that he considered his the heart he wounded.
That he muddied forever my springs of joy?
It does not matter! Understand: I loved him, loved him!

And to love (you know well what it's like) is a bitter task;
keeping eyelids soaked with tears,
refreshing with kisses of the hairshirt's braids
conserving, underneath them, ecstatic eyes.

The iron that drills is deliciously cold,
when it opens, like sheaves, the loving flesh.
And the cross (You remember, oh King of the Jews!)
is carried with tenderness, like a bunch of roses.

Here I am, Lord, with my face fallen
over the dust, chattering for an entire dusk,
or every dusk to which my life extends,
if you delay in telling me the word I await.

I will tire your ear with prayers and sobs,
licking, timid hound, the hems of your mantel,

and your loving eyes will not be able to escape me
nor your foot dodge the warm watering of my tears.

Speak forgiveness, speak it at last! The word will scatter
in the wind the scent of a hundred perfume bottles
when they empty; all water will be astonishment;
the wasteland will bloom and the pebbles will dazzle.

The dark eyes of beasts will become wet,
and, understanding, the hill you forged of stone
will cry from the white eyelids of its snow peaks:
Your whole land will know you forgave!

A CHILD

For Alfonsina Storni

I

A child, a child, a child! I wanted a child, yours
and mine, back in the days of burning ecstasy,
when my very bones trembled at your murmur
and across my brows swept a broad gleam.

"A child!" I said, like the tree that with a glimpse
of spring stretches its shoots to the sky.
A child with eyes of Christ, made big,
yearning lips, and a brow with wonder wide!

Her arms, like a garland, around my neck, twisting;
the fertile river of my life flowing toward
her and my being like spilled perfume anointing,
in that infant, the hills of the world.

Passing a pregnant woman, we looked
at her with trembling lips and begging eyes,
when with love, through the crowd, we walked.
And a sweet-eyed child blinded us!

During the night, sleepless with delight and visions,
fiery lust did not descend on my bed.

To the one who'd be born dressed in song,
I extended my arm, softened my chest . . .

The sun did not seem too intense to bathe her;
I looked at myself and hated my rough knees;
my heart, confused, shivered in anticipation
of the great gift; and humble tears ran down my cheeks!

And I did not fear death, impure disintegrator;
her eyes would deliver yours from nothingness,
and under the splendid morning or the waning light
I would have walked under the gaze of death . . .

II

Now I am thirty, and the ashes of death
spot my temples, prematurely. In my days
suffering drips slow tears, salty and icy
like a never-ending polar rain.

I wonder as I look into myself
while the flame of the pine tree burns, serene,
if a child of mine would have my tired mouth,
my bitter heart, my voice of one defeated.

A child with your heart, fruit of poison,
and your lips that, again, would have cursed.
If she slept not forty moons on my chest,
oh, how she'd love me, only for being yours!

And in what blooming gardens, flowing waters in spring
would wash her blood of my sorrow, as on the plains
and in the merciful field, where I was sad,
on every mystic afternoon I went down to its veins.

And the fear that one day, mouth ablaze with
resentment, she would tell me what I told my father:
"Why has your weeping flesh been fertile,
and my mother's breasts swollen with nectar?"

I feel the bitter delight of you sleeping
down there, in your earthly bed, and of a child
not born, so that I sleep without labor
and without regret, under a bramble wild.

So that I would not close my eyes, and, gone mad,
hear the realm of the dead, and kneel down,
knees battered, mouth twisted, if I see
her walk by with my fever on her brow.

And God's truce would not descend on me:
evil men would wound this innocent flesh,
and they would wring my veins for all eternity
over my children, of enraptured countenance.

Blessed chest of mine in which I sink my people,
and blessed womb of mine where my race dies!
My mother's face will no longer travel the world,
nor will the wind carry her voice, the miserere in her
    sigh!

The forest turned to ashes will sprout a hundred times
and collapse a hundred more under the axe, ripe.
In the harvest month I'll fall never again to rise;
with me mine enter the everlasting night.

And as if I were repaying the debt of an entire race,
like a hive my chest is pierced with pain.
I live a whole life in every hour that passes.
Like the river to the sea flow my bitter veins.

I did not plant for my barn, I did not teach
to make myself a loving arm for the final hour,
when my broken neck can no longer take
my weight and my hand the light sheet scours!

My poor dead look at the sun and how it sets,
with great yearning, since in me they grow blind.
My lips tire from the fervent prayers
that they deliver in my song before my voice subsides.

I pastured the children of others, filled the
barn to the brim with divine wheat, and I only await You,
Our Father who art in heaven! Gather
my begging head, if I die tonight!

COPLAS

In the pine's blue flame
that accompanies my exile,
I search for your face tonight,
probing my soul, and cannot find it.

What were you like when you smiled?
What were you like when you loved me?
How did your eyes gaze
when they still had a soul?

If God willed your return to me
for only an instant!
If only, seeing me so poor,
he would give me back your face!

....

So my mother could have
golden bread on her table,
I sold my days, just like
the farmer who opens the furrow.

But at night, exhausted,
I smiled as I fell asleep,

because you would come down in dreams
until you brushed my cheeks.

If God willed your return to me
for only an instant!
If only, seeing me so poor
he would give me back your face!

....

In my country, the paths
would help my heart:
maybe the afternoons would paint you
or the crystal waters would keep you.

But nothing knows you
here, in this strange land:
the snow has not covered you
nor have the mountains seen you.

I want, in the pine's glow,
to hold and kiss your face,
and find it free of dirt,
tender and tear-streaked.

I claw my miserly memory;
I tear myself open and cannot find you,

and I have never been more of a beggar
than now with no echo of you.

I have no palmful of dirt,
I have no flowering tree . . .
But having your face
was like having a child of yours.

It was like a fragrance
exhaling from my bones.
What a night, while I slept!
What a night, drunk dry!

On what day was it stolen from me
when to plant wheat,
I left it like an armful
of sage, by the path?

If God willed your return to me
for only an instant!
If only, seeing me so poor,
he would give me back your face!

....

Perhaps what I have lost
is not your image, but my soul,

my soul in which I buried
your face like a wound.

When life hurts me,
where to look for your face,
when you are cloaked in dust
even within my soul?

Ground, you keep his bones:
I do not even keep his form!
You are showering him with flowers;
I am showering him with shadow!

"Os" (2022) by Vicente Vallejos Zambrano

THE BONES OF THE DEAD

The bones of the dead
know how to sprinkle subtle ice
on the lips of those they loved.
And these lips can never kiss again!

The bones of the dead
shovel their whiteness
over the intense flame of life.
They kill all ardor!

The bones of the dead
can do more than the flesh of the living.
Even detached they make strong
links, where they keep us captive and submissive!

IV

Nature

_____

For don Juan Contardi

"Palillo, generosidad del mar de Chilwe" (2004) by Rafael Lara Monsalve

Postcards from Patagonia

DESOLATION

The haze thickens, eternal, so I forget where
the sea has tossed me on its briny wave.
The land to which I arrived has no spring:
its night is long and hides me like a mother.

The wind makes its round of sobs and cries
around my house, and shatters my scream like glass.
And on the white plain, of infinite horizon,
I watch immense, painful sunsets die.

Who could she call, she who has come so far
if only the dead have traveled farther?
Only they contemplate a quiet and frozen sea
growing between their arms and the arms of their
    beloveds!

The boats whose sails whiten the port
come from lands where those who are mine cannot be
    found;
their light-eyed men do not know my rivers
and they bring pale fruits, without the light of my
    orchards.

And the question that arises in my throat
when I see them pass by, drops, defeated:
they speak foreign tongues and not the stirring
language that in lands of gold my poor mother sang.

I watch the snow fall like dust on the grave;
I watch the fog grow like the dying,
and to not go mad I do not count the seconds,
because the long night has only just begun.

I watch the plain in ecstasy and I gather its mourning,
for I came to see the mortal landscapes.
The snow is the face that appears in my windows;
always her whiteness coming down from the skies!

Always her, silent, like the great gaze
of God over me; always her orange blossom over my
     house;
always, like fate, which does not abate or cease,
she'll come down to cover me, terrible and ecstatic.

Postcards from Patagonia

DEAD TREE

For Alberto Guillén

In the middle of the plain,
a parched tree extends its blasphemy;
a white tree, broken,
bitten with sores in
which the wind, echoing
my despair, howls and travels.

Of its forest, which burned, only its ghost
was left, out of spite.
A flame reached its side
and licked it, as love did my soul.
And from the wound a purplish moss arises,
like a bloodied verse!

The ones it loved, whose garland
encircled it in September,
collapsed. Its roots
search for them, tormented, beneath
the grass, fumbling
with human anguish . . .

The full moons on the plain
beam their most deadly silver,
and extend, to match its bitterness,
its desolate shadow into the distance.
And it presents the traveler
with its atrocious blasphemy and bitter vision!

Postcards from Patagonia

THREE TREES

Three fallen trees
were left on the edge of the path.
The woodcutter forgot them, and they converse,
bound by love, like three blind men.

The setting sun spreads
its vivid blood on the cleaved logs
and the winds carry the fragrance
of their open sides!

One of them, bent, stretches
its arm, great and with trembling foliage,
towards another, and its wounds
are like two eyes, full of pleading.

The woodcutter forgot them. The night
will come. I'll be with them.
I'll welcome their smooth resin in my heart.
They will be like fire to me.

And speechless and entwined
will the day find us in a heap of mourning!

HAWTHORN

The hawthorn's maddening
twists adorn a rock,
and it is the spirit of the barren land,
crooked by anguish and heat.

The holm oak is as beautiful as Jupiter,
and Narcissus is this flowering myrtle.
The hawthorn was made like Vulcan,
the awful blacksmith God.

It was made without the white lace
of the quaking poplar,
such that the wanderer's soul
knows not of its affliction.

From its brambles flowers bloom.
(Just how Job's verse was born.)
And acute like the leper's psalm,
is its strong smell.

But even if its breath
fills the air ablaze with slumber,
it has not felt in its dark tangles
a disquieting nest tremble.

It says it knows me,
that, one painful night,
its million dense thorns
bruised my heart.

I've embraced it like a sister,
as Hagar might have embraced Job,
in a knot that is not tender,
but born of desperation!

TO THE CLOUDS

Misty clouds,
clouds like tulle,
carry my soul
across the azure.

Far from the home
that sees me cry,
far from these walls
that watch me die!

Fleeting clouds,
steer me towards the sea,
to hear the song
of the tide, to be
among the garland
of waves and sing.

Clouds, flowers, faces,
draw for me him
who is erased
by faithless time.
My soul rots
without his face.

Passing clouds,
hold steady
over my chest
fresh mercy.
My lips are
open, thirsty!

AUTUMN

To this dying poplar grove
I've brought my exhaustion.
And I've been, who knows
how long, stretched out under
the poplars, which cover my chest
with their lasting, heavenly gold.

Idly, the afternoon
waned behind the poplars.
It has not bloodied itself
for my beggar heart.
And the love to which my arms,
to save myself, I outstretched
is dying in my soul
like its unraveled afterglow.

And I had only this
troubled handful
of tenderness, against
my flesh, like an infant, trembling.
Now I am losing it
like water among the poplars;
but it is autumn, and to save it,
my arms must not shake.

On my temples dead leaves
exhale a peaceful scent.
Maybe dying is only
walking with wonder,
amid the murmur of dry leaves,
and through a park enthralled.

Though night is coming,
and I am alone, and the ground
has been bleached by orange blossom
frost, to return I do not rise,
nor do I make a bed out of leaves,
nor do I manage to say, sobbing,
a long Lord's Prayer
for my long abandonment!

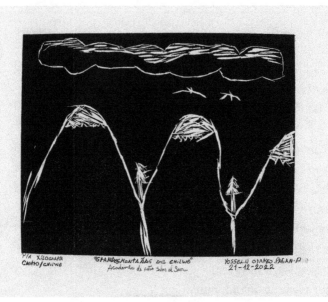

"Grandes montañas de Chilwe" (2022) by Yosselin Oyarzo Pafian

THE MOUNTAIN AT NIGHT

We'll make fires atop the mountain.
The night that falls, woodcutters,
won't let its mane of stars fall through the sky.
We'll have thirty glowing embers!

For the afternoon broke a cup of blood
over the sunset, a cunning sign.
Terror will sit among us if you
do not circle round the fire.

This clamor of waterfalls is like
the unceasing galloping of colts
over the mountain, and another clamor
rises from our fearful chests' jolts.

They say pine forests at night,
their dark ecstasy abandon
and obeying a strange, silent signal,
the slow throng moves across the mountain.

The snow's enamel acquires
in the shadows a winding arabesque:
over the night's vast ossuary,
it feigns a pale, bone-strewn damask.

And an invisible avalanche of ice
falls, without arriving, to the idle vale,
and vampires of wrinkled wings
graze the sleeping shepherd's face.

They say on the narrow crests
of the next hill there are vermin
the valley does not know, that in the dark,
they spring like bristles from the mountain.

The cold of the nearest peak
is winning over my heart. I think:
perhaps the dead that left their
impure cities behind, seek the brink,

a hidden refuge of gorges, blue steeps,
that no dawn bathes, and when
night thickens its asphalt
like a sea, they invade the glen.

Cut short the stubborn, fragrant logs,
sages, and pines that give off luster,
and tighten the ring around the fire,
for the night is cold and anguished, woodcutters.

PEAK

The afternoon's hour, when
it pours its blood on the mountains.

Someone at this hour suffers;
one loses, heartbroken,
on this afternoon the only breast
to which she pressed her own.

There must be another heart
in which the afternoon dips that bloodied hill.

The valley is now dark
and it fills with calm.
But look: lit from the depths,
the mountain burns red.

I always start singing at this hour
my unchanging, grief-stricken song.

Could it be I who
bathe the summit in scarlet?

I bring my hand to my heart and feel
how my side drips.

BALLAD OF THE STAR

"Star, I am sad.
Tell me, have you seen
another soul like mine?"
"There is one even sadder."

"I am alone, star.
Tell my soul if there
is another one like her?"
"Yes," says the star.

"Look how I cry.
Tell me if another wears
a cloak of tears."
"Another weeps still more."

"Tell me, who is sadder,
who is so lonely,
if you have met her."

"It is I, who enchant,
it is I with my light
turned to lament."

THE SLOW RAIN

This sad, frightened water,
like a child that suffers,
before touching the earth,
falters.

Still are the trees and the wind,
and in the tremendous, constant
silence, this sharp, bitter sob begins
its descent!

The sky's like a huge
heart that opens itself up, bitter.
It's not rain: it's a slow bleeding that lasts
forever.

In their homes, men
don't hear this cry,
the sorrow sent in the water
from up high.

This long, exhausting
deluge of waters, vanquished,
towards the Earth, reclining
and anguished.

The lifeless water's falling,
quiet as a daydream,
like the fleeting creatures
of dreams.

It rains . . . and like a jackal the night
stalks the hills. What will emerge,
in the dark,
from the Earth?

Will you sleep, while outside
this water falls, suffering and lifeless,
this lethal water, sister
of Death?

PINE FOREST

The pine forest, vast and dark,
the wind softly sways,
and it rocks my sorrow
with a lullaby.

Calm, pines, solemn,
as a thought,
quiet my sorrow,
quiet my memory.

Quiet my memory,
that pale assassin,
pines that think
with human thought.

The wind softly
sways the pines.
Sleep, memory,
sleep, bitterness!

The mountain wears
the pine forest like
a long love
that covered an entire life.

Nothing has it left
unpossessed, nothing!
Like an eager love
that has invaded a soul!

The mountain
has rosy earth;
the pines imposed
their tragic darkness.

(That's how the soul
was, a rosy hill;
thus, it was love that
dressed it in sorrow.)

The wind rests
and the pine forest grows quiet,
just as one who glimpses
one's soul does.

It ponders in silence,
vast and dark,
like a being that knows
the world's pain.

Pines, I am afraid
to think with you;
afraid to remember,
pines, that I am alive.

Oh! Do not grow quiet,
see to it I sleep;
do not grow quiet, like
one who thinks!

Prose

THE TEACHER'S PRAYER

For César Duayen

Lord! You who taught, forgive that I am a teacher; that I bear the title you bore on Earth.

Bestow upon me wholehearted love for my school; do not let even the blaze of beauty rob it of my unwavering tenderness.

Teacher, render my fervor infinite; my disillusion, fleeting. Rid me of this impure desire for justice that still disturbs me, the petty temptation of resistance that arises in me when harm comes my way. Let me be neither hurt by the incomprehension nor saddened by the forgetfulness of those I have taught.

Allow me to be more of a mother than the mothers themselves, so that I can love and defend those who are not flesh of my flesh. Give me the chance to make a perfect verse out of one of my pupils, and to embed in her for you my most piercing melody, for when my lips have ceased to sing.

Show me how to live and breathe your Gospel in my time in order to defend it every day and every hour.

Bestow upon my democratic school the same light that hung above the barefoot children who gathered round you.

Make me strong, even in my powerlessness as a woman, and as a poor woman; make me spurn any power that is not pure, any pressure that is not that of your ardent will upon my life.

Friend, stand by me! Hold me steady! I will often have only You at my side. When my teaching becomes more virtuous, and my truth more searing, I will leave the worldly behind. But You will then press me against your heart that has known so much solitude and misery. Only in your gaze will I seek sweet approval.

Grant me simplicity and grant me depth; let me be neither complicated nor banal in my daily instruction.

Let me raise my eyes above my wounded breast as I enter my school every morning. Let me not bring to my desk my trivial material concerns and my constant, petty pain.

May my hand be lighter in punishment, and softer with each caress. Let pain seep into every admonishment so that I know I have corrected with love!

Allow me to make a temple out of my brick school. Make the flame of my enthusiasm envelop its austere courtyard and stark classroom. Let my heart be a sturdier column and my goodwill purer gold than the columns and gold of richer schools.

Lastly, remind me, from Velázquez's pale canvas, that to teach and love deeply on Earth is to reach my final day with Longinus's great lance in my side, burning with love.

CHILDREN'S HAIR

Soft hair, hair that is all the softness in the world: what silk would I relish if I did not have you in my lap? Sweet is the day, sweet is my livelihood, sweet is my old pain for the few hours when it slides between my hands.

Lay it on my cheek; let it tangle in my lap like flowers; allow me to braid my pain with it, to soften it; enliven the dying light with it.

When I am finally with God, I will not ask for the wings of an angel. To heal my bruised heart, I'll ask him to fill the blue with the locks of the children I loved, and to let them float forever in the wind that brushes my face!

POEMS FOR MOTHERS

For doña Luisa F. de García-Huidobro

I

HE HAS KISSED ME

He has kissed me, and now I am another: another, in the pulse that duplicates that of my veins; in the breath that can be felt within mine.

My womb is now as noble as my heart . . .

And I exhale flowers every time I breathe, all because of the one who rests gently within me, like dew on the grass!

I WONDER . . .

I wonder, what will he be like? I have looked long at a rose's petals, and felt their delightful softness: I would like my child's cheeks to be that soft. I have played in a tangle of blackberry bush, because I would like his hair to be like that, dark and winding. Though I won't mind if it's a lighter shade, like the rich red clay potters love, or if its smoothness has all the simplicity of my life.

I look at the crevices in the mountains, when they become awash with fog, and I see a silhouette in the fog of a girl, the sweetest girl—it could be a girl as well.

But, above all, I want my child to look with the same
sweetness that he has in his gaze, and to have the slight
tremor of his voice when he talks to me, because in the
one to come I want to love the one who would kiss me.

WISDOM

Now I know why I've had sunlight over me for twenty
summers, and why I've been charged with picking flowers
in the fields. Why, I asked myself on the loveliest of days,
am I blessed with this wonderful gift of warm sun and
fresh grass?

As through the blue bunch of flowers, the light went
through me to the sweetness I would deliver. This, that
deep inside of me is forming drip by drip from my veins,
this was my wine.

I prayed for this, for God's name to penetrate my clay,
of which he would be made. And when I read a verse with
quivering pulse, beauty burned me like an ember for him, so
that he could take the inextinguishable ardor from my flesh.

SWEETNESS

For the sleeping child I carry, my walk has become
cautious. And so religious is my heart, ever since it carries
the mystery.

My voice is soft, as if muted by love, because I do not wish to wake him.

With my eyes, I now search faces for the pain within them, so that others may look at me and understand the cause of my cheek turned pale.

I probe with fearful tenderness in the grasses where quails nest. And I go through the valley in silence, carefully. I think the trees and things have sleeping children within, over which they watch, leaning.

SISTER

Today I saw a woman opening a furrow. Her hips are swollen, like mine, by love, and she did her work bent over the soil.

I have caressed her waist; I have brought her with me. She'll drink the thick milk from my same glass and bask in the shade of my passageways, pregnant with the heaviness of love. And if my breast is not generous, to her rich breast my child's lips will turn.

PLEA

Please, no! How could God have let the tip of my breasts grow gaunt, if it was He who broadened my waist? I feel my chest growing, rising like the water in

a wide pond, without a sound. And its softness casts a
shadow, as if in promise, over my belly.

Who in the valley could be more miserable than me if
my breasts do not moisten?

Like the vases women leave overnight to collect dew,
I place my breasts before God; I give him a new name—
I call him the Sweller—and I ask him for the liquor
of life, abundant. He will look for it when he comes,
thirsty.

SENSITIVE

I don't play in the meadows anymore, and I am afraid
of joining the girls on the swings. I am like the branch
that bears fruit.

I am weak, so weak that the smell of the roses made
me faint this afternoon when I went down to the garden,
and a simple song that travels in the wind or that drop
of blood that the day has in its last heartbeat in the sky
disturbs me, floods me with pain. From a mere glance of
my creator, if this night is hard for me, I might die.

ETERNAL SUFFERING

I become pale if she suffers within me; her hidden
pressure leaves me aching, and I could die from just

one movement of the one who is inside me and whom I cannot see.

But do not think that she will only pass through me, entwined with my insides only while I harbor her. When she roams freely, even if she is far, the wind that batters her will rip my flesh and her scream will travel, too, through my throat. My weeping and my smile will have their beginning in your face, my child!

FOR HER SAKE

For her sake, for the one who is sleeping, like a trickle of water beneath the grass, do not hurt me, do not trouble me. Forgive me for everything: my dissatisfaction with the table setting and my hatred of noise. You will tell me of the hardships of the house, of scarcity and desires, after I have put her in diapers. Wherever you touch me, my forehead, my chest, she is there and would let out a cry in response to the injury.

STILLNESS

I can't go on walks anymore: I feel how they flush— my wide waist and the deep bags under my eyes. But bring me out here, place the flower pots here beside me, and play the zither for hours: I want to be flooded with beauty for him.

I put roses over my womb, I utter, over him who sleeps, eternal stanzas. Hours go by as I soak up the biting sun in the bower. I want to distill, like fruit, honey inside me. Gushes of wind from the pines greet my face. The light and the breeze color and wash my blood. To wash it also, I do not hate, I do not gossip, I only love! For I am weaving, in this silence, in this stillness, a body, a miraculous body, with veins, and a face, and a gaze, and a purged heart.

LITTLE WHITE CLOTHES

I knit his tiny booties, cut the soft diaper: I want everything done by my hands.

He will come from within me, recognize my scent.

Soft sheep's fleece: this summer, you were sheared for him. The sheep grew it for eight months and the January moon whitened it. It has no thistle spikes nor bramble thorns. That's how soft the fleece of my flesh is, where he has slept.

Little white clothes! He looks at them through my eyes and smiles, delighted, imagining their softness . . .

PORTRAIT OF THE EARTH

I had not seen the true portrait of the Earth before. The Earth has the air of a woman with a child in her arms (with her progeny in her wide embrace).

I am learning about the maternal in all things. The mountain that gazes at me is also a mother, and in the afternoons, the fog plays, childlike, around her shoulders and knees.

I remember, now, a ravine in the valley. Throughout its deep riverbed, a stream that lay hidden by the scrubland sang. I am already like the ravine; I feel this small stream sing in my depths, and I have given it my flesh as thicket until it rises towards the light.

DEAR HUSBAND

Husband, do not hold me. You made him rise from the depths of my being like a water lily. Let me be like still water.

Love me, love me a little more now! I—who am so small!—will make a copy of you to walk the Earth. I—who am so poor!—will give you another set of eyes, lips, with which you will savor the world; I—who am so tender!—will sunder like an amphora for love, so that this wine of life may pour out of me.

Forgive me! I am clumsy as I walk, clumsy as I fill your cup; but you swelled me so and bestowed upon me this strangeness with which I move among things.

Be sweeter to me than ever. Do not stir my blood with desire; do not agitate my breath.

Now I am only a veil; my entire body is a veil under which is a sleeping child!

MOTHER

My mother came to see me; she sat here by my side, and, for the first time in our lives, we were two sisters, talking about the tremendous passage.

Trembling, she felt my belly and gently uncovered my chest. And at her hands' touch, I felt my body open with the softness of leaves, and that a wave of milk rose in my breast.

Flushed, full of confusion, I spoke to her of my pain and the fear of my flesh; I fell upon her breast—and I became a little girl once again, sobbing in her arms at the terror of life!

TELL ME, MOTHER . . .

Tell me, mother, everything you know from your old pangs. Tell me how she is born and how her tiny body comes, entangled in my viscera.

Will she look for my breast on her own, or should I offer it to her, encouraging her?

Give me your science of love, now, mother. Teach me new ways to caress—delicate ones, more delicate than a husband's.

How will I clean her little head, day after day? And how will I wrap her up so as not to harm her? Teach me, mother, the lullaby you rocked me with. That will make her sleep better than any other song.

DAWN

All night, I have suffered, all night, my flesh has quivered, anticipating delivering its gift. The sweat of death is on my temples; but it's not death, it's life!

And I call You Infinite Sweetness now, Lord, so that You can detach her softly.

Be born now, and may my scream of pain ascend in the dawn, interwoven with the singing of birds!

SACRED LAW

They say life has waned in my body, that my veins were emptied like in wine presses: I only feel relief in my chest as after a great sigh!

"Who am I," I tell myself, "to have a child in my lap?"

And I myself respond:

"One who loved, and whose love, upon receiving a kiss, asked for eternity."

May the Earth look at me with this child in my arms, and bless me, for I am now fertile and sacred, like the palms and the furrows.

II

POEMS FOR THE SADDEST OF MOTHERS

CAST OUT

My father said he would throw me out, he bellowed to my mother that he would cast me out this very night.

The night is tepid; in the light of the stars, I could walk until I reach the nearest town; but what if he is born at this hour? My sobs have conjured him, perhaps; perhaps he wants to come out to see my tearful face. And he would still tremble under the harsh air, even if I covered him up.

WHY DID YOU COME?

Why did you come? No one will love you, even though you are beautiful, my child. Even though you smile charmingly, like the other children, like the smallest of my little brothers, only I will kiss you, my child. And though you might wave your hands looking for toys, you will have only my breast and the string of my tears to play with, my child.

Why did you come, if the one who brought you hated you when he felt you in my belly?

But no! You've come for me; I who was alone, alone even when he pressed me in his arms, my child!

A NOTE—

One afternoon, as I was walking down a poor street in Temuco, I saw a woman, seated in front of her rancho. She was nearing motherhood, and her face revealed profound grief.

A man walked in front of her and said some cruel phrase, which made her turn red.

At that moment, I felt complete solidarity with my sex, the infinite compassion of women for women, and I left thinking:

"It should be one of us that proclaims (since men have not proclaimed it yet) the sanctity of this painful and divine state. If the mission of art is to make everything beautiful, out of great mercy, why have we not purified, in the eyes of the impure, this?"

So I wrote the preceding poems with an almost religious purpose.

Some of those women who to be chaste must close their eyes to a cruel but deadly reality made heartless comments on my poems, which saddened me, for their sake. They even insinuated I should not publish them in a book.

In this selfish work, made more trifling, in my view, because of this selfishness, such human prose is maybe the only place where the whole of Life is sung. Should it be eliminated?

No! Here it remains, dedicated to those women capable of seeing that the sanctity of life begins with motherhood, which is, therefore, sacred. May they feel the deep tenderness with which a woman who nurtures the children of others across the Earth looks at the mothers of all the children in the world!

LULLABIES

For my mother

1. CLOSE TO ME.

Little fleece of my flesh—whom in my womb I wove,—little fleece, shivering,—sleep close to me! The partridge sleeps in the clover—hearing its heart beat:—don't let my breath trouble you,—sleep close to me!

Little, trembling blade of grass—astonished at living,—don't let go of my chest,—sleep close to me!

I, who have lost everything—now tremble even in my sleep.—Don't slip away from my arms:—sleep close to me!

2. I AM NOT LONELY

The night is abandonment—from the mountains to the sea.—But I, rocking you,—I am not lonely!

The sky is abandonment—for the moon falls to the sea.—But I, embracing you,—I am not lonely!

The world is abandonment.—All flesh roams sadly.—But I, holding you—I am not lonely!

3. ROCKING

The sea, its myriad waves—rocks sweet.—Hearing the loving seas—I rock my child.

The errant wind in the night—rocks the wheat.—
Hearing the loving winds—I rock my child.

Our Heavenly Father, his thousands of worlds—rocks
silently.—Feeling his hand in the dark—I rock my child.

4. BITTER SONG

Oh, let's play, my child,—let's play queen and king!

This green field is all yours.—Who else could it belong
to?—The trembling alfalfa—it sways for you.

This valley is all yours. Who else could it belong to?—
For our enjoyment—the orchards turn into honey.

(Oh, it's not true that you shiver—like the Child of
Bethlehem—and that your mother's breast—dried up
from suffering!)

The lamb is thickening—the fleece I am to knit.—
And the sheep pens are all yours.—Who else could they
belong to?

And the milk from the stables—that flows from
udders—and the heaps of grain—who else could they
belong to?

(Oh, it's not true that you shiver—like the Child of
Bethlehem—and that your mother's breast—dried up
from suffering!)

Yes, let's play, my child—let's play queen and king!

THEMES OF CLAY

For Eduardo Barrios

1. SACRED ASHES

I have eyes, I have a gaze; the eyes, and the gazes those
of yours whom death broke poured into me—and I look
at you with all of them.

I am not blind, as you call me.

And I love; I am not dead either. I have the love, the
passion of your peoples poured into me like tremendous
embers; longing for their lips, I moan.

2. A MOTHER'S ASHES

Why were you looking for me in the star-filled night?
Here I am, pick me up with your hand. Keep me, carry
me. I don't want the sheep to tread on me, nor the lizards
to scurry across my knees. Pick me up with your hand
and carry me with you. I carried you so. Why will you not
carry me?

With one hand you cut flowers and clasp women, and
with the other, you press your mother to your chest.

Pick me up and knead me into a wide cup, for the roses
this spring.

I have been a cup, but a cup of swollen flesh, and I kept
a bouquet of roses; I carried you like a bunch of flowers.

I know well the noble curve of a cup, for I was your mother's womb.

I flew from the grave as fine dust and I gradually thickened across your field, all to look at you, oh sower, my child! I am your furrow. Look at me and remember my lips! Why do you break me as you pass? At dawn, when you crossed the field, the lark that flew, singing, arose from the desperate impetus of my heart.

3. LOVERS' EARTH

Potter, did you feel the clay sing between your fingers? When you finished pouring water onto it, the clay cried out between them. It is his earth and the earth of my bones that finally came together!

With every atom of my body, I have kissed him; with every atom I have enclasped him. A thousand weddings for our two bodies! To be mixed well, we were undone. Like bees in a hive is the sound of our ferment of love!

And now, if you make a Tanagra out of us, put all of us in the forehead, or in the breast. Don't tear us apart, distributing us over the temples or the arms. Place us, instead, in the sacred curve of the waist, where we'll play endlessly at chasing each other.

Oh, potter! You who grind us absently, singing, you know not that the earth of two lovers never reunited in the world have finally come together in the palm of your hand.

4. TO THE CHILDREN

After many years have passed, when I am a little heap of silenced dust, play with me, with the earth of my heart and bones. If a bricklayer picks me up, he'll make a brick out of me, and I'll be forever fixed in a wall, and I hate lifeless alcoves. If I am made into a prison brick, I'll blush with shame if I hear a man sobbing; and if I am a brick of a school, I'll suffer, too, for not being able to sing with you, at sunrise.

I'd rather be the dust you play with in the countryside, on its paths. Press me against yourselves: I have been yours; undo me, because I made you; step on me, for I have not given you all of the truth, nor all that is beautiful. Or, simply, sing and run all over me, so that I may kiss your dear soles . . .

When you have me in your hands, recite a lovely verse, and I'll crackle with pleasure between your fingers. I'll rise up to find your gazes, looking for the eyes, the hair of those I taught.

And when you make some image out of me, break it every time, for at all times children, with tenderness and pain alike, broke me!

5. THE ENEMY

I dreamt I was the earth, at last, that I was a meter of dark earth at the edge of a path. When the carts loaded with hay went by at sunset, the scent they left in the air made me quiver, as it reminded me of the countryside where I was born; linked reapers that passed by were evocative, too: when the twilight bronze cried, my soul remembered God, under his blind dust.

Next to me, the soil formed a small heap of red clay, shaped like a woman's chest, and I, thinking it could also have a soul, asked:

"Who are you?"

"I am," she said, "your Enemy, she whom you simply, terribly called so: the Enemy."

I replied:

"I hated when I was still flesh, young flesh, arrogant flesh. But now I am darkened dust, and I love even the thistle that grows atop me and the wheels of wagons that crush me as they pass."

"I too no longer hate," she said, "and I am red like a wound, because I have suffered, and they placed me next to you because I asked if I could love you."

"I'd like you closer," I responded, "in my arms, which never embraced you."

"I'd like you," she responded, "over my heart—there, in my heart, where your hate burnt me."

A potter walked by, one afternoon, and, as he sat down to rest, gently caressed both mounds of earth . . .
 "They're soft," he said, "they're equally soft, though one is dark and the other bloody. I'll take them both and make a cup out of them."

The potter mixed us as nothing is mixed under the sun: more than two gusts of wind, more than two waters. And no acid, no chemistry of men could have separated us.

When he placed us in a blazing oven, we attained the most brilliant and beautiful color the sun had ever seen: it was the vivid rose of newly bloomed petals . . .

It was a simple cup, with no fringes, no cuts, nothing that would separate us. When the potter took it out of the blazing oven, he thought it was mud no longer, but a flower: like God, he had managed to make a flower!

And the cup sweetened the water so much that the man who bought it sought pleasure from pouring in it the most bitter juices: wormwood, hemlock, to collect them honeyed. And if Cain's own soul could have sunk itself in that cup, it would have risen from it like a dripping honeycomb . . .

6. THE AMPHORAS

You've just found, by the river, the red clay and the black clay; you're kneading the amphoras, eyes ablaze.

Potter, make one for all men, for each one needs one like his own heart.

Make the campesino's amphora, its handle strong, its outline soft as a child's cheek. It will not dazzle with its grace, but will be the Amphora of Health.

Make the sensualist's amphora—make it as burning as the flesh he loves; but, to cleanse his instinct, give it spiritual lips, light lips.

Make the sorrowful man's amphora, make it as simple as a teardrop, without folds, without colorful fringes, because its owner won't look at it for its beauty. And knead it with the mud of dry leaves, so that he finds, drinking from it, the smell of every autumn, the scent of his own heart.

Make the amphora of the poor, rough, like a fist, ripped, and bloody, like a pomegranate. It will be the Amphora of Protest.

And make Leopardi's amphora, the amphora of the tortured, whom no love could satisfy. Make them a cup they can look into and see their own heart, so that they hate themselves even more. They will pour into it neither wine nor water, and it will be the Amphora of Desolation.

And its empty bosom will unsettle, more than if it were filled with blood, whoever looks at it.

7. CUPS

"We are all cups," the potter said to me, and seeing me smile, he added, "You are an empty cup. You were knocked over by a great love and nothing else will fill you up. You are not humble, and you refuse to go down to the tank like other cups, to fill yourself up with unclean water. Nor do you open yourself up to feed on small delights, like some of my amphoras, which welcome the slow drops that the night pours for them and are sustained by that brief coolness. And you are not red, but pale with thirst, because supreme ardor has that tremendous paleness.

8. LIMITATION

"Cups suffer from being cups," he added. "They suffer from containing in their whole lifetime nothing more than a hundred tears and perhaps a sigh or a powerful sob. In the hands of Destiny, they tremble, and they do not think they waver so because they are cups. Love chips away at them with ardor, and they do not realize they are siblings to my cracked clay. When they look at the sea, that huge amphora, the cups suffer, humiliated. They hate their small walls. They hate their small base, which barely rises from the dust, to welcome a bit of sunlight.

"When men embrace, in the hour of love, they do not realize they are as meager as a stalk of grass and that they cling with a single arm, reaching out—just like an amphora!

"From their thoughtful stillness, they trace the outlines of all things, and they are unaware of their fleetingness, seeing themselves enlarged in their shadows.

"From God's finger, which shaped them, they still have a vague scent spilled on their walls, and they often ask which garden of perfumes they were kneaded in. And God's breath, which fell upon them as he carved them out, left behind, to heighten their torture, this vague remembrance of a sublime softness and sweetness."

9. THIRST

"All cups are thirsty," the potter went on, "those like mine, of mortal clay. That's how they were made, open, so that they could welcome the sky's dew, and, oh! so that their nectar would escape swiftly!"

"And when they're full, they are not happy either, because they all hate the liquid in their bosom. The cup of Falerno loathes its rough smell of wine presses—

the one with aromatic oil hates its heavy thickness and envies the lightness of the clear water cup.

"And the cups with blood live tormented by the stubborn lumps that coagulate on their walls and by not being able to wash in the streams, and they are the most anguished.

"To render the yearning of men, only paint their faces with their lips ajar from thirst, or make, simply, a cup, which is also a thirsty mouth."

THE FOUR-PETALED FLOWER

My soul was once a great tree, in which a million fruits turned red. Just gazing at me, then, bestowed plenitude; hearing the song of a hundred birds beneath my branches was euphoria.

Later, it was a bush, gnarled, of meager foliage, but still capable of exuding scented gum.

Now it is merely a flower, a small four-petaled flower. One is called Beauty, and another, Love, and they are next to each other; another is called Pain, and the last one, Mercy. One by one, they opened, and the flower will have no more petals.

The petals have, at their base, a drop of blood because beauty was painful for me, because my love was pure tribulation and my mercy was born, too, from a wound.

You who knew me when I was a great tree and arrive so late in search of me, at twilight, might walk past without recognizing me.

I, from the dust, will look at you in silence and know, from your visage, if you are capable of being satisfied with a simple flower, as fleeting as a teardrop.

If I see ambition in your eyes, I'll let you go ahead to the others, which are great trees reddened with fruit.

For the one I now welcome beside me, in the dust, must be so humble as to be content with this fleeting radiance; his ambition so faded that he may eternally remain, with a cheek upon my earth, forlorn, and lips upon me!

POEMS OF ECSTASY

1. I AM CRYING

You've told me you love me, and I'm crying. You've told me you'd cross the valleys of the world with me in your arms.

You've stabbed me with this unexpected joy. You could have given it to me a drop at a time, like water for the sick, and you made me drink from the torrent!

Fallen on the earth, I'll be crying until my soul understands. My senses have heard, my face, my heart; yet my soul fails to understand.

The divine afternoon over, I'll stagger back home, leaning on the tree trunks along the way . . . It is the path I took this morning, and I will not recognize it. I'll gaze at the sky with wonder, the valley, the roofs of the village, and I'll ask their names because I've forgotten all of life.

Tomorrow, I'll sit on the bed and ask to be called, to hear my name and believe. And I'll break into tears again. You've stabbed me with this joy!

2. GOD

Now speak to me of God, and I am bound to understand you.

God is this rest that your long gaze finds in mine, this understanding, without the intrusive noise of words. God is this surrender, ardent and pure. And this indescribable trust.

Like us, God is loving at dawn, at midday, and at night, and it seems to God, as to us two, that He is only beginning to love . . .

God needs no other song than His own love, and He sings it from sigh to sob. And back to sighing . . .

God is the ripe rose's perfection, before the first petal falls.

And this divine certainty that death is a lie.

Yes, now I understand God.

3. THE WORLD

They don't love each other, they said, because they don't look for each other. They have not kissed because she remains pure. They don't know that we surrender to each other with a single gaze!

Your work is far from mine and my seat's not at your feet and yet, as I go about my work, I feel as if I were weaving you together with the softest web of wool, and you are feeling, far away, how my gaze falls to your bowed head. And your heart breaks with sweetness!

The day over, we'll find each other for an instant, but the sweet wound of love will hold us over until the next sunset.

They, who roll around in their voluptuosity without truly uniting, don't know that in a single gaze we are married!

4. THEY SPOKE OF YOU . . .

They spoke of you, covering you in blood, with countless words. Why does the tongue of men wear itself out so uselessly? I closed my eyes and looked at you in my heart. And you were pure, like the frost that the dawn finds asleep on the windows.

They spoke of you, praising you, with countless words. Why does the generosity of men wear itself out so uselessly? . . . I stayed silent, and the praise arose from within me, gleaming like the mist that rises from the sea.

They left your name unspoken one day, and said others, passionately glorifying them. The strange names fell over me, lifeless, broken. And your name, which no one pronounced, was present like the Spring, which covered the valley, even if no one was singing it at that waning hour.

5. WAITING FOR YOU

I wait for you in the field. The sun is going down. The night descends over the plain, and you come walking to meet me, as naturally as the night falls.

Hurry, for I want to see the twilight on your face!

How slowly you approach! It is as though you were sinking in the heavy earth. If you were to stop right now, my pulse would cease, anguished, and I would become pale and stiff.

You come singing as the slopes descend into the valley. I hear you now . . .

Hurry! The departing day wants to die on our faces, united.

6. HIDE ME

Hide me, so that the world cannot find me. Hide me like the tree trunk hides its resin, and so that I can perfume you in the dark, like a drop of gum, and mull you with it, and the rest of the world won't know where your sweetness comes from . . .

I'm ugly without you, like things uprooted from where they belong: like roots on the ground, abandoned. With you, I'm natural and beautiful, like the moss on a trunk.

Why am I not small, like an almond in its closed pit? Drink me!

Make me a drop of your blood, and I'll rise to your cheek, and I'll remain on it like the most vivid shade of the grapevine leaf. Make me your sigh, and I'll go up and down in your chest, I'll get tangled in your heart, I'll go out into the air and back inside again. And I'll be in this game my whole life . . .

7. THE SHADOW

Go out into the fields at sunset, and leave me your tracks on the grass, for I will go after you. Follow the same path as always, go to the golden poplar grove, proceed through the golden poplars until you reach the purple mountains. And walk surrendering yourself to all things, feeling the tree trunks, so that they give back to me, when I walk by, your caress. Look at yourself in the fountains, and the fountains will keep a glimpse of your face's reflection until I walk by.

8. IF DEATH COMES

If you find yourself hurt, have no fear and call me. No, call me from wherever you are, even if it's a bed of shame.

And I'll go, I'll go even when the plains that lead to your door are bristling with hawthorns.

I don't want anyone, not even God, to wipe the sweat from your temples or fix the pillow under your head.

No! I'm saving my body to shelter your grave from the rain and the snow, when sleep comes for you. My hand will remain over your eyes, so that they don't see the forbidding night.

ART

For María Enriqueta

1. BEAUTY

A song is a wound of love opened for us by things.

For you, crude man, only a woman's womb, the sight of a woman's flesh, is unsettling. We go through life unsettled, wounded by the spear of all the beauty in the world, for the star-filled night was as sharp a love as a love of flesh.

A song is a response we give to the beauty of the world. And we give it trembling uncontrollably as you do before a bare breast.

And from turning this caress of Beauty into blood, and from responding to her never-ending call on our journeys, we are more feverish, more scourged than you, we, the pure.

2. SINGING

A woman is singing in the valley. The shadow that approaches obscures her, but her song lifts her over the field.

Her heart is split, like her cup that shattered this afternoon on the pebbles in the stream—but she sings. As it passes through the hidden wound, the thread of her song is sharpened, it thins and steadies. As it modulates, the voice is drenched in blood.

In the field, the rest of the voices grow silent, quieted by familiar death; the singing of the last lingering bird ceased a moment ago. And her deathless heart, her heart alive with pain, blazing with pain, gathers the voices that fall silent, in her voice, sharp now, but sweet always.

Does she sing for a husband that silently gazes at her in the afternoon, or for a child she sweetens with her song? Or could she be singing for her own heart, more helpless than a child alone at nightfall?

The night that comes is maternalized by this song that seeks it; the stars open themselves up with human sweetness: the star-filled sky becomes human and understands the pain of the Earth.

The singing, pure as illuminated water, cleanses the plain, washes the atmosphere of the ignoble day in which men hated each other. From the singing woman's throat, the day is exhaled and ascends, ennobled, towards the stars!

3. DREAMS

God told me: "The only thing I've left you is a lamp for your nights. The other lamps were in a hurry, and they've gone with love and pleasure. I've left you the lamp of Dreams, and you will live in its gentle gleam.

It won't burn your heart, as love will burn those who took it, nor will it shatter in your hand, as the cup of pleasure will in the hands of others. It has a glow that soothes.

If you teach the children of men, you'll teach by its light, and your lesson will have a rare sweetness. If you spin, or weave wool or linen, the skein will grow by its wide halo.

When you speak, your words will go down more softly than words thought in the brutal light of day.

The oil that sustains it will flow from your own heart, and at times your heart will be pained, like a fruit drained of honey or oil, bruised. No matter!

Your eyes will emanate your peaceful radiance, and the ones with eyes burning with wine or passion will say to you: "What flame does this one carry that does not weaken or consume her?"

They won't love you, thinking you helpless; they'll even believe they have the right to pity you. But, in truth, you will be the merciful one when, living among them, you soothe their hearts with your gaze.

Under this lamp's light, you'll read the burning poems the passion of men has produced, and they'll be more profound for you. You'll hear the music of the violins, and if you look at the faces of those who listen, you'll know you suffer and enjoy more. When the priest, drunk on his faith, goes to speak to you, he'll find in your eyes a soft and sturdy drunkenness on God, and he'll say: "You have him always; I, however, only burn with Him during moments of ecstasy."

And during the great human disasters, when men lose their gold, their wives, or their lovers, which are their lamps, only then will they realize the only rich one is you, because with empty hands, with a barren bosom, in your desolate home, your face will be bathed in the brilliance of your lamp. And they'll feel ashamed for having offered you the crumbs of their joy!

THE ARTIST'S DECALOGUE

I. You shall love beauty, the shadow of God over the Universe.

II. There is no atheist art. Even if you do not love the Creator, you will affirm Him as you create in His likeness.

III. You shall not offer beauty as bait for the senses, but rather as the natural sustenance of the soul.

IV. It shall not be a pretext for lust or vanity, but rather a divine practice.

V. You shall not look for Beauty in festivals, nor bring your work to them, because Beauty is a virgin, and the one at the festivals is not Her.

VI. She shall rise from your heart to your song and you shall be the first to be purified.

VII. Your beauty shall also be called mercy, and it shall console the hearts of men.

VIII. You shall bring forth your work like a child is brought forth: drawing blood from your heart.

IX. Beauty, for you, shall not be a sleep-inducing drug, but rather bountiful wine that drives you to act, for if you stop being a man or a woman, you will stop being an artist.

X. You shall walk away from every creation with embarrassment because it was inferior to your dream, and inferior to that magnificent dream of God's that is Nature.

COMMENTARY ON THE POEMS
OF RABINDRANATH TAGORE

I know I shall love death as well.

I do not believe, no, that I am to be lost after death.

Why would you have filled me up so, if I were to be
emptied and left like the reeds, drained? Why would you
pour light on my temples and heart every morning, if you
did not mean to gather me like the dark cluster of grapes,
sweetened by the sun, when autumn comes?

Neither cold nor heartless does death, as to others,
seem to me. It seems to me rather a burning, a powerful
burning that splits and splinters flesh, to expel, mightily,
our souls.

Rough, bitter, supreme is death's embrace. It is your
love, your terrible love, oh, God! That is how it leaves
bones broken and defeated, faces livid with thirst, and
tongues withered!

I boasted among men that I had known you . . .

Since your men have made a profusion of affirmations
about your attributes, I portrayed You, as I spoke of You,
with the precision of one who paints the lily's petals.
Out of love, out of an excess of love, I described what

I had never seen myself. Your men approached me to interrogate me; they came because they always find You in my songs, spilled like a perfume. I, seeing in them more thirst than that of a parched man asking the way to the river, spoke to them of You, without having savored You yet.

Yes, my Lord, will forgive me. It was their wish, and it was mine too, to gaze at You pure and clear, like lily leaves. Across the desert, it is the thirst of Bedouins that vividly conjures the mirage in the distance . . . Staying silent to hear You, the beating of my arteries seemed to me the palpitation of your wings over my fevered head, and I gave it to men as if it were yours. But You smile with a grin full of sweetness and sadness alike because You understand.

Yes. It is the same, my Lord, as when we await with blazing eyes, looking towards the path. The traveler does not come, but the burning of our eyes traces him every instant in the pale horizon . . .

I know others will be outraged that I have lied; but You, my Lord, will only smile with sadness. You know well: the waiting is maddening and the silence clamorous for fevered ears.

Pluck this little flower and take it, delay not! I fear
lest it droop and drop into the dust.

The truth is that I am still not ripe, that my tears will
no longer fill your hands' cup to the brim. But it does not
matter, my Creator: with a day of anguish, I can finish
maturing.

I feel so small that I fear I will not be warned; I fear
that I will be forgotten like the spike the reaper failed
to notice as he went by. This is why I want to make
up for my smallness with my song, only to turn your
face towards me if you leave me behind, oh, my reaper
enraptured!

The truth is you will not need me for your celestial
flour; the truth is I will not give your bread any new
flavor. But having lived alert to your most subtle
movements, the tenderness I have come to know in you
makes me believe! I have seen you, going in the morning
to the fields, pick the dried little drop of dew shivering
on a flowering head of a stalk of grass, and sip it with
less sound than a kiss makes. I have seen you, also, leave,
hidden away in the tangled blackberries, threads for
the thrush's nest. And I have smiled, overcome with joy,
telling myself: "That is how He will gather me, like the
trembling little drop, before he turns me into mud; just

as with the bird, he will make sure I am kept safe, after the final hour.

Take me, then, take me soon! I have no roots sunken in this land of men. You need only to move your lips slightly to drink me; and with a subtle tilt, take me!

SPIRITUAL READINGS

For don Constancio Vigil

1. EVERYTHING UGLY

The enigma of ugliness is one you have yet to decipher. You don't know why the Lord, creator of the lilies of the meadow, allows the snake in the fields and the frog in the well.

He condones them, He lets them go across the dew-covered moss.

In everything ugly, matter cries; I've heard its moans. Look at its pain, and love it. Love the spider and beetles, for their pain, because they cannot express joy, as the rose does. Love them, for they are a betrayed desire for beauty, an unheard wish for perfection.

They are like some of your days, failed and miserable despite all your might. Love them because they don't resemble God, nor do they evoke such a beloved face. Have mercy on them who terribly, with tremendous longing, seek the beauty they were not endowed with. The potbellied spider, in its weightless web, dreams of the ideal, and the beetle leaves the dew on its dark back to feign a fleeting glow.

2. BANDAGE

All the beauty on Earth can be a bandage for your wound.

God has unfurled it before you; thus, like a painted canvas he has laid out for you his fields of spring.

They are the earth's kindness, his words of love, the small, white flowers and the colorful pebbles. Feel them like this. All beauty is God's mercy.

He who holds out a thorn in one trembling hand, offers you in another a reason to smile. Don't say it's a cruel game. You don't know (in God's chemistry) why the water of tears is necessary!

Feel the sky thus, like a bandage. A wide bandage that reaches down to the bruise of your heart with its softening caress.

He who has hurt you has gone, leaving you threads for the bandage along the way . . .

And every morning, opening your shutters, feel the dawn that rises between the mountains like a marvelous bandage preparing you for the day's sorrow . . .

3. TO A SOWER

Sow without looking at the ground where the seed falls. You are lost if you consult the faces of others.

Your gaze, inciting them to respond, will seem like a request for praise, and even if they agree with your truth, out of pride, they will deny you the answer. Speak your word, and stay calm, without turning your face. When they notice you have left, they will gather your seed; perhaps they will gently kiss it, and each press it to his heart.

Do not place your gilded image before your doctrine. It will be alienated by the love of selfish men, and selfish men are the world.

Talk to your brothers in the dusk, so that your face is erased, and mind your voice until it gets confused with any other voice. Make yourself forgettable, make yourself forgettable . . . You'll be like the branch that retains no trace of the fruits it has let fall.

Even the most practical men, those who think themselves least interested in dreams, know the infinite value of a dream, and are careful to praise the one who dreamt it.

Be like the father that forgives his enemy if they unexpectedly plant a kiss on his child. Let yourself be kissed in your wonderful dream of redemption. Gaze in silence and smile . . .

Let the sacred joy of surrendering thought be enough; let the solitary and divine savoring of his infinite sweetness be enough. It's a mystery God and your soul take part in. Are you not satisfied with such a great witness? He has known, He has seen, He won't forget.

God also has that cautious silence, for He is the Prudent One. He has scattered his creatures and the beauty of all things across the valleys and hills, without a word, with less of a murmur than that of grass when it grows. The lovers of things arrive; they look at them, feel them, and become drunk, with their cheeks to their faces. And they never name Him! He is quiet, always quiet. And He smiles . . .

4. GOD'S HARP

The one whom David called the "First Musician" has, as he does, a harp: it's a huge harp, whose strings are the entrails of men. There is not a single moment of silence upon the harp, nor is there a moment of peace for the hand of the passionate Player.

From dawn to dusk, God sets his living melodies free.

The sensualist's insides make a muffled sound; the pleasure-seeker's insides give off faint voices like the grunts of beasts; the greedy man's are barely audible; the just man's are a tremor of crystal; and the suffering man's, like the sea wind, have a wealth of inflections, from sob to howl. The Player's hand takes its time with them. When Cain's soul sings, the skies shatter like glass;

when Boaz sings, the sweetness of his song is reminiscent of the tall grain piles; when Job sings, the stars are moved like human flesh. And Job listens, enraptured, to the river of pain made beauty . . .

The Musician hears the souls he made, disheartened or passionate. When He goes from the arid ones to the beautiful ones, He smiles or a lets a tear fall on a string.

And the harp never goes quiet; and the Player never grows weary, nor the heavens that listen.

The man who opens the earth up, sweaty, does not know that the Lord he sometimes denies plucks his entrails; the mother who delivers a child also does not know that her scream pierces the blue, and that then, her string is bloodied. Only the mystic knew, and upon hearing this harp he strummed his wounds to amplify it, to sing forever in the fields of heaven.

5. ILLUSION

Nothing's been taken from you! The earth extends, green, in a wide embrace around you, and the sky rests on your forehead. You miss a man that walks across the landscape. There's a tree, along the path, a thin, trembling poplar. Make out his silhouette in it. He's stopped to rest; he's looking at you.

Nothing's been taken from you! A cloud sweeps over your face, long, soft, alive. Close your eyes. The cloud is his embrace around your neck, and it does not grip you, does not trouble you.

Now, a tear runs down your face. It's his serene kiss.

Nothing's been taken from you!

ON THE PASSION

THE OLIVE TREES

When the commotion died down, disappeared into the night, the olive trees got to talking.

"We saw Him enter the Orchard."

"I pulled in a branch to avoid grazing Him."

"I bent mine so that He would touch me."

"We all looked at Him, under a single, quivering gaze!"

"When He talked to his disciples, I, the closest one to Him, heard all the sweetness of the human voice. The words He pronounced ran along my trunk like a string of honey . . ."

"We knit and pressed all our foliage together when the Angel descended with his chalice, so He would not drink from it."

"And when He finished it off, the bitterness of his lips seeped through our foliage all the way up to our crowns. No bird will pick at our bitter leaves, now more bitter than the laurel's."

"Our roots drank his bloody sweat. All of them drank!"

"I let a leaf fall on Peter's sleeping face. He barely moved. Since then, I've known—oh, brothers!—that men don't love, that even when they want to love they don't love well."

"When Judas kissed Him, He hid the moon from us, so that we—mere trees!—would not see the kiss."

"But my branch saw it, and it's burnt upon my trunk with shame."

"Not one of us would have wanted to have a soul at that moment!"

"We'd never seen him before; only the lilies on the hill had watched him go by. Why did he not bask in our shade to rest alongside us?"

"If we had seen him before, we would want to die now just the same."

"Where has He gone? Where is He at this hour?"

"A soldier said He's to be crucified on the mountain tomorrow."

"Perhaps He'll look at us in his agony, when his head's bent down; perhaps He'll look for the valley where He loved and his great gaze will envelop us."

"Perhaps He'll have many wounds; it could be that, at this hour, like one of us, He's covered in wounds."

"Tomorrow, they'll take Him down to the valley to bury him."

"May all the oil of our fruits descend upon the earth and may our roots carry an underground river of oil to his wounds!"

"Dawn is here. Our foliage has grown pale!"

THE KISS

The night of the Orchard, Judas slept for some time and dreamt, dreamt about Jesus, since we only dream of those we love or those we kill.

And Jesus said to him:

"Why did you kiss me? You could have marked me, stabbing me with your sword. My blood was ready, like a cup, for your lips; my heart was not reluctant to die. I hoped your face would appear among the branches.

"Why did you kiss me? Mothers won't want to kiss their children now because of what you've done, and everything that can be kissed, out of love, on earth, the foliage and sunsets, will refuse the blackened caress. How will I ever erase your kiss from the light, so that the lilies don't fade or wilt this spring? You see, you've sinned against the world's trust!

"Why did you kiss me? The ones killed with hooks and knives were cleansed; they're pure now. Before there was the stake, not a kiss.

"How will you live now? Because the tree sheds its blistered bark, but you, you won't have another pair of lips to kiss with, and if you were to kiss your mother, she would go gray just from your touch, just like the olive trees that looked at you and grew pale with astonishment when they understood.

"Judas, Judas, who taught you that kiss?"

"The prostitute," he replied, out of breath, and his limbs were flooded with a sweat that was also blood, and he bit his mouth to slough it off, like the tree its gangrenous bark.

And on Judas' skull, the lips remained, without falling, ajar, prolonging the kiss. His mother threw a rock on top of them, to close them; a worm bit them to peel them; the rain soaked them in vain to make them rot. But they kiss, and keep kissing even under the earth!

POEMS OF THE HOME

For Celmira Zúñiga

1. THE LAMP

Blessed be my lamp! My lamp does not humiliate me, like the sun's flare does, and it has a humanized gaze of pure softness, pure sweetness.

It burns in the middle of my room: it is its soul. Its dim reflection barely makes my tears shine, and I don't see them running down my chest . . .

According to the dream that's in my heart, I move its crystal flower head. When I pray, I give the light a blue hue, and my room takes on the depths of the valley— now that I no longer raise my prayer from the bottom of valleys. When I'm sad, it turns a crystalline purple, and makes things suffer alongside me.

My lamp knows more about my life than the breasts on which I've laid my head to rest. It is alive from having touched my heart so many nights. It has the light glow of my intimate wound, which no longer burns and made itself softer, to last . . .

Perhaps, at nightfall, the sightless dead come to see with the eyes of lamps. Who is this dead one that keeps looking at me with such quiet kindness?

If it were human, it would get tired before my suffering starts, or, stirred up by longing, it would want to stay

with me even when the mercy of sleep arrives. My lamp
is, thus, the Perfect One.

You can't make it out from outside, and my enemies
that walk past think I'm alone. To all my belongings,
as small as this one, as heavenly as this one, I give an
imperceptible clarity, to defend them against thieves of
delight.

The light of its glowing halo is enough. It can hold my
mother's face and the open book. May I be left alone with
only what this lamp bathes; everything else I can be rid
of!

I beg God that on this night, no sad one be left without
a gentle lamp that dampens the glimmer of tears!

2. THE BRAZIER

Bejeweled brazier, a dream for the poor! Looking at
you, I know you're full of precious stones!

I enjoy all the different degrees of your burning
throughout the night: first, there's the ember, as bare as
a wound; then, a thin coat of ash that gives you the color
of less ardent roses; and, when the night ends, a slight,
soft paleness that shrouds you.

While you burned, my dreams or memories would
slowly ignite, and with the slowness of your embers, they
would thin, extinguish themselves . . .

You create intimacy: the house still exists without you, but we do not feel at home.

You taught me that what burns brings together beings around its flame, and looking at you, when I was a little girl, I thought I could do the same with my heart. And so I gathered a ring of children around me.

The hands of my people unite over your embers. Although life scatters us now, we'll remember this web of hands, woven around you.

To better enjoy you, I leave you uncovered; I won't let anyone cover up your marvelous ember.

They gave you a bronze halo, and it ennobles you, widening your glow.

My grandmothers burned in you healing herbs that scare off evil spirits, and I, too, so that you preserve their memory, often sprinkle fragrant herbs over you, and they crackle in your ember like kisses.

Looking at you, old brazier of our home, I say:

"May all the poor light you tonight, so that their sad hands gather over you with love!"

3. THE CLAY PITCHER

Clay pitcher, tan like my cheek, how easily you quench my thirst!

The lip of the spring is better than you, open in the

"Ayen" (2021) by Sofía Castro Chiguay

ravine; but it's far and on this summer night, I cannot reach it.

I fill you up every morning, slowly. The water sings first as it falls; when it goes quiet, I kiss its trembling mouth, repaying its kindness.

You are graceful and strong, tan pitcher. You look like the chest of a woman who nursed me, when I had drained my mother's breast. And I remember her looking at you, and I tenderly trace your silhouette.

Do you behold my dry lips? They're lips that carry many thirsts: one for God, one for Beauty, and one for Love. None of these things were like you, simple and malleable, and all three still make my lips pale.

Because I love you, I never place a cup beside you; I drink from your very lip, holding you with my folded arm. If in your silence you dream of an embrace, I make you believe you have it . . .

Do you feel my tenderness?

In the summer, I place a bit of golden, damp sand under you, so the heat doesn't pierce you, and once, I gently sealed a crack in your side with fresh clay.

I was useless when it came to many chores, but I've always wanted to be the sweet mistress of the house, the one that gathers things trembling with sweetness, as if they understood, as if they suffered like her . . .

Tomorrow, when I go to the fields, I'll cut the healing herbs to bring them to you and sink them in your water. You'll take in the scent of the fields on my hands.

Clay pitcher: you are kinder to me than those who claimed to be kind.

I want all the poor to have, as I do, on this burning afternoon, a cool pitcher for their bitter lips!

"Palafito de Chilwe" (2022) by Luis Lepicheo Guichapai

Pedagogical Prose

School Tales

WHY REEDS ARE HOLLOW

For don Max. Salas Marchant

I

Social revolution also came one day to the peaceful world of plants. It is said that the caudillos, in this case, were the conceited reeds. Inciters of rebellion, the winds spread propaganda, and, in no time, it was all that was talked about in the vegetable realm. The venerable forests fraternized with gardens, wild with the adventure of fighting for equality.

But, what kind of equality? In the consistency of their wood, in the bountifulness of their fruit, in the right to good water?

No; equality in terms of height, simply. Lifting their heads to a uniform elevation, that was the ideal. The corn didn't think of making itself strong like the oak, but rather sought to rock its thick spikelets at the same altitude. The rose didn't toil to be useful like the rubber tree, but endeavored to reach the high top of its crown and make of it a pillow on which to lay its flowers to sleep.

Vanity, vanity, vanity! Delusions of a grandeur against their nature made caricatures of their models. In vain, some sane flowers—the timid violets and the harmless water lilies—spoke of divine law and mad pride. Their voices sounded senile.

An old poet, with a beard like Nilus, condemned the project in the name of beauty, and said some wise words regarding uniformity, odious in all respects. Beauty, now as always, was of no account.

II

How did they do it? There are stories of strange influences. The genies of the earth blew into the plants their monstrous vitality, and that's how the awful miracle came about.

The world of grasses and bushes grew, one night, dozens of feet higher, as if obeying a command of the stars.

The next day, the farmers fainted—coming out of their homes—before the clover, now tall as a cathedral, and the wheat fields, which had turned into jungles of gold!

The sight was maddening. The animals roared with fright, lost in the darkness of the pastures. The birds chirped desperately, their nests perched at unprecedented heights. They couldn't descend in search of seeds. There was no soil toasted by the sun, nor humble carpet of grass!

The shepherds came to a halt with their sheep in front of the pastures; the white fleecy flocks dared not enter that dark, dense thing, in which they would disappear without a trace.

Meanwhile, the victorious reeds laughed, whipping their unruly leaves against the blue crowns of the eucalyptus trees . . .

III

It is said that a month went by in this way. Then came decadence.

And it happened like this.

The violets, which are known to bask in the shade, with their purple heads now exposed to the sun, dried up.

"No matter," the reeds hastened to say, "they were a trifle."

(But grief for them swept the land of souls.)

The madonna lilies, stretching their stems a hundred feet, collapsed. Their marble cups fell, like severed heads of queens.

The reeds argued the same. (But the Graces ran through the forest, wailing woefully.)

The lemon trees, at such heights, lost all of their flowers to the fury of the free wind. Goodbye, harvest!

"No matter," the reeds proclaimed once more, "their fruits were much too sour!"

The clover got scorched, its stems coiling like loose threads thrown into the fire.

The spikes of wheat bent down, but not with that sweet laxity anymore; they fell onto the soil in all their outlandish length, like lifeless rails.

The stems of the potato plants grew so invigorated that their tubers were stunted: they were nothing but apple pips . . .

The reeds had stopped laughing; they were ill.

There was not a fertilized flower to be found in the bushes or on the grass; the insects could not get to them without roasting their wings.

Needless to say, there was no bread or fruit for mankind, nor forage for beasts. There was, instead, hunger; suffering on the earth.

In this state of things, only the great trees remained unscathed, standing tall and strong, as always. For they hadn't sinned.

Finally, the reeds, the last ones standing, fell, signaling the utter defeat of the leveling theory. They fell to the ground, their roots rotten from the excessive humidity the web of foliage wouldn't let dry up.

It was clear, then, that solid as they were before their enterprise, they had become hollow. They had stretched themselves, devouring leagues of sky; but they had emptied their pith and were now laughable things, like puppets and clay figurines.

No one had, given the evidence, the nerve to defend the theory, of which nothing has been said since, in thousands of years.

Nature—always generous—repaired the damage within six months, making the wild plants be reborn sane.

The poet with the beard like Nilus came after a long absence and, with renewed joy, sang the praises of the new era:

"Looking good, my loves. The violets are beautiful in their diminutiveness, and the lemon trees with their gentle silhouettes. Everything is beautiful, just as God made it: the oak is mighty and the barley fragile."

The earth was good once again; it fattened livestock and fed peoples.

But the reed-caudillos remained forever with their stigma: hollow, hollow . . .

WHY ROSES HAVE THORNS

The same thing happened with the roses as with
many other plants, that they were once plebeian in their
excessive number and the places they inhabited.

No one would think that roses, nowadays princesses of
elegant foliage, were made to embellish roads.

But it's true, nonetheless.

God had gone for a walk on Earth disguised as a
pilgrim one warm day, and upon his return to heaven, he
was heard saying:

"All those roads on the poor Earth are so desolate! The
sun punishes them, and I've seen travelers walk them mad
with fever and the heads of beasts harried. The beasts
railed in their rude tongue and men took my name in vain.
They're also so ugly with those muddy, crumbling walls.

And all roads are sacred, for they unite distant lands
and men go through them with the zeal of life, filled
with hope, if merchants—and with an enraptured soul, if
pilgrims.

We should set up some cool awnings along those paths
and beautiful sights: some shade and cause for joy."

And he made the willows that bless everything with
their bowed arms; the tall poplars whose shade extends
so far, and the roses with climbing vines, finery for the
grey walls.

The rose bushes, back then, were imposing and extensive; their unceasing cultivation and breeding have hindered their old exuberance.

And the merchants, along with the pilgrims, smiled when the poplars, like a procession of virgins, watched them go by, and when they shook off the dust from their sandals under the cool willows.

They smiled with excitement, seeing the green tapestry of the walls, scattered with red, white, and yellow spots, a lively fabric, perfumed flesh. Even the beasts whinnied with delight. Songs of a strange mysticism arose from the roads, disrupting the peace of the countryside, because of this marvel.

But it happened that man, then as always, abused the things meant for his joy and which he was entrusted to love.

The poplars were saved by their height; and the willow's limp branches held no appeal. The roses, on the other hand, were very appealing, fragrant like an Eastern perfume and helpless like a girl alone on the mountainside.

After a month of living on those roads, the rose bushes were brutally mutilated, with three or four injured roses.

The roses were women, and they did not suffer in silence. They took their grievance to the Lord. Thus they spoke, trembling with anger and redder than their sister, the poppy.

"Men are ungrateful, Lord; they don't deserve your grace. We were born from your hands recently, whole and beautiful; yet here we are, mutilated and miserable.

"We wished to be pleasing to men, and for that, we performed marvelous feats: we opened our corollas wide, to give off more of our scent; we tired our stems drawing up sap to stay fresh. Our beauty was our demise.

"A shepherd walked by. We leaned in to take a closer look at the bundles of fleece that followed behind. The scoundrel said:

"'You look like the crimson glow of clouds at sundown, and you all bow down to greet passersby, like fairy-tale queens.'

"And he uprooted two twins with one tall stem.

"After him came a farmer. He opened his eyes full of wonder and exclaimed:

"'A marvel! The wall's been decked in colorful percale, just like a gay old girl!'

"He then added:

"'For the girl and her doll.'

"And he took six, in a single swipe, pulling off the entire branch.

"An old pilgrim walked by. His gaze was peculiar: his forehead and eyes seemed to emit light.

"He exclaimed:

"'Praised be God and all his innocent creatures! Oh, Lord, I'll glorify you with this!'

"And he took our most gorgeous sister.

"A rascal walked by.

"'How convenient! Flowers right on this little path,' he said.

"And he fled with an armful, singing the rest of the way.

"Lord, this is no life. In a matter of days, the walls will be like before: we'll have disappeared."

"So, what do you want?"

"Self-defense! Men protect their gardens with hawthorn and brambles. Maybe you can equip us with something like that."

The good God smiled with tears in his eyes, for he had wanted beauty to be harmless and benevolent, and he replied:

"So be it! I see I'll have to do the same for many things. Men will make me endow my creations with hostility and harm, since they abuse gentle creatures."

The rose bushes grew thick skin, and sharp spikes formed on it: thorns.

And man, forever unjust, has since said that God is removing kindness from his creation.

THE ROSE BUSH ROOT

Beneath the earth, as above it, there is life, a host of beings that labor and struggle, that love and hate.

The darkest worms live there, and they are like black strings; and the roots of plants, and underground strands of water, extending like throbbing flax.

They say there are others still: the gnomes, no taller than a tuberose stem, bearded and merry.

A string of water and a root from the rose bush happened to meet one day. Here is what they said:

"My neighbor root, my eyes had never seen anything as ugly as you. It's as though a monkey sunk his long tail in the ground and scurried away without it. It seems you wished to be an earthworm but you failed to attain the same gracious, winding motions, and you've only learned from it how to drink from my blue milk. When our paths cross, you reduce it by half. Tell me, you ugly thing, what do you do with it?"

And the humble root replied:

"The truth is, brother water, that I must appear ungrateful in your eyes. Long contact with the earth has left me dull, and excessive labor has deformed me, like it deforms the laborer's arms. I'm also a laborer; I toil for the beautiful extension of my body as it sets its gaze on the sun. It is to her that I send the blue milk I drink from

you; to keep her refreshed, when you leave, I go and look for vital juices elsewhere. My brother, string of water, your silver will come out into the sun any day now. Look for the creature of beauty I am, then, under the light."
 The string of water, skeptical, but prudent, kept quiet, resigned to wait.

When its pulsating body, now grown fuller, went out into the light, its first task was to look for that extended body the root talked about.

And, God, what a sight.

Spring reigned, splendidly, and in the very spot the root was sunken in, a rosy figure graciously adorned the earth.

The branches were exhausted from carrying all the little pink heads that perfumed the air and filled it with a secret charm.

And the stream flowed on, musing across the flowering meadow:

"Dear God, how is it that what was rough, dull twine beneath becomes pink silk above! Oh, God, there is ugliness that is an extension of beauty!" . . .

THE THISTLE

For don Rafael Díaz

Once a garden lily (in a rich man's garden) asked
the rest of the flowers about Christ. Their owner had
mentioned him in passing, as he praised his newly
bloomed flower.

A rose of Sharon, of a lively purple, replied:

"I hadn't heard of him. Perhaps he's a common man,
for I've seen all the princes."

"I also haven't seen him before," added a small,
fragrant jasmine, "and no gentle spirit forgoes smelling
my tiny flowers."

"Neither have I," added the cold, indifferent camellia.
"He must be a lout: I've been on the breasts of all the
beautiful men and women . . ."

The lily replied:

"Then he wouldn't resemble me, and he came to my
owner's mind when he saw me this morning."

The violet then said:

"There is someone among us who's sure to have seen
him: our poor brother the thistle. He lives near the edge
of the road and knows everyone who goes by, greeting
them with a head full of ash. Though humiliated by the
dust, the thistle is sweet, having a flower of my shade."

"You're right," the lily replied. "Without a doubt, the

thistle knows this Christ; but you are mistaken in calling him one of us. He has thorns and is ugly like an evildoer. Ugly, too, because he snatches the wool of the little lambs when the flocks pass by.

But, making his voice softer, the hypocritical lily called out to the road:

"Brother thistle, poor brother of ours, I, the lily, ask if you know Christ."

And the thistle's voice, weary and as though torn, traveled on the wind:

"Yes, he's walked by this road, and I've touched his garments, I, a sad thistle!"

"And is it true he bears a resemblance to me?"

"Just a little, and only when the moon leaves you in pain. You lift your head too up high. He carries it a bit bowed; but his mantle is white like your crown and you're fortunate to look like him. Nobody will ever compare him to the dusty thistle!

"Tell me, thistle, how are his eyes?"

The thistle opened a blue flower on another plant.

"How about his chest?"

The thistle opened a red flower.

"This is what his chest looks like," he said.

"It's such a crude color," said the lily.

"And what does he wear as a garland on his temples in the spring?"

The thistle lifted his thorns up.

"It's a terrible garland," said the camellia. "The rose's small thorns are bearable, but those are like the ones on the cactus, the spiky cactus on the mountainside."

"And does Christ love?" The lily continued, concerned. "How is his love?"

"This is how Christ loves," said the thistle as he released and let fly all the leaf buds from his dead corolla into the wind.

"Despite knowing all this," said the lily, "I'd like to meet him. How can we make that happen, brother thistle?"

"To see him walk past, to receive his gaze, you must make yourself a thistle of the road. He always walks the roads, without stopping to rest. When he walked past, he told me: 'Bless you, thistle, for you bloom amid the dust and brighten the traveler's restless sight.' Not even for your perfume will he stop at the rich man's garden, because he is following another scent in the wind—that of the wounds of men."

BUT NEITHER THE LILY, WHOM THE PLANTS CONSIDERED A BROTHER; NOR THE ROSE OF SHARON, WHOM HE CUT AS A CHILD ALONG THE HILLS; NOR THE TANGLED HONEYSUCKLE, CHOSE TO BECOME A THISTLE OF THE ROAD. AND, LIKE THE PRINCES AND WORLDLY WOMEN WHO

REFUSED TO FOLLOW HIM ACROSS THE BURNT
PLAINS, THEY WERE LEFT WITHOUT EVER KNOWING
CHRIST.

THE POND

It was a small pond, all putrid. Everything that fell in it became impure: the leaves of the nearby tree, feathers from a nest, even the earthworms at the bottom, darker than those of other pools. On the edges, there was not a shred of green.

The neighboring tree and a big pile of rocks surrounded it in such a way that the sun never laid its eyes on it, and the pond never came to know the sun.

One day, however, a factory opened close by, and its workers came in search of the huge rocks.

That happened at twilight. The next day, the first bolt of lightning struck the tree's crown and slid towards the pond.

The lightning bolt sunk its golden finger into the pond, and the water, black as shoe polish, lightened: it turned pink, purple, every color of the rainbow: a marvelous opal!

First, a sense of wonder, almost shock, when the brilliant arrow went through it; later, an unknown pleasure, seeing itself transformed; then . . . ecstasy, the quiet admiration of that divine presence that had descended upon it.

The worms at the bottom had gone mad, at first, when their abode was disrupted; now they were calm, perfectly absorbed in contemplating the sheet of gold they had for a sky.

Morning, midday, and afternoon went by like this. The neighboring tree, the tree's nest, and the nest's owner all felt how earth-shattering the act of redemption that was taking place before them was. It seemed to them the pond's glorious appearance was something unheard of.

And when the sun came down, they saw something even more unbelievable.

Its warm caress was, throughout the entire day, absorbing the unclean water, slowly, imperceptibly. The last bolt of lightning dried up the last drop. The chalky hole was now open, like the socket of a big eye emptied out.

When the tree and the bird saw a supple, feathery cloud run through the sky, they would never have thought that that airy finery was their old friend, the pond with the impure belly.

❀ ❀ ❀

For the other the ponds down here, are there no providential workers who might remove the rocks that block out the sun?

VOW

May God forgive me for this bitter book, and may the men for whom life feels like sweetness forgive me too.

In these hundred poems, a painful past keeps bleeding, in which my verse bloodied itself to alleviate me. I leave it behind me like a dismal hollow and, through more merciful hillsides, I climb towards the spiritual plateaus where a wide light will fall, finally, on my days. I will sing from them words of hope, without looking at my heart again; I will sing like a merciful being once wanted, to "console men." When I wrote "The Artist's Decalogue" at the age of thirty, I uttered this Vow.

May God and Life allow me to fulfill it in the days I have left on these paths . . .

G.M.

Translations by
Langston Hughes

"Surrealismo Cósmico" (2014) by Eduardo Muñoz

Translations by
Langston Hughes

from *Selected Poems of Gabriela Mistral*

(1957)

CLOSE TO ME

Tiny fleece of my own flesh
woven deep within me,
tiny fleece so hating cold,
sleep close to me!

The partridge sleeps in the clover
alert to the barking dogs:
but my breathing does not disturb you,
Sleep close to me!

Trembling little blade of grass
frightened at life,
do not turn loose my breasts:
sleep close to me!

I who have lost everything
shiver at the thought of sleep.
Do not slip from my arms:
sleep close to me!

I AM NOT LONELY

The night is left lonely
from the hills to the sea.
But I, who cradle you,
I am not lonely!

The sky is left lonely
should the moon fall in the sea.
But I, who cling to you,
I am not lonely!

The world is left lonely
and all know misery.
But I, who hug you close,
I am not lonely!

CRADLE SONG

The sea cradles
its millions of stars divine.
Listening to the seas in love,
I cradle the one who is mine.

The errant wind in the night
cradles the wheat.
Listening to the winds in love,
I cradle my sweet.

God Our Father cradles
His thousands of worlds without sound.
Feeling His hand in the darkness,
I cradle the babe I have found.

NIGHT

Because you sleep, my little one,
the sunset will no longer glow:
Now nothing brighter than the dew
nor whiter than my face you know.

Because you sleep, my little one,
nothing on the highroad do we see,
nothing sighs except the river,
nothing is except me.

The plain is turning into mist,
the sky's blue breath is still.
Like a hand upon the world
silence works its will.

Not only do I rock to sleep
my baby with my singing,
but the whole world goes to sleep
to the sway of my cradle swinging.

YOU HAVE ME

Sleep, my little one,
sleep and smile,
for the night-watch of stars
rocks you awhile.

Drink in the light,
and happy be.
All good you have
in having me.

Sleep, my little one,
sleep and smile,
for the earth in love
rocks you awhile.

Look at the bright rose,
red as can be.
Reach out to the world
as you reach out to me.

Sleep, my little one,
sleep and smile,
For God in the shade
rocks you awhile.

CHARM

This child is as charming
as the sweetest winds that blow:
if he suckles me while I'm sleeping
he drinks, and I do not know.

This child is sweeter than the river
that circles the hill with its crook.
This son of mine is more beautiful
than the world on which he steals a look.

This child has greater riches
than to heaven or earth belong—
on my breast he has ermine,
and velvet in my song.

His little body is so small
it seems a tiny seed so fine:
weighing less than dreams weigh,
no one sees him, yet he's mine.

SAD MOTHER

Sleep, sleep, master mine,
without worry, without fear,
even though my soul sleeps not,
even though I do not rest.

Sleep, sleep, and in the night
may you a lesser murmur be
than a blade of grass
or the silk of fleece.

In you let my flesh sleep,
my worry and my fear.
In you let my eyes close.
May my heart sleep in you.

GENTILITIES

When I am singing to you,
on Earth wrongdoing ceases:
all is sweetness at your temples:
the gulley and the patch of brambles.

When I am singing to you
evil is erased from all:
gentle as your eyelids
become the lion and the jackal.

BITTER SONG

Little one, let's play at
being king and queen.

This green field is yours.
To whom else could it belong?
The waving fields of grain
for you are growing strong.

This whole valley is yours.
To whom else could it belong?
So that we might enjoy them,
orchards give us honey.

(No, it's not true that you shiver
like the Child of Bethlehem,
and that the breasts of your mother
are going dry through wrong!)

The sheep is growing wooly
with the fleece I will weave so strong.
And the flocks all are yours.
To whom else could they belong?

The milk flowing sweet from udders
in stables at evensong,
and the gathering of the harvests
to whom else could they belong?

(No, it's not true that you shiver
like the Child of Bethlehem,
and that the breasts of your mother
are going dry through wrong!)

Yes, little one, let's play
at being king and queen.

FEAR

I do not want them to turn
my child into a swallow;
she might fly away into the sky
and never come down again to my doormat;
or nest in the eaves where my hands
could not comb her hair.
I do not want them to turn
my child into a swallow.

I do not want them to make
my child into a princess.
In tiny golden slippers how could
she play in the field?
And when night came, no longer
would she lie by my side.
I do not want them to make
my child into a princess.

And I would like even less
that one day they crown her queen.
They would raise her to a throne
where my feet could not climb.
I could not rock her to sleep
when nighttime came.

I do not want them to make
my child into a queen.

LITTLE LAMB

Little lamb of mine
with such softness blest,
your grotto of velvet moss
is my breast.

Flesh as white
as a moonray is white,
all else I forget
to be your cradle tonight.

I forget about the world
and want only to make
greater my breasts
for your hunger's sake.

For your fiesta, son of mine,
other fiestas end—
I only know that you
on me depend.

DEW

This was a rose
kissed by the dew:
this was my breast
my son knew.

Little leaves meet,
soft not to harm him,
and the wind makes a detour
not to alarm him.

He came down one night
from the great sky;
for him she holds her breath
so he won't cry.

Happily quiet,
not a sound ever:
rose among roses
more marvelous never.

This was a rose
kissed by the dew:
this was my breast
my son knew.

DISCOVERY

I found this child
when I went to the country:
asleep I discovered him
among the sprigs of grain . . .

Or maybe it was while
cutting through the vineyard:
searching in its branches
I struck his cheek . . .

Because of this, I fear
when I am asleep,
he might melt as frost does
on the grapevines . . .

MY SONG

The song that I have sung
for sad children,
without pity
sing to me.

The song that I have crooned
suffering children,
now that I am hurt,
sing to me.

The cruel light stabs my eyes
and any sound upsets me.
The song to which I rocked him,
sing to me.

When I was knitting them
soft as the softness of ermine,
I did not know that my poor soul
was like a child.

The song that I have sung
for sad children,
out of pity
sing to me.

POET'S NOTE

One afternoon, walking through a poor street in
Temuco, I saw a quite ordinary woman sitting in the
doorway of her hut. She was approaching childbirth, and
her face was heavy with pain.

A man came by and flung at her an ugly phrase that
made her blush.

At that moment I felt toward her all the solidarity of
our sex, the infinite pity of one woman for another, and
I passed on thinking, "One of us must proclaim (since
men have not done so) the sacredness of this painful yet
divine condition. If the mission of art is to beautify all in
an immensity of pity, why have we not, in the eyes of the
impure, purified this?"

So I wrote these poems with an almost religious
meaning.

Some women who, because of high social standing,
feel it necessary to close their eyes to cruel but inevitable
realities, have made of these poems a vile commentary—
which saddened me for their sakes. They even went so
far as to insinuate that they should be dropped from my
book [. . .]

No! Here they remain, dedicated to those women
capable of seeing that the sacredness of life begins with
maternity which is, in itself, holy. They will understand

the deep tenderness with which this woman who cares for the children of others, looks upon the mothers of all the children in the world.

Gabriela Mistral

HE KISSED ME

He kissed me and now I am someone else; someone
else in the pulse that repeats the pulse of my
own veins and in the breath that mingles with my
breath. Now my belly is as noble as my heart.

And even on my breath is found the breath of
flowers; all because of the one who rests gently
in my being, like dew on the grass!

WHAT WILL IT BE LIKE?

What will it be like? For a long time I looked at
the petals of a rose. I touched them with delight;
I would like their softness for his cheeks. And I
played in a tangle of brambles, because I would like his
hair dark and tangled that way. But if it is brownish,
with the rich color of the red clays that potters love,
I will not care, either, or if his stringy hair is as plain
as was my life.

I watch the hollows in the mountains when they are
    filling
with mist, and from the mist I make the shape of a little
girl, a very sweet little girl: that mine could well be.

But, more than anything else, I want its look to have the
sweetness that he has in his look, and may the light
    timbre
of its voice be like his when he speaks to me, for in the
one that is coming, I want to love the one who kissed me.

WISDOM

Now I know why I have had twenty summers of sunshine
    on my
head and it was given me to gather flowers in the fields.
Why, I once asked myself on the most beautiful of days,
this wonderful gift of warm sun and cool grass?

Like the blue cluster, I took in light for the sweetness
I am to give forth. That which is deep within me comes
into being, drop by drop, from the wine of my veins.

For this I prayed, to receive in the name of God the
clay with which he would be made. And when with
    trembling
pulse I read a poem for him, its beauty burns me like a
live coal so that he catches from my own flesh fire
that can never be extinguished.

SWEETNESS

Because of the sleeping child I carry, my footsteps
have grown silent. And my whole heart is reverent since
it bears the mystery.

My voice is soft like a mute of love, for I am afraid
to awaken it.

With my eyes in passing faces now, I seek this pain of
mine in other entrails, hoping that seeing me, others
understand why my cheek is pale.

I stir the grasses where quail nestle, tenderly afraid.
And through the countryside I go quietly, cautiously:
I believe that trees and things have sleeping children
over whom they hover watching.

SISTER

Today I saw a woman plowing a furrow. Her hips are broad, like mine, for love, and she goes about her work bent over the earth.

I caressed her waist; I brought her home with me. She will drink rich milk from my own glass and bask in the shade of my arbors growing pregnant with the pregnancy of love. And if my own breasts be not generous, my son will put his lips to hers, that are rich.

PRAYER

Oh, no! How could God let the bud of my breasts go dry when He himself so swelled my girth? I feel my breasts growing, rising like water in a wide pool, noiselessly. And their great sponginess casts a shadow like a promise across my belly.

Who in all the valley could be poorer than I if my breasts never grew moist?

Like those jars that women put out to catch the dew of night, I place my breasts before God. I give Him a new name, I call Him the Filler, and I beg of him the abundant liquid of life. Thirstily looking for it, will come my son.

SENSITIVE

I no longer play in the meadows and I am afraid now to swing back and forth with the girls. I am like a branch full of fruit.

I am weak, so weak that the scent of roses made me faint at siesta time when I went down into the garden. And the simple singing of the wind or that drop of blood in the sky when the afternoon gives its last gasp, troubles me, floods me with sadness. Just from the look of my master, if it is a harsh look tonight, I could die.

ETERNAL GRIEF

If he suffers within me I grow pale; grief overtakes me at his hidden pressure, and I could die from a single motion of this one I can not see.

But do not think that only while I carry him, will he be entangled within me. When he shall roam free on the highways, even though he is far away from me, the wind that lashes him will tear at my flesh, and his cry will be in my throat, too. My grief and my smile begin in your face, my son.

FOR HIM

For his sake, for him now lulled to sleep like a
thread of water in the grass, do not
hurt me, do not give me work to do.
Forgive me everything: my irritation
at the way the table is set and my hatred of noise.

You may tell me about the problems of the house,
its worries and its tasks, after I have tucked him away
in his covers.

On my forehead, on my breast, wherever you touch me,
he is, and he would moan if you hurt me.

QUIETNESS

Now I cannot go into the streets: I sense the blush of my
great girdle and the deep dark circles under my eyes. But
bring to me here, put right here beside me a pot full of
flowers, and slowly play soft strings: for his sake I want
to be flooded with beauty.

I put roses on my body, and over him who sleeps I say
ageless verses. In the arbor hour after hour I gather
the acid of the sun. I want to distill within me honey as
the fruit does. I feel in my face the wind from the pine
groves.

Let the light and the winds color and cleanse my blood.
To rinse it, I will no longer hate, no longer gossip—only
love!

Because in this stillness, in this quietude, I am knitting
a body, a miraculous body with veins, and face, and eyes,
and heart quite clean.

LITTLE WHITE GARMENTS

I knit tiny socks of wool, cut soft diapers: I want to make everything with my own hands. He will come out of my own body, he will be a part of my own perfume.

Soft fleece of a sheep: this summer they shear it for him. For eight months its wool grew sponge-like and the January moon bleached it. Now there are no little needles of thistle or thorns of bramble in it. Equally soft is the fleece of my flesh where he has slept.

Such little white garments! He looks at them through my eyes and he laughs, guessing how very, very soft they will be . . .

IMAGE OF THE EARTH

I had never before seen the true image of the Earth. The
Earth looks like a woman with a child in her arms (with
her creatures in her wide arms).

Now I know the maternal feeling of things. The
mountain that looks down at me is a mother, too, and
in the afternoons the mist plays like a child around her
shoulders and about her knees.

Now I remember a cleft in the valley. In its deep bed
a stream went singing, hidden by a tangle of crags and
brambles.I am like that cleft; I feel singing deep within
me this little brook, and I have given it my flesh for
a cover of crags and brambles until it comes up toward
the light.

TO MY HUSBAND

Husband, do not embrace me. You caused it to rise from the depths of me like a water lily. Let me be like still water.

Love me, love me now a little more! I, so small, will duplicate you on all the highways. I, so poor, will give you other eyes, other lips, through which you may enjoy the world; I, so frail, will split myself asunder for love's sake like a broken jar, that the wine of life might flow.

Forgive me! I walk so clumsily, so clumsily serve your glass; but you filled me like this and gave me this strangeness with which I move among things.

Treat me more than ever kindly. Do not roughly stir my blood; do not disturb my breathing.

Now I am nothing but a veil; all my body is a veil beneath which a child sleeps.

MOTHER

My mother came to see me; she sat right here beside me,
and, for the first time in our lives, we were two sisters
who talked about a great event to come.

She felt the trembling of my belly and she gently
uncovered my bosom. At the touch of her hands to me it
seemed as if all within me half-opened softly like leaves,
and up into my breasts shot the spurt of milk.

Blushing, full of confusion, I talked with her about my
worries and the fear in my body. I fell on her breasts, and
all over again I became a little girl sobbing in her
arms at the terror of life.

TELL ME, MOTHER

Mother, tell me all you have learned from your own
pain. Tell me how he is born and how from within me
all entangled comes a little body.

Tell me if he will seek my breast alone, or if I
should offer it to him, coaxing.

Now teach me the science of love, mother. Show me
new caresses, gentle ones, gentler than those of a
husband.

How, in days to come, shall I wash his little head?
And how shall I swaddle him so as not to hurt him?

Teach me that lullaby, mother, you sang to rock me
to sleep. It will make him sleep better than any
other songs.

"Aurora" (2022) by Vilica Arévalo Vito

DAWN

All night I suffered, all night my body trembled
to deliver its offering. There is the sweat of
death on my temples; but it is not death, it is
life!

And I call you now Infinite Sweetness, God, that
you release it gently.

Let it be born! And let my cry of pain rise in
the dawn, braided into the singing of birds!

HOLY LAW

They say that life has flown from my body, that my veins
have spouted like wine presses: but I feel only the relief a
breast knows after a long sigh.

"Who am I," I say to myself, "to have a son on my knee"
And I myself answer, "A woman who loved, and whose
love, when he kissed me, asked for eternity."

Let the Earth observe me with my son in my arms, and
bless me, because now I am fruitful like the palm trees
and furrows in the earth.

THROWN OUT

My father said he would get rid of me, yelled at my
mother that he would throw me out this very night.

The night is mild; by the light of the stars, I might find
my way to the nearest village; but suppose he is born at
such a time as this? My sobs perhaps have aroused him;
perhaps he wants to come out now to see my face covered
with tears. But he might shiver in the naked air, although
I would cover him.

WHY DID YOU COME?

Why did you come? Nobody will love you although you
are beautiful, son of mine. Though you smile endearingly,
like the other children, like the youngest of my little
brothers, nobody will kiss you but me, son of mine. And
though your little hands flutter about looking for toys,
you will have for your toys only my breasts and the beads
of my tears, son of mine.

Why did you come, since the one who created you hated
you when he felt you in my belly?

But no! For me you came; for me who was alone, alone
until he held me in his arms, son of mine!

PRAYER

Lord, you know with what frenzy fine
Your help for strangers I have often sought.
Now I come to plead for one who was mine,
honeycomb of my mouth, spring of my drought.

Lime of my bones, sweet reason to be,
birdsong at my ear, a belt my waist to trim.
I have sought help for others who meant nothing to me.
Do not turn Your head now when I plead for him.

I tell You he was good, and I say
his heart like a flower in his breast did sing,
gentle of nature, frank as the light of day,
bursting with miracles as is the Spring.

Unworthy of my pleas is he, You sternly say,
since no sign of prayer crossed his fevered face
and one day, with no nod from You, he went away,
shattering his temples like a fragile vase.

But I tell you, Lord, I once caressed
his gentle and tormented heart—
as a lily might his brow have pressed—
and found it silky as a bud when petals part.

You say he was cruel? You forget I loved him ever.
He knew my wounded flesh was his to shatter.
Now the waters of my gladness he disturbs forever?
I loved him! You know, I loved him—so that does not
matter.

To love (as You well understand) is a bitter task—
eyelids wet with tears may be,
kisses in prickly tresses may bask,
beneath them guarding eyes of ecstasy.

To welcome the chill of iron one may choose
when loving flesh its thrust encloses.
And the Cross (You recall, Oh, King of the Jews)
may be gently borne like a sheaf of roses.

So here I am, Lord, my head in the dust,
pleading with You through a dusk unending,
through all the dusks that bear I must
if You should prove unbending.

I shall wear down your ears with prayers and with cries,
licking the hem of your garment like a dog full of fears—
never to avoid me anymore Your eyes,
or your feet escape the hot rain of my tears.

Grant him forgiveness at last! Then all winds will blow
rich with a hundred vials of perfume,
all waters will sparkle, all cobblestones glow,
and the wilderness burst into bloom.

From the eyes of wild beasts gentle tears will flow,
and the mountains You forged of stone will understand
and weep through their white eyelids of snow:
the whole earth will learn of forgiveness at Your hand.

POEM OF THE SON

I

A son, a son, a son! I wanted a son of yours
and mine, in those distant days of burning bliss
when my bones would tremble at your least murmur
and my brow would glow with a radiant mist.

I said *a son*, as a tree in spring
lifts its branches yearning toward the skies,
a son with innocent mien and anxious mouth,
and wondering, wide and Christ-like eyes.

His arms like a garland entwine around my neck,
the fertile river of my life is within him pent,
and from the depths of my being over all the hills
a sweet perfume spreads its gentle scent.

We look as we pass at a mother big with child,
whose lips are trembling and whose eyes are a prayer.
When deep in love we walk through the crowd,
the wonder of a babe's sweet eyes makes us stare.

Through sleepless nights full of joy and dreams
no fiery lust invaded my bed.

For him who would be born swaddled in song,
I hollowed my breasts to pillow his head.

The sun never seemed too warm to bathe him;
but my lap I hated as too rough a place.
My heartbeat wildly at so wonderful a gift,
and tears of humility streamed down my face.

Of death's vile destruction I had no fear,
for the child's eyes would free your eyes from such doom,
and I would not mind walking beneath death's dark stare
in the brilliance of morning or at evening's gloom.

II

Now I am thirty years old, and my brow is streaked
with the precocious ashes of death. And slow tears
like eternal rain at the poles,
salty, bitter, and cold, water my years.

While the pine burns with a gentle flame,
musing, I think it would have been meet
that my son be born with my own weary mouth,
my bitter heart and my voice of defeat.

With your heart like a poisonous fruit,
and me whom your lips would again betray,
for forty moons he might not have slept on my breast;
and because he was yours, he might have gone away.

In what flowering orchards, beside what running waters
in what springtime might he have cleansed his blood of
    my sorrow,
though I wandered afar in gentler climes,
while it coursed through his veins in some mystical
    tomorrow?

The fear that some day from his mouth hot with hate
he might say to me, as I to my father did protest,
"Why was your weeping flesh so fertile
as to fill with nectar a mother's breast?"

I find bitter joy in that you sleep now
deep in a bed of earth, and I cradle no child,
for I sleep, too, with no cares, no remorse,
beneath my tangle of brambles wild.

Since I may no longer close my eyes
like a crazy woman I hear voices from outer space,
and with twisted mouth on torn knees I would kneel
if I saw him pass with my pain in his face.

To me God's respite never would be given:
through his innocent flesh the wicked wound me now:
for through all eternity my blood will cry aloud
in my son ecstatic of eye and brow.

Blessed be my breast in which kin is lost
and blessed be my belly in which they die!
The face of my mother will no longer cross the world
nor her voice in the wind change to sorrow's cry.

Forests decayed to ashes will rise a hundred times
to fall again a hundred times by axe or nature's blight.
But in the month of harvest I will fall to rise no more:
me and mine shall disappear in endless night.

As though I were paying the debt of a whole race,
like cells in a beehive, my breast fills with pain.
Each passing hour to me seems a lifetime,
a bitter river flowing seaward is each vein.

I am blind to the sun and blind to the wind
for which my poor dead ones so anxiously long.
And my lips are weary of fervent prayers that,
before I grow mute, my mouth pours into song.

I did not plant for my own granary, nor teach in hope
of loving arms' support when death I might meet
and my broken body sustain me no longer,
and my hand grope for the winding sheet.

I taught the children of others, trusting only in You
to fill my granary with grain divine.
Our Father Who art in heaven, lift up this beggar.
Should I die tonight, let me be Thine.

FOR CHILDREN

Many years from now, when I am a little mound of silent dust, play with me, with the earth of my heart and my bones. Should a mason gather me up, he would make me into a brick, and I would be stuck forever in a wall, and I hate quiet corners. If they put me into the wall of a prison, I would blush with shame at hearing a man sob. Or if I became the wall of a school, I would suffer from not being able to sing with you in the mornings.

I had rather be dust that you play with on the country roads. Pound me, because I have been yours. Scatter me, as I did you. Stomp me because I never gave you truth entire and beauty whole. O, I mean, sing and run above me that I might kiss your precious foot prints.

Say a pretty verse when you have me in your hands, and I will run with pleasure through your fingers. Uplifted at the sight of you, in your eyes I will look for the curly heads of those I taught.

And when you have made of me some sort of statue, shatter it each time, as each time before children shattered me in tenderness and sorrow.

CHILDREN'S HAIR

Soft hair, hair that has all the softness in the world, how could I be happy dressed in silk, if I did not have you in my lap? Each passing day is sweet and nourishing only because of those hours when it runs through my hands.

Put it close to my cheek; rest it in my lap like flowers; braid it into me to ease my sorrows; strengthen the dying light with it.

When I am in heaven, may God give me no angel's wings to soothe the hurt in my heart; spread instead across the sky the hair of the children I loved, and let their hair sweep forever in the wind across my face.

ALEJANDRA QUINTANA AROCHO holds a BA in Comparative Literature and Society from Columbia University. She is a literary translator who has interned at *The Paris Review*. She has conducted research on medieval Iberian poetry, translation theory, and Latin American literature and politics. Alejandra will pursue graduate studies in translation at Oxford University in 2023 and doctoral studies at Columbia University in 2024. She was awarded the 2023 Ambroggio Prize by the Academy of American Poets.

❀ ❀ ❀

INES BELLINA is the 2021 winner of the Society of Children's Book Writers and Illustrators Emerging Voices Award and a DCASE recipient. She is also one of the co-authors of *LGSNQ: Gentrification & Preservation in a Chicago Neighborhood*, a photography book about the people and places that define Logan Square. Ines has performed in shows all over Chicago and her writing has appeared in *Shondaland*, *Chicago Magazine*, *Wine Enthusiast*, *Block Club Chicago*, *The Takeout*, and *The A.V. Club*.

❀ ❀ ❀

ANNE FREELAND is an editor at the Modern Language Association and a member of the Sundial House Editorial Board.

She is the translator of Bolivian social theorist René Zavaleta Mercado's *Towards a History of the National-Popular in Bolivia*, published by Seagull Books in 2018, as well as a number of shorter scholarly and literary works. She holds a PhD in Latin American and comparative literature from Columbia University.

❊ ❊ ❊

JAMES M. LANGSTON HUGHES (1901–1967) was a distinguished American poet, social activist, novelist, playwright, and columnist. One of the earliest innovators of jazz poetry, Hughes is best known as a leader of the Harlem Renaissance. His ashes are interred beneath a mosaic cosmogram in the Schomburg Center for Research in Black Culture.

Hughes translated poems by Federico García Lorca, Nicolás Guillén, and Gabriela Mistral into English. Just before Mistral's death, Indiana University Press published *Selected Poems of Gabriela Mistral*, translated with an introduction by Langston Hughes. The translations featured in this volume first appeared in that 1957 anthology.

Desolación

SUNDIAL HOUSE

Desolación

Poemas de

Gabriela Mistral

SUNDIAL HOUSE   NEW YORK • PHILADELPHIA

SUNDIAL
HOUSE
New York ✦ *Philadelphia*

Primera edición bilingüe: noviembre de 2023

Editora lírica: Silvina López Medin

Correctora de pruebas: Lizdanelly López Chiclana

La diagramación y el diseño de la portada estuvieron
a cargo de Lisa Hamm.

La imagen de la portada es obra de Rafael Lara.

Las fotografías digitalizadas de los grabados estuvieron a cargo
de Fabián Vera Zugac.

ISBN: 979-8-9879264-3-7

Contenido

Prólogo 325
Imágenes de la correspondencia entre Gabriela Mistral
y Federico de Onís

Palabras Preliminares | Instituto de las Españas 333
Imágenes de la primera edición de Desolación *(1922)* 337

Desolación
341

Poesía 345

I. Vida 347

El pensador de Rodin 349
La Cruz de Bistolfi 350
Al oído del Cristo 351

Al pueblo hebreo   354

Viernes Santo   356

Ruth   357

La mujer fuerte   360

La mujer estéril   361

El niño solo   362

Canto del justo   363

El suplicio   365

Palabras serenas   366

In memoriam   367

Futuro   370

A la Virgen de la Colina   371

A Joselín Robles   374

Credo   376

La sombra inquieta   379

II. LA ESCUELA   383

La maestra rural   385

La encina   389

El corro luminoso   391

Infantiles   395

El himno cotidiano   396

Piececitos   399

Nubes blancas   401

Mientras baja la nieve   403

Plantando el árbol   405

Himno al árbol   407

Plegaria por el nido   411

Doña primavera   413

¡Echa la simiente!   415

Promesa a las estrellas   416

Verano   418

Hablando al padre   420

El ángel guardián   423

Caperucita roja   427

A Noel   430

Rondas de niños   432

III. DOLOR   441

El encuentro   443

Amo amor   445

El amor que calla   446

Éxtasis   447

Íntima   449

Dios lo quiere   451

Desvelada   454

Vergüenza   455

Balada   457

Tribulación   459

Nocturno   461

Los sonetos de la muerte   463

Interrogaciones   466

La espera inútil   468

La obsesión   470

Coplas   472

Ceras eternas   474

Volverlo a ver   476

El surtidor   477

La condena   478

El vaso   479

El ruego   480

Poema del hijo   483

Coplas   488

Los huesos de los muertos   493

IV. NATURALEZA   495

Desolación   497

Árbol muerto   499

Tres árboles   501

El espino   502

A las nubes   504

Otoño   506

La montaña de noche   508

Cima   511

Balada de la estrella   512

La lluvia lenta   513

Pinares   515

PROSA   519

La oración de la maestra   521

Los cabellos de los niños   524

Poemas de las madres   525

Canciones de cuna   537

Motivos del barro   539

La flor de cuatro pétalos   548

Poemas del éxtasis   550

El arte   556

Decálogo del artista   560

Comentarios a poemas de Rabindranath Tagore   561

Lecturas espirituales   564

Motivos de la Pasión   569

Poemas del hogar   573

PROSA ESCOLAR — CUENTOS ESCOLARES   579

¿Por qué las cañas son huecas?   581

¿Por qué las rosas tienen espinas?   586

La raíz del rosal   590

El cardo   592

La charca   595

❀ ❀ ❀

Voto   597

Prólogo

Correspondencia entre Gabriela Mistral
y Federico de Onís (1921)

Columbia University
in the City of New York
DEPARTMENT OF ROMANCE LANGUAGES

Señorita Gabriela Mistral

Punta Arenas

Chile.

Distinguida señorita:

        Escribo a Ud. en nombre del General Executive Council del Instituto de las Españas en los Estados Unidos, del cual soi uno de los miembros, para decirle lo siguiente:

    Este invierno dí yo, en esta Universidad, unas de las conferencias organizadas por el Instituto en la cual me ocupé de Ud. y de su admirable obra poética. Más que por mis palabras, por la virtud de sus poesías nobles i sinceras, el público norteamericano quedó tan impresionado que inmediatamente surjió la idea de mostrar de alguna manera el entusiasmo de %
los americanos del Norte que estudian la cultura hispánica por la mujer que con una voz nueva les habla tan fuertemente al corazón desde la América del Sur. Como una parte mui considerable de los individuos pertenecientes al Instituto de las Españas está constituida por los Maestros de Español, cuyo número es proximadamente de dos mil, estos se sintieron espe-

cialmente impresionadas por lo que yo les dije acerca de su majisterio ejemplar.Y la idea del Homenaje a Ud. se ha concretado en la decisión por parte de los Maestros de Español en los Estados Unidos,de publicar una edición completa de sus poesías dedicada a su hermana del Sur por los Maestros de escuela Norte=Américas

    Si Ud. está dispuesta a aceptar dicho homenaje -y debe estarlo por lo que significa de verdadero amor al espíritu español -le agradecería mucho me lo comunicase así i me enviase al mismo tiempo todas las poesías suyas que deben entrar en la edición. Nuestro deseo es que ésta contenga todas las que haya Ud. escrito hasta ahora,publicadas o no.

    El libro será editado bajo los auspicios del Instituto de las Españas;pero como habrá mucha jente no perteneciente a él que deseará adquirirlo, nuestros editores,la casa Doubleday Page& Co.,le fijarán un precio\y se encargarán de distribuirlo i venderlo.

Antes de hacerlo,dicha casa comunicará a Ud. las con-
diciones económicas en que se ha de hacer dicha edi-
ción,y nosotros nos cuidaremos de que los derechos
de Ud.,como autora,resulten compensados de la manera
más favorable.

Para que Ud. pueda juzgar del carácter e importan-
cia del Instituto,que ha sido fundado aquí por el Mi-
nisterio de Instrucción Pública de España i por las
más importantes instituciones educativas de los Esta-
dos Unidos,le envío en paquete aparte,alguna informa-
ción acerca de él.Y,para que pueda Ud. comprender la
naturaleza de los problemas que entraña el estudio
de nuestra cultura aquí y la dirección que yo con otros
trato de darle,y a la que espero que desde lejos nos
de Ud. su ayuda,le envío tambien un discurso por mí
recientemente escrito para ser leido en la Universi-
dad de Salamanca.

Esperando que su noble espíritu no nos falte en
esta cruzada,cuyo alcance espiritual no se le escapa-
rá,se ofrece a Ud. como sincero amigo i admirador

(firmado)

Federico de Onís

FO/ EB
Encl.

Señor

Don Federico de Onís,

Nueva York,

Distinguido señor:

He recibido la mui honrosa comunicación en que Ud.,a nombre de los profesores de castellano de ese país,se digna ofrecerme la publicación de mis poesías.

No había aceptado hasta hoi ofrecimientos diversos de casas editoriales, por estimar que,en esta abundante producción poética de la América nuestra, el mismo exceso mata el éxito de todo libro de versos que no tehga condiciones estraordinarias para perdurar.

Sin embargo,pensando de este modo, debo aceptar la invitación de Uds.,por dos razones,una material i otra espiritual.

La material es ésta:se ha pensado en hacer sin mi autorización un libro,en el cual se incluiría seguramente mucho material que yo eliminaré.

La espiritual es más vigorosa.Su carta llegó a mí en una hora harto amarga.Maestra no titulada,mi último ascenso provocó en mi país una campaña posiblemente justa,pero en todo caso innoble,de parte de algu-

nos profesores. X Este ascenso no significaba para mí
sino la vuelta a la tierra solar,en que siempre he
vivido,despues de tres años de la vida más triste
en la tierra fría.En la profunda depresión de ánimo
en que me hallaba, recibí sus palabras,que me hicieron
esperar ~~~~~~~~~~:ellas eran la voz de muchos hombres
buenos que no me conocían,cuya palabra era,por lo tan-
to, insospechable de adulación, ~~~~~~~~~~~~~~~~~~~~~.
    Nunca he creido en el mérito literario de mi obra;
he creido,sí, que hai en ella una potencia de senti-
miento que viene de mis dolores;he pensado que podría,
en parte, consolar;en parte,confortar a los que sufren
ménos.
    Van mis orijinales, i va con ellos la espresión
de una gratitud mui sincera,mui honda,para Ud. i para
esos maestros que hablan mi lengua i que,viviendo en-
tre una raza que muchos llaman materialista,han reco-
nocido alguna virtud purificadora en el canto de una
lejana. Dígales Ud. que no Como un
    homenaje, sino Como una ternura,
    le aceptado su ~~~~~~~~~ don.
         (firmado) Gabriela Mistral
         Santiago de Chile,14 de Diciembre de 1921

El nombre del
volumen:
Desolación

Mi respetado señor Onís: Mucho he tardado en contestarle,Primero
fué que su carta fué vino devuelta de Punta Arenas,con la consiguien-
te tardanza;después fué que usted se había ido a España.

Le envío los orijinales de mi libro.Sería un volumen mixto,de verso
i prosa.No me resisto a dejar toda la prosa,porque en esa parte es-
tá lo más sano de mi producción,i tampoco sería posible pedirles
que me publicasen dos libros.

Le pido que usted coloque como Prólogo de la obra las cartas su
ya i mía que van en el legajo,a fin de justificar esta publicación,
que siempre yo he rehusado.La Editorial México,de ese país;la Cervan-
tes,de Madrid;la America Latina,de Paris,la Atlántida,de La Arjenti
na i dos de mi patria,me las han solicitado.Sólo podía moverme a acep-
tar una cosa tan bella i tan noble como el ofrecimiento de ustedes,
i sobre todo,la hora en que llegó,amarga para mí,como se cuenta en
mi carta aludida.

Va dedicada a usted una de las pocas poesías que yo me quiero:
mi Maestra Rural.Acepte usted esa dedicatoria;no sólo como expresión
de mi gratitud,sino como expresión de mi vieja estimación intelectual,
pues yo le conozco a usted hace años.
No me cansaré de pedirle se digne hacer correjir las pruebas escru-
pulosamente.Escribo a Torres Rioseco,maestro chileno,pidiéndole este
servicio;pero es de usted de quien espero la corrección definitiva.
He sido mui malaventurada en esto de los errores tipográficos i eso,
en un libro ya es cosa sin vuelta.
Insisto en que el libro lleve su carta i mi respuesta por Prólogo.
Yo debía haber esperado uno que escribe para la obra Gonzalo Zaldum
bide,el crítico ecuatoriano;pero tardaría demasiado esto en ir i,so
bre todo,Zaldumbide necesita conocer el volumen en total,i no co-
noce sino mis versos.
Eso por una parte,por otra,yo quiero que quede estampada claramen-
mente la iniciativa de ustedes.
No dejo copia del total de las composiciones.Me ha tosado hacer
este trabajo en la época,tan atiobrada,de los exámenes en mi Liceo.
Me permito recomendarle al portador de mi libro,el Doctor J.M.
Galvez,profesor chileno que desearía conociera a usted i le diera
personalmente mi saludo i mi gratitud calurosas.
Espero sus palabras para saber que ya está en sus nobles manos
ese remitido un poco ensangrentado de mis versos.
                          ramo
Le saluda mui respetuosa i cordialmente,

Gabriela Mistral

14 Dic 2
Santiago de Chile,
Correo f.

P.D.- Yo les ruego
que se dignen
ilustrar el libro
si es posible, con
los grabados que nan

"Observándote" (2022) de Camila Zaccarelli

Palabras Preliminares

(1922)

ESTA EDICIÓN que hace el INSTITUTO DE LAS ESPAÑAS de la obra poética de una escritora que, apenas conocida, se ha convertido en una de las glorias más puras de la literatura hispánica contemporánea, tiene su historia, que debe ser conocida por todos los lectores. Hela aquí, en breves palabras:

En febrero de 1921 uno de nuestros directores, D. Federico de Onís, profesor de literatura española en la Universidad de Columbia, dió una de las conferencias organizadas por el Instituto y habló en ella de la poetisa chilena Gabriela Mistral. Este nombre, hoy glorioso, sonaba probablemente por primera vez en los oídos de la mayor parte de los numerosos asistentes, casi todos maestros y estudiantes de español. Pero apenas fué conocida la admirable personalidad de la joven escritora y maestra chilena, a través de lo que el Sr. Onís dijo y de la lectura que hizo de algunas de sus obras, puede decirse que Gabriela Mistral conquistó, no sólo la admiración, sino el cariño de todos. Porque todos vieron en la escritora hispanoamericana, no sólo el gran valor literario, sino el gran valor moral.

Los maestros de español, muchos de ellos mujeres también, se sintieron más vivamente impresionados que nadie al saber que la autora de aquellas poesías conmovedoras era además y era sobre todo una maestra como ellos. Su sentimiento de admiración y simpatía por Gabriela Mistral era doble: nacido, por una parte, de su amor al espíritu español que hablaba con vigor y voz nuevos en la poesía de una escritora de primer orden, y por otra, del fondo de su vocación profesional que les llevaba a sentir una hermandad profunda con la noble mujer que en el Sur de América consagra su vida a un ideal de magisterio ejemplar.

Corrieron de mano en mano las pocas poesías de Gabriela Mistral que habían sido publicadas en periódicos y revistas, y la "Oración de la maestra" fué rezada en lengua española por muchas voces con acento extranjero. Y vino naturalmente el deseo de conocer más, de conocer la obra entera de tan excelsa escritora. Cuando los maestros de español supieron que esto era imposible por no haber sido coleccionada en forma de libro por su autora, surgió entre ellos la idea de hacer una edición y dar así expresión a su admiración y simpatía por la compañera del Sur.

El INSTITUTO DE LAS ESPAÑAS acogió con entusiasmo la noble idea y se propuso llevarla a cabo empezando por comunicársela a la ilustre escritora. Su respuesta, bien generosa por cierto, fué el envío de este libro, en que por primera vez aparece coleccionada su obra anterior, lo mismo la publicada que la inédita. Si nosotros tenemos motivo para estar agradecidos a Gabriela Mistral por haber correspondido de manera tan espléndida a nuestros deseos, seguramente el mundo de habla española y los amantes de la cultura hispánica de todos los países agradecerán a los maestros de Español de los Estados Unidos y al INSTITUTO DE LAS ESPAÑAS el hecho de haber logrado que este libro se publique de manera que puedan leerlo todos.

No era empresa fácil; porque según hemos sabido después, confirmando lo que suponíamos de antemano, era designio voluntario de la autora no coleccionar su obra. Unas cuantas poesías, muy pocas, y algunos datos acerca de su personalidad contenidos en artículos escritos por personas que tuvieron la fortuna y la clarividencia de conocerla y entenderla primero —sobre todo un artículo de nuestro compañero el intenso poeta chileno Arturo Torres-Rioseco, profesor de la Universidad de Minnesota— pasaron las fronteras de Chile, corrieron por toda la prensa de habla española, se tradujeron a diversas lenguas, y bastaron a rodear el nombre de Gabriela Mistral del máximo prestigio y popularidad a que un escritor puede aspirar. Era natural que viese constantemente solicitada la publicación de sus obras, como ha ocurrido; y si no se han publicado ha sido por su constante resistencia a hacerlo.

La modestia genial que hay en el fondo de esta actitud es sin duda admirable; pero debemos alegrarnos todos de que al fin haya sido vencida por la demanda sincera y desinteresada de nuestros maestros norteamericanos. He aquí cómo de la coincidencia de sentimientos generosos y elevados ha nacido este libro.

Instituto de las Españas

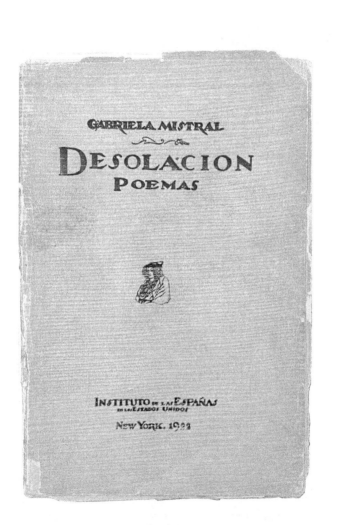

Desolación (1922)

Gabriela Mistral (frontispicio de la primera edición, 1922)

DESOLACION

POEMAS

DE

GABRIELA MISTRAL

INSTITUTO DE LAS ESPAÑAS
EN LOS ESTADOS UNIDOS

NEW YORK, 1922

Desolación (primera edición)

Desolación

"Ella va kontodo" (2022) de Pamela Tapia

Al señor don Pedro Aguirre Cerda y a la señora doña Juana A. de Aguirre, a quienes debo la hora de paz que vivo.

"Paisaje de Achao en Chilwe" (2022) de Franchesca Aguero

Poesía

I

Vida

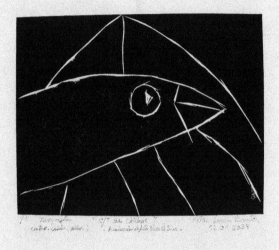

"C/T de Chilwe" (2023) de Víctor Manuel Levin Santos

EL PENSADOR DE RODIN

A Laura Rodig

Con el mentón caído sobre la mano ruda,
el Pensador se acuerda que es carne de la huesa,
carne fatal, delante del destino desnuda,
carne que odia la muerte, y tembló de belleza.

Y tembló de amor, toda su primavera ardiente,
y ahora, al otoño, anégase de verdad y tristeza.
El "de morir tenemos" pasa sobre su frente,
en todo agudo bronce, cuando la noche empieza.

Y en la angustia, sus músculos se hienden, sufridores.
Cada surco en la carne se llena de terrores.
Se hiende, como la hoja de otoño, al Señor fuerte

que le llama en los bronces. . . Y no hay árbol torcido
de sol en la llanura, ni león de flanco herido,
crispados como este hombre que medita en la muerte.

LA CRUZ DE BISTOLFI

Cruz que ninguno mira y que todos sentimos,
la invisible y la cierta como una ancha montaña:
dormimos sobre ti y sobre ti vivimos;
tus dos brazos nos mecen y tu sombra nos baña.

El amor nos fingió un lecho, pero era
sólo tu garfio vivo y tu leño desnudo.
Creímos que corríamos libres por las praderas
y nunca descendimos de tu apretado nudo.

De toda sangre humana fresco está tu madero,
y sobre ti yo aspiro las llagas de mi padre,
y en el clavo de ensueño que lo llagó, me muero.

¡Mentira que hemos visto las noches y los días!
Estuvimos prendidos, como el hijo a la madre,
a ti, del primer llanto a la última agonía.

AL OÍDO DEL CRISTO

A Torres Rioseco

I

Cristo, el de las carnes en gajos abiertas;
Cristo, el de las venas vaciadas en ríos:
¡estas pobres gentes del siglo están muertas
de una laxitud, de un miedo, de un frío!

A la cabecera de sus lechos eres,
si te tienen, forma demasiado cruenta,
sin esas blanduras que aman las mujeres
y con esas marcas de vida violenta.

No te escupirían por creerte loco,
no fueran capaces de amarte tampoco
así, con sus ímpetus laxos y marchitos.

Porque como Lázaro ya hieden, ya hieden
por no disgregarse, mejor no se mueven.
¡Ni el amor ni el odio les arrancan gritos!

II

Aman la elegancia de gesto y color,
y en la crispadura tuya del madero,

en tu sudar sangre, tu último temblor
y el resplandor cárdeno del Calvario entero,

   les parece que hay exageración
y plebeyo gusto. El que Tú lloraras
y tuvieras sed y tribulación,
no cuaja en sus ojos dos lágrimas claras.

   Tienen ojo opaco de infecunda yesca,
sin virtud de llanto, que limpia y refresca;
tienen una boca de suelto botón

mojada en lascivia, ni firme ni roja;
¡y como de fines de otoño, así, floja
e impura, la poma de su corazón!

III

   ¡Oh Cristo! un dolor les vuelva a hacer viva
l'alma que les diste y que se ha dormido,
que se la devuelva honda y sensitiva,
casa de amargura, pasión y alarido.

¡Garfios, hierros, zarpas, que sus carnes hiendan
tal como se hienden quemadas gavillas;
llamas que a su gajo caduco se prendan,
llamas de suplicio: argollas, cuchillas!

¡Llanto, llanto de calientes raudales
renueve los ojos de turbios cristales
y les vuelva el viejo fuego del mirar!

¡Retóñalos desde las entrañas, Cristo!
Si ya es imposible, si Tú bien lo has visto,
si son paja de eras. . . ¡desciende a aventar!

AL PUEBLO HEBREO

(Matanzas de Polonia)

Raza judía, carne de dolores,
raza judía, río de amargura:
como los cielos y la tierra dura,
y crece aún tu selva de clamores.

Nunca han dejado orearse tus heridas;
nunca han dejado que a sombrear te tiendas,
para estrujar y renovar tu venda,
más que ninguna rosa enrojecida.

Con tus gemidos se ha arrullado al mundo,
y juega con las hebras de tu llanto.
Los surcos de tu rostro, que amo tanto,
son cual llagas de sierra de profundos.

Temblando mecen su hijo las mujeres,
temblando siega el hombre su gavilla.
En tu soñar se hincó la pesadilla
y tu palabra es sólo el ¡Miserere!

Raza judía, y aún te resta pecho
y voz de miel, para alabar tus lares,
y decir el Cantar de los Cantares
con lengua, y labio, y corazón deshechos.

En tu mujer camina aún María.
Sobre tu rostro va el perfil de Cristo;
por las laderas de Sión le han visto
llamarte en vano, cuando muere el día. . .

Que tu dolor en Dimas le miraba
y Él dijo a Dimas la palabra inmensa,
y para ungir sus pies busca la trenza
de Magdalena ¡y la halla ensangrentada!

¡Raza judía, carne de dolores,
raza judía, río de amargura.
Como los cielos y la tierra dura
y crece su ancha selva de clamores!

VIERNES SANTO

El sol de Abril aun es ardiente y bueno
y el surco, de su espera, resplandece;
pero hoy no llenes l'ansia de su seno,
      porque Jesús padece.

No remuevas la tierra. Deja, mansa,
la mano en el arado; echa las mieses
cuando ya nos devuelvan la esperanza,
      que aún Jesús padece.

Ya sudó sangre bajo los olivos,
y oyó al que amó que lo negó tres veces.
Mas, rebelde de amor, tiene aún latidos,
      ¡aún padece!

Porque tú, labrador, siembras odiando,
y yo tengo rencor cuando anochece,
y un niño hoy va como un hombre llorando,
      Jesús padece.

Está sobre el madero todavía
y sed tremenda el labio le estremece.
¡Odio mi pan, mi estrofa y mi alegría,
      porque Jesús padece!

RUTH

A González Martínez

Ruth moabita a espigar va a las eras,
aunque no tiene ni un campo mezquino.
Piensa que es Dios dueño de las praderas
y que ella espiga en los predios divinos.

El sol caldeo su espalda acuchilla,
baña terrible su dorso inclinado;
arde de fiebre su leve mejilla,
y la fatiga le rinde el costado.

Booz se ha sentado en la parva abundosa.
El trigal es una onda infinita,
desde la sierra hasta donde él reposa,

que la abundancia ha cegado el camino. . .
¡Y en la onda de oro la Ruth moabita
viene, espigando, a encontrar su destino!

Booz miró a Ruth, y a los recolectores
dijo: "Dejad que recoja confiada. . ."
Y sonrieron los espigadores,
viendo del viejo la absorta mirada. . .

Eran sus barbas dos sendas de flores,
su ojo dulzura, reposo el semblante;
su voz pasaba de alcor en alcores,
pero podía dormir a un infante. . .

Ruth lo miró de la planta a la frente,
y fué sus ojos saciados bajando,
como el que bebe en inmensa corriente. . .

Al regresar a la aldea, los mozos
que ella encontró la miraron temblando.
Pero en su sueño Booz fué su esposo. . .

Y aquella noche el patriarca en la era
viendo los astros que laten de anhelo,
recordó aquello que a Abraham prometiera
Jehová: más hijos que estrellas dió al cielo.

Y suspiró por su lecho baldío,
rezó llorando, e hizo sitio en la almohada
para la que, como baja el rocío,
hacia él vendría en la noche callada.

Ruth vió en los astros los ojos con llanto
de Booz llamándola, y estremecida,
dejó su lecho, y se fué por el campo. . .

Dormía el justo, hecho paz y belleza.
Ruth, más callada que espiga vencida,
puso en el pecho de Booz su cabeza.

LA MUJER FUERTE

Me acuerdo de tu rostro que se fijó en mis días,
mujer de saya azul y de tostada frente,
que en mi niñez y sobre mi tierra de ambrosía
vi abrir el surco negro en un Abril ardiente.

Alzaba en la taberna, ebrio, la copa impura
el que te apegó un hijo al pecho de azucena,
y bajo ese recuerdo, que te era quemadura,
caía la simiente de tu mano, serena.

Segar te vi en Enero los trigos de tu hijo,
y sin comprender tuve en ti los ojos fijos,
agrandados al par de maravilla y llanto.

Y el lodo de tus pies todavía besara,
porque entre cien mundanas no he encontrado tu cara
¡y aun tu sombra en los surcos te sigo con mi canto!

LA MUJER ESTÉRIL

La mujer que no mece un hijo en el regazo,
cuyo calor y aroma alcance a sus entrañas,
tiene una laxitud de mundo entre los brazos;
todo su corazón congoja inmensa baña.

El lirio le recuerda unas sienes de infante;
el Ángelus le pide otra boca con ruego,
e interroga la fuente de seno de diamante
por qué su labio quiebra el cristal en sosiego.

Y al contemplar sus ojos se acuerda de la azada;
piensa que en los de un hijo no mirará extasiada,
cuando los suyos vacíen, los follajes de Octubre.

Con doble temblor oye el viento en los cipreses.
¡Y una mendiga grávida, cuyo seno florece
cual la parva de Enero, de vergüenza la cubre!

EL NIÑO SOLO

A Sara Hübner.

Como escuchase un llanto, me paré en el repecho
y me acerqué a la puerta del rancho del camino.
Un niño de ojos dulces me miró desde el lecho
¡y una ternura inmensa me embriagó como un vino!

La madre se tardó, curvada en el barbecho;
el niño, al despertar, buscó el pezón de rosa
y rompió en llanto. . . Yo lo estreché contra el pecho,
y una canción de cuna me subió, temblorosa. . .

Por la ventana abierta la luna nos miraba.
El niño ya dormía, y la canción bañaba,
como otro resplandor, mi pecho enriquecido. . .

Y cuando la mujer, trémula, abrió la puerta,
me vería en el rostro tanta ventura cierta
¡que me dejó el infante en los brazos dormido!

CANTO DEL JUSTO

Pecho, el de mi Cristo,
más que los ocasos,
más, ensangrentado:
¡desde que te he visto
mi sangre he secado!

Mano de mi Cristo,
que como otro párpado
tajeada llora:
¡desde que te he visto
la mía no implora!

Brazos de mi Cristo,
brazos extendidos
sin ningún rechazo:
¡desde que os he visto
existe mi abrazo!

Costado de Cristo,
otro labio abierto
regando la vida:
¡desde que te he visto
rasgué mis heridas!

Mirada de Cristo,
por no ver su cuerpo
al cielo elevada:
¡desde que te he visto
no miro mi vida
que va ensangrentada!

Cuerpo de mi Cristo,
te miro pendiente
aún crucificado.
¡Yo cantaré cuando
te hayan desclavado!

¿Cuándo será? ¿Cuándo?
¡Dos mil años hace
que espero a tus plantas,
y espero llorando!

EL SUPLICIO

Tengo ha veinte años en la carne hundido
   — y es caliente el puñal —
un verso enorme, un verso con cimeras
   de pleamar.

De albergarlo sumisa, las entrañas
   cansa su majestad.
¿Con esta pobre boca que ha mentido
   se ha de cantar?

Las palabras caducas de los hombres
   no han el calor
de sus lenguas de fuego, de su viva
   tremolación.

Como un hijo, con cuajo de mi sangre
   se sustenta él,
y un hijo no bebió más sangre en seno
   de una mujer.

¡Terrible don! ¡Socarradura larga
   que hace aullar!
El que vino a clavarlo en mis entrañas
   ¡tenga piedad!

PALABRAS SERENAS

Ya en la mitad de mis días espigo
esta verdad con frescura de flor.
La vida es oro y dulzura de trigo,
es breve el odio e inmenso el amor

Mudemos ya por el verso sonriente
aquel listado de sangre con hiel.
Abren violetas divinas, y el viento
desprende al valle un aliento de miel.

Ahora no sólo comprendo al que reza;
ahora comprendo al que rompe a cantar.
La sed es larga, la cuesta es aviesa;
pero en un lirio se enreda el mirar.

Grávidos van nuestros ojos de llanto
y un arroyuelo nos hace sonreír;
por una alondra que erige su canto
nos olvidamos que es duro morir.

No hay nada ya que mis carnes taladre.
Con el amor acabóse el hervir.
Aún me apacienta el mirar de mi madre.
¡Siento que Dios me va haciendo dormir!

IN MEMORIAM

Amado Nervo, suave perfil, labio sonriente;
Amado Nervo, estrofa y corazón en paz:
mientras te escribo, tienes losa sobre la frente,
baja en la nieve tu mortaja inmensamente
y la tremenda albura cayó sobre tu faz.

Me escribías: "Soy triste como los solitarios,
pero he vestido de sosiego mi temblor,
mi atroz angustia de la mortaja y el osario
y el ansia viva de Jesucristo, mi Señor!"

¡Pensar que no hay colmena que entregue tu dulzura;
que entre las lenguas de odio eras lenguas de paz;
que se va el canto mecedor de la amargura,
que habrá tribulación y no responderás!

De donde tú cantabas se me levantó el día.
Cien noches con tu verso yo me he dormido en paz.
Aún era heroica y fuerte, porque aún te tenía;
sobre la confusión tu resplandor caía.
Y ahora tú callas, y tienes polvo, y no eres más.

No te vi nunca. No te veré. Mi Dios lo ha hecho.
¿Quién te juntó las manos? ¿Quién dió, rota la voz,

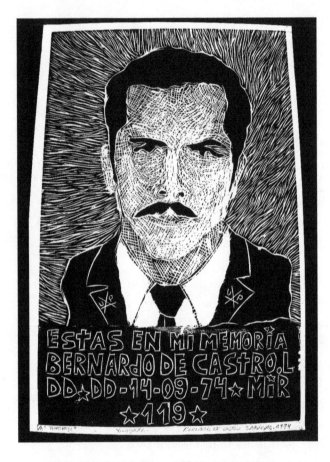

"Homenaje" (1974) de Bernardo de Castro Saavedra

la oración de los muertos al borde de tu lecho?
¿Quién te alcanzó en los ojos el estupor de Dios?

    Aún me quedan jornadas bajo los soles. ¿Cuándo
verte, dónde encontrarte y darte mi aflicción,
sobre la Cruz del Sur que me mira temblando,
o más allá, donde los vientos van callando,
y, por impuro, no alcanzará mi corazón?

    Acuérdate de mí —lodo y ceniza triste—
cuando estés en tu reino de extasiado zafir.
A la sombra de Dios, grita lo que supiste:
que somos huérfanos, que vamos solos, que tú nos viste,
¡que toda carne con angustia pide morir!

FUTURO

El invierno rodará, blanco,
sobre mi triste corazón.
Irritará la luz del día.
Me llagaré en toda canción.

Fatigará la frente el gajo
de cabellos, lacio y sutil.
¡Y del olor de las violetas
de Junio, se podrá morir!

Mi madre ya tendrá diez palmos
de ceniza sobre la sien.
No espigará entre mis rodillas
un niño rubio como mies.

Por hurgar en las sepulturas,
no veré el cielo ni el trigal.
De removerlas, la locura
en mi pecho se ha de acostar.

Y como se van confundiendo
los rasgos del que he de buscar,
cuando penetre en la Luz Ancha,
no lo podré encontrar jamás.

A LA VIRGEN DE LA COLINA

A beber luz en la colina,
te pusieron por lirio abierto,
y te cae una mano fina
hacia el álamo de mi huerto.

Y he venido a vivir mis días
aquí, bajo de tus pies blancos.
A mi puerta desnuda y fría
echa sombra tu mismo manto.

Por las noches lava el rocío
tus mejillas como una flor.
¡Si una noche este pecho mío
me quisiera lavar tu amor!

Más espeso que el musgo oscuro
de las grutas, mis culpas son;
¡es más terco, te lo aseguro,
que tu peña, mi corazón!

¡Y qué esquiva para tus bienes
y qué amarga hasta cuando amé!
El que duerme, rotas las sienes,
era mi alma ¡y no lo salvé!

Pura, pura la Magdalena
que amó ingenua en la claridad.
Yo mi amor escondí en mis venas.
¡Para mí no ha de haber piedad!

¡Oh! creyendo haber dado tanto
ver que un vaso de hieles di
El que vierto es tardío llanto.
Por no haber llorado ¡ay de mí!

Madre mía, pero tú sabes:
más me hirieron de lo que herí.
En tu abierto manto no cabe
la salmuera que yo bebí.

En tus manos no me sacudo
las espinas que hay en mi sien.
¡Si a tu cuello mi pena anudo
te pudiera ahogar también!

¡Cuánta luz las mañanas traen!
Ya no gozo de su zafir.
Tus rodillas no más me atraen
como al niño que ha de dormir.

Y aunque siempre las sendas llaman
y recuerdan mi paso audaz,
tu regazo tan sólo se ama
porque ya no se marcha más. . .

Ahora estoy dando verso y llanto
a la lumbre de tu mirar.
Me hace sombra tu mismo manto
Si tú quieres, me he de limpiar.

Si me llamas subo el repecho
y a tu peña voy a caer.
Tú me guardas contra tu pecho.
Los del valle no han de saber. . .

La inquietud de la muerte ahora
turba mi alma al anochecer.
Miedo extraño en mis carnes mora.
¡Si tú callas, qué voy a hacer!

A JOSELÍN ROBLES

(En el aniversario de su muerte)

¡Pobre amigo! yo nunca supe
de tu semblante ni tu voz;
sólo tus versos me contaron
que en tu lírico corazón
la paloma de los veinte años
tenía cuello gemidor.

(Algunos versos eran diáfanos
y daban timbre de cristal;
otros tenían como un modo
apacible de sollozar.)

¿Y ahora? Ahora en todo viento,
sobre el llano o sobre la mar,
bajo el malva de los crepúsculos
o la luna llena estival,
hinchas el dócil caramillo,
—mucho más leve y musical—,

¡sin el temblor incontenible
que yo tengo al balbucear
la invariable pregunta lívida
con que araño la oscuridad!

Tú, que ya sabes, tienes mansas
de Dios el habla y la canción;
yo muerdo un verso de locura
en cada tarde, muerto el sol.

Dulce poeta, que en las nubes
que ahora se rizan hacia el sur,
Dios me dibuje tu semblante
en dos sobrios toques de luz.

Y yo te escuche los acentos
en la espuma del surtidor,
para que sepa por el gesto
y te conozca por la voz,
¡si las lunas llenas no miran
escarlata tu corazón!

CREDO

Creo en mi corazón, ramo de aromas
que mi Señor como una fronda agita,
perfumando de amor toda la vida
y haciéndola bendita.

Creo en mi corazón, el que no pide
nada porque es capaz del sumo ensueño
y abraza en el ensueño lo creado
¡inmenso dueño!

Creo en mi corazón que cuando canta
sumerge en el Dios hondo el flanco herido
para subir de la piscina viva
como recién nacido.

Creo en mi corazón, el que tremola,
porque lo hizo el que turbó los mares,
en el que da la Vida orquestaciones
como de pleamares.

Creo en mi corazón, el que yo exprimo
para teñir el lienzo de la vida
de rojez o palor, y que le ha hecho
veste encendida.

Creo en mi corazón, el que en la siembra
por el surco sin fin fué acrecentado.
Creo en mi corazón siempre vertido
pero nunca vaciado.

Creo en mi corazón en que el gusano
no ha de morder, pues mellará a la muerte;
creo en mi corazón, el reclinado
en el pecho del Dios terrible y fuerte.

"Canales de Luz" (2022) de Jessica González

LA SOMBRA INQUIETA

I

Flor, flor de la raza mía, sombra inquieta,
¡qué dulce y terrible tu evocación!
El perfil de éxtasis, llama la silueta,
las sienes de nardo, l'habla de canción;

Cabellera luenga de cálido manto,
pupilas de ruego, pecho vibrador;
ojos hondos para albergar más llanto;
pecho fino donde taladrar mejor.

Por suave, por alta, por bella ¡precita!
fatal siete veces; fatal ¡pobrecita!
por la honda mirada y el hondo pensar.

¡Ay! quien te condene, vea tu belleza,
mire el mundo amargo, mida tu tristeza,
¡y en rubor cubierto rompa a sollozar!

II

¡Cuánto río y fuente de cuenca colmada,
cuánta generosa y fresca merced

de aguas, para nuestra boca socarrada!
Y el alma, la huérfana, muriendo de sed.

Jadeante de sed, loca de infinito,
muerta de amargura, la tuya, en clamor,
dijo su ansia inmensa por plegaria y grito:
¡Agar desde el vasto yermo abrasador!

Y para abrevarte largo, largo, largo,
Cristo dió a tu cuerpo silencio y letargo,
y lo apegó a su ancho caño saciador. . .

El que en maldecir tu duda se apure,
que puesta la mano sobre el pecho jure:
"Mi fe no conoce zozobra, Señor".

III

Y ahora que su planta no quiebra la grama
de nuestros senderos, y en el caminar
notamos que falta, tremolante llama,
su forma, pintando de luz el solar,

cuantos la quisimos abajo, apeguemos
la boca a la tierra, y a su corazón,
vaso de cenizas dulces, musitemos
esta formidable interrogación:

¿Hay arriba tanta leche azul de lunas,
tanta luz gloriosa de blondos estíos,
tanta insigne y honda virtud de ablución

que limpien, que laven, que albeen las brunas
manos que sangraron con garfios y en ríos
¡oh, Muerta! la carne de tu corazón?

Nota de la autora:
Esta poesía es un comentario de un libro que, con ese título, escribió
el fino prosista chileno Alone. El personaje principal es una artista que
pasó dolorosamente por la vida.

II

La Escuela

———

A la maestra
señorita Fidelia Valdés Pereira,
gratitud.

"Mi casa de Chilwe" (2022) de Catalina Hemmelmann

LA MAESTRA RURAL

A Federico de Onís

La Maestra era pura. "Los suaves hortelanos",
decía, "de este predio, que es predio de Jesús,
han de conservar puros los ojos y las manos,
guardar claros sus óleos, para dar clara luz".

La Maestra era pobre. Su reino no es humano.
(Así en el doloroso sembrador de Israel.)
Vestía sayas pardas, no enjoyaba su mano.
¡Y era todo su espíritu un inmenso joyel!

La Maestra era alegre. ¡Pobre mujer herida!
Su sonrisa fué un modo de llorar con bondad.
Por sobre la sandalia rota y enrojecida,
tal sonrisa, la insigne flor de su santidad.

¡Dulce ser! En su río de mieles, caudaloso,
largamente abrevada sus tigres el dolor.
Los hierros que le abrieron el pecho generoso
¡más anchas le dejaron las cuencas del amor!

¡Oh, labriego, cuyo hijo de su labio aprendía
el himno y la plegaria, nunca viste el fulgor

del lucero cautivo que en sus carnes ardía:
pasaste sin besar su corazón en flor!

Campesina, ¿recuerdas que alguna vez prendiste
su nombre a un comentario brutal o baladí?
Cien veces la miraste, ninguna vez la viste.
¡Y en el solar de tu hijo, de ella hay más que de ti!

Pasó por él su fina, su delicada esteva,
abriendo surcos donde alojar perfección.
La albada de virtudes de que lento se nieva
es suya. Campesina, ¿no le pides perdón?

Daba sombra por una selva su encina hendida
el día en que la muerte la convidó a partir.
Pensando en que su madre la esperaba dormida,
a La de Ojos Profundos se dió sin resistir.

Y en su Dios se ha dormido, como en cojín de luna;
almohada de sus sienes, una constelación.
Canta el Padre para ella sus canciones de cuna
¡y la paz llueve largo sobre su corazón!

Como un henchido vaso, traía el alma hecha
para volcar aljófares sobre la humanidad;
y era su vida humana la dilatada brecha
que suele abrirse el Padre para echar claridad.

Por eso aún el polvo de sus huesos sustenta
púrpura de rosales de violento llamear.
¡Y el cuidador de tumbas, cómo aroma, me cuenta,
las plantas del que huella sus huesos, al pasar!

"Polluelo" (2022) de José I. Moreno

LA ENCINA

A Brígida Walker

I

Esta alma de mujer, viril y delicada,
dulce en la gravedad, severa en el amor,
es una encina espléndida de sombra perfumada,
por cuyos brazos rudos trepara un mirto en flor.

Pasta de nardos suaves, pasta de robles fuertes,
le amasaron la carne rosa del corazón,
y aunque es altiva y recia, si miras bien, adviertes
un temblor en sus hojas que es temblor de emoción.

Dos millares de alondras en el gorjeo aprendieron
en ella, y hacia todos los vientos se esparcieron
para poblar los cielos de gloria. ¡Noble encina,

déjame que te bese en el tronco llagado,
que con la diestra en alto, tu macizo sagrado
largamente bendiga, como hechura divina!

II

El peso de los nidos ¡fuerte! no te ha agobiado.
Nunca la dulce carga pensaste sacudir.

No ha agitado tu fronda sensible otro cuidado
que el ser ancha y espesa para saber cubrir.

La vida (un viento) pasa por tu vasto follaje
como un encantamiento, sin violencia, sin voz;
la vida tumultuosa golpea en tu cordaje
con el sereno ritmo que es el ritmo de Dios.

De tanto albergar nido, de tanto albergar canto,
de tanto hacer tu seno aromosa tibieza,
de tanto dar servicio, y tanto dar amor,

todo tu leño heroico se ha vuelto, encina, santo.
Se te ha hecho en la fronda inmortal la belleza,
¡y pasará el otoño sin tocar tu verdor!

III

¡Encina, noble encina, yo te digo mi canto!
Que nunca de tu tronco mane amargor de llanto,
que delante de ti prosterne el leñador
de la maldad humana, sus hachas; y que cuando
el rayo de Dios hiérate, para ti se haga blando
y ancho como tu seno, el seno del Señor.

EL CORRO LUMINOSO

A mi hermana

Corro de las niñas,
corro de mil niñas
a mi alrededor:
¡oh Dios! yo soy dueña
de este resplandor.

En la tierra yerma,
sobre aquel desierto
mordido de sol,
¡mi corro de niñas
como inmensa flor!

En el llano verde,
al pie de los montes
que hería la voz,
¡el corro era un solo
divino temblor!

En la estepa inmensa,
en la estepa yerta
de desolación,
¡mi corro de niñas
ardiente de amor!

"Montañas de Flores" (2022) de Sofía Lisboa Hernández

En vano queréis
ahogar mi canción:
¡un millón de niños
la canta en un corro
debajo del sol!

En vano queréis
quebrarme la estrofa
de tribulación:
¡el corro la canta
debajo de Dios!

Infantiles

EL HIMNO COTIDIANO

A la Srta. Virginia Trewhela.

En este nuevo día,
que me concedes ¡oh, Señor!
dame mi parte de alegría
y haz que consiga ser mejor.

Dame Tú el don de la salud,
la fe, el ardor, la intrepidez,
séquito de la juventud;
y la cosecha de verdad,
la reflexión, la sensatez,
séquito de la ancianidad.

Dichoso yo si, al fin del día,
un odio menos llevo en mí;
si una luz más mis pasos guía
y si un error más yo extinguí.

Y si por la rudeza mía
nadie sus lágrimas vertió
y si alguien tuvo la alegría
que mi ternura le ofreció.

Que cada tumbo en el sendero
me vaya haciendo conocer
cada pedrusco traicionero
que mi ojo ruin no supo ver.

Y más potente me incorpore,
sin protestar, sin blasfemar.
Y mi ilusión la senda dore,
y mi ilusión me la haga amar.

Que dé la suma de bondad,
de actividades y de amor
que a cada ser se manda dar:
suma de esencias a la flor
y de albas nubes a la mar.

Y que, por fin, mi siglo, engreído
en su grandeza material,
no me deslumbre hasta el olvido
de que soy barro y soy mortal.

Ame a los seres este día;
a todo trance halle la luz.
Ame mi gozo y mi agonía:
¡ame la prueba de mi cruz!

"Wetripantu. La nueva salida del sol, cucao-contento (Chiloé – Chilwe)" (2022)
de Vilica Gómez Arévalo

PIECECITOS. . .

A Jorge Guzmán Dinator.

Piececitos de niño,
azulosos de frío,
¡cómo os ven y no os cubren,
    Dios mío!

¡Piececitos heridos
por los guijarros todos,
ultrajados de nieves
    y lodos!

El hombre ciego ignora
que por donde pasáis,
una flor de luz viva
    dejáis;

que allí donde ponéis
la plantita sangrante,
el nardo nace más
    fragante.

Sed, puesto que marcháis
por los caminos rectos,

heroicos como sois
    perfectos.

Piececitos de niño,
dos joyitas sufrientes,
¡cómo pasan sin veros
    las gentes!

NUBES BLANCAS ...

—Ovejas blancas, dulces ovejas de vellones
que se inflan como un tul,
asomáis, cual mujeres, los rostros preguntones
tras la colina azul.

Se diría que el cielo o el tiempo consultarais,
con ingenuo temor,
o que, para avanzar, un mandato esperarais.
¿Es que tenéis pastor?

—Sí que tenemos un pastor:
el viento errante, Él es.
Y una vez los vellones los trata con amor,
y con furia otra vez.

Y ya nos manda al norte o ya nos manda al sur,
Él manda y hay que ir. . .
Pero es, por las praderas del infinito azur,
sabio en el conducir.

—Ovejas del vellón nevado,
¿tenéis dueño y señor?
Y si me confiara su divino ganado,
¿no me querríais por pastor?

—Claro es que la manada bella
su dueño tiene, como allá.
Detrás del oro trémulo de la trémula estrella,
pastor, dicen que está.

   El seguirnos por este valle tan dilatado
te puede fatigar.
Son también tus ovejas de vellón delicado. . .
¿Las vas a abandonar?

MIENTRAS BAJA LA NIEVE

Ha bajado la nieve, divina criatura,
        el valle a conocer.
Ha bajado la nieve, esposa de la estrella.
        ¡Mirémosla caer!

¡Dulce! Llega sin ruido, como los suaves seres
        que recelan dañar.
Así baja la luna y así bajan los sueños.
        ¡Mirémosla bajar!

¡Pura! Mira tu valle cómo lo está bordando
        de su ligero azahar.
Tiene unos dulces dedos tan leves y sutiles
        que rozan sin rozar.

¡Bella! ¿No te parece que sea el don magnífico
        de un alto Donador?
Detrás de las estrellas su ancho peplo de seda
        desgaja sin rumor.

Déjala que en la frente te diluya su pluma
        y te prenda su flor.
¡Quién sabe si no trae un mensaje a los hombres,
        de parte del Señor!

"Naturaleza" (2022) de Francisca Cerda Navarro

PLANTANDO EL ÁRBOL

Abramos la dulce tierra
con amor, con mucho amor;
es éste un acto que encierra,
de misterios, el mayor.

Cantemos, mientras el tallo
toca el seno maternal.
Bautismo de luz da un rayo
al cono piramidal.

Le entregaremos ahora
a la buena Agua, y a vos,
noble Sol; a vos, señora
Tierra, y al buen Padre Dios.

El Señor le hará tan bueno
como un buen hombre, o mejor:
en la tempestad, sereno,
y en toda hora, amparador.

Te dejo en pie. Ya eres mío,
y te juro protección,
contra el hacha, contra el frío,
y el insecto, y el turbión.

A tu vida me consagro;
descansarás en mi amor.
¿Qué haré que valga el milagro
de tu fruto y de tu flor?

HIMNO AL ÁRBOL

A José Vasconcelos

Árbol hermano, que clavado
por garfios pardos en el suelo,
la clara frente has elevado
en una intensa sed de cielo:

hazme piadoso hacia la escoria
de cuyos limos me mantengo,
sin que se duerma la memoria
del país azul de donde vengo.

Árbol que anuncias al viandante
la suavidad de tu presencia
con tu amplia sombra refrescante
y con el nimbo de tu esencia:

haz que revele mi presencia,
en las praderas de la vida,
mi suave y cálida influencia
sobre las almas ejercida.

Árbol diez veces productor:
el de la poma sonrosada,
el del madero constructor,

el de la brisa perfumada,
el del follaje amparador;

el de las gomas suavizantes
y las resinas milagrosas,
pleno de tirsos agobiantes
y de gargantas melodiosas:

hazme en el dar un opulento.
¡Para igualarte en lo fecundo,
el corazón y el pensamiento
se me hagan vastos como el mundo!

Y todas las actividades
no lleguen nunca a fatigarme:
¡las magnas prodigalidades
salgan de mí sin agotarme!

Árbol donde es tan sosegada
la pulsación del existir,
y ves mis fuerzas la agitada
fiebre del siglo consumir:

hazme sereno, hazme sereno,
de la viril serenidad
que dió a los mármoles helenos
su soplo de divinidad.

Árbol que no eres otra cosa
que dulce entraña de mujer,
pues cada rama mece airosa
en cada leve nido un ser:

¡dame un follaje vasto y denso,
tanto como han de precisar
los que en el bosque humano —inmenso—
rama no hallaron para hogar!

Árbol que donde quiera aliente
tu cuerpo lleno de vigor,
asumes invariablemente
el mismo gesto amparador:

¡haz que a través de todo estado
—niñez, vejez, placer, dolor—
asuma mi alma un invariado
y universal gesto de amor!

"Keltehue" (2023) de Emmanuel Lledó Jiménez

PLEGARIA POR EL NIDO

Dulce Señor, por un hermano pido,
indefenso y hermoso: ¡por el nido!

Florece en su plumilla el trino;
ensaya en su almohadita el vuelo.
¡Y el canto dices que es divino
y el ala es cosa de los cielos!

Dulce tu brisa sea al mecerlo,
dulce tu luna al platearlo,
fuerte tu rama al sostenerlo,
bello el rocío al enjoyarlo.

De su conchita delicada
tejida con hilacha rubia,
desvía el vidrio de la helada
y las guedejas de la lluvia;

desvía el viento de ala brusca
que lo dispersa a su caricia,
y la mirada que lo busca,
toda encendida de codicia. . .

Tú, que me afeas los martirios
dados a tus criaturas finas:
al copo leve de los lirios
y a las pequeñas clavelinas,

guarda su forma con cariño
y pálpala con emoción.
Tirita al viento como un niño;
¡es parecido a un corazón!

DOÑA PRIMAVERA

Doña Primavera
viste que es primor
de blanco, tal como
limonero en flor.

Lleva por sandalias
unas anchas hojas,
y por carabanas,
unas fucsias rojas.

Salid a encontrarla
por esos caminos.
¡Va loca de soles
y loca de trinos!

Doña Primavera,
de aliento fecundo,
se ríe de todas
las penas del mundo...

No cree al que le hable
de las vidas ruines.
¿Cómo va a entenderlas
entre sus jazmines?

¿Cómo va a entenderlas
junto de las fuentes
de espejos dorados
y cantos ardientes?

De la tierra enferma
en las hondas grietas,
enciende rosales
de rojas piruetas.

Pone sus encajes,
prende sus verduras,
en la piedra triste
de las sepulturas. . .

Doña Primavera
de manos gloriosas,
haz que por la vida
derramemos rosas.

Rosas de alegría,
rosas de perdón,
rosas de cariño
y de abnegación.

¡ECHA LA SIMIENTE!

El surco está abierto, y su suave hondor
bajo el sol semeja una cuna ardiente.
¡Oh, labriego, tu obra es grata al Señor!
    ¡Echa la simiente!

Nunca, nunca, el hambre, negro segador,
a tu hogar se llegue solapadamente.
Para que haya pan, para que haya amor,
    ¡echa la simiente!

La vida conduces, rudo sembrador.
Canta himnos donde la esperanza aliente,
Burla a la miseria y burla al dolor:
    ¡echa la simiente!

El sol te bendice, y acariciador
en el viento, Dios te besa la frente.
Hombre que echas grano, hombre creador,
    ¡prospere tu rubia simiente!

PROMESA A LAS ESTRELLAS

Ojitos de las estrellas
abiertos en un oscuro
terciopelo: desde lo alto,
        ¿me veis puro?

Ojitos de las estrellas,
prendidos en el sereno
cielo, decid: desde arriba,
        ¿me halláis bueno?

Ojitos de las estrellas,
de pestañita dorada,
os diré: ¡Tenéis muy suave
        la mirada!

Ojitos de las estrellas,
de pestañitas inquietas,
¿por qué sois azules, rojos
        y violetas?

Ojitos de la pupila
curiosa y trasnochadora,
¿por qué os borra con sus rosas
        la aurora?

Ojitos, salpicaduras
de lágrimas o rocío,
cuando tembláis allá arriba,
        ¿es de frío?

Ojitos de las estrellas,
postrado en la tierra, os juro
que me habéis de mirar siempre,
        siempre puro.

VERANO

Verano, verano rey,
obrero de mano ardiente,
sé para los segadores
¡dueño de hornos! más clemente.

Inclinados sobre el oro
áspero de sus espigas,
desfallecen. ¡Manda un viento
de frescas alas amigas!

Verano, la tierra abrasa:
llama tu sol allá arriba;
llama tu granada abierta;
llama el labio, llama viva.

La vid está fatigada
del producir abundoso.
El río se fuga, lánguido,
de tu castigo ardoroso.

Echa un pañuelo de nube,
de clara nube extendida,
sobre la vendimiadora
de la mejilla encendida.

Soberbio verano rey,
el de los hornos ardientes,
no te sorbas la frescura
en los labios de la fuente. . .

Gracias por la fronda ardida
de fruto en los naranjales
y gracias por la amapola
que te incendia los trigales.

HABLANDO AL PADRE

Padre: has de oír
este decir
que se me abre en los labios como flor.
Te llamaré
Padre, porque
la palabra me sabe a más amor.

Tuya me sé
pues que miré
en mi carne prendido tu fulgor.
Me has de ayudar
a caminar
sin deshojar mi rosa de esplendor.

Me has de ayudar
a alimentar
como una llama azul mi juventud,
sin material
basto y carnal,
¡con olorosos leños de virtud!

Por cuanto soy
gracias te doy:

porque me abren los cielos su joyel,
me canta el mar
y echa el pomar
para mis labios en sus pomas miel.

   Porque me das,
Padre, en la faz
la gracia de la nieve recibir,
y por el ver
la tarde arder:
¡por el encantamiento de existir!

   Por el tener
más que otro ser
capacidad de amor y de emoción,
y el anhelar,
y el alcanzar
ir poniendo en la vida perfección.

   Padre, para ir
por el vivir,
dame tu mano suave y tu amistad,
pues, te diré,
sola no sé
ir rectamente hacia tu claridad.

Dame el saber
de cada ser
a la puerta llamar con suavidad,
llevarle un dón,
mi corazón,
¡y nevarle de lirios su heredad!

Dame el pensar
en Ti al rodar
herida en medio del camino. Así
no llamaré,
recordaré
el vendador sutil que alienta en Ti.

Tras el vivir,
dame el dormir
con los que aquí anudaste a mi querer.
Dé tu arrullar
hondo el soñar.
¡Hogar dentro de Ti nos has de hacer!

EL ÁNGEL GUARDIÁN

I

Es verdad, no es cuento.
Hay un Ángel Guardián
que ve tu acción y ve tu pensamiento,
que con los niños va doquiera van.

Tiene cabellos suaves
de seda desflocada,
ojos dulces y graves
que dan la paz con sólo la mirada.
¡Ojos de alucinante claridad!
(¡No es un cuento, es verdad!)

Tiene manos hermosas
para proteger hechas.
En actitud de defender piadosa
levantada una, acecha.
¡Mano grácil de suma idealidad!
(No es un cuento, es verdad.)

Tiene pie vaporoso.
El aura hace más ruido
que su andar armonioso.
Va sobre el suelo, pero no a él unido.

"Escudo" (2018) de Priscila Viviana Barrientos

¡Andar de misteriosa vaguedad!
(No es un cuento, es verdad.)

    Bajo su ala de seda,
bajo de su ala azul, curva y rizada,
todo su cuerpo cuando duermes queda
y aspira una tibieza perfumada.
¡Ala que es como un gesto de bondad!
(No es un cuento, es verdad.)

II

    Hace más dulce la pulpa madura
que entre tus labios golosos estrujas;
rompe a la nuez su tenaz envoltura
y es quien te libra de gnomos y brujas.

    Gentil, te ayuda a que cortes las rosas;
vuelve más pura la linfa en que bebes;
te dice el modo de obrar de las cosas:
las que tú atraigas y las que repruebes.

    Llora, si acaso los nidos despojas,
y si la testa del lirio mutilas,
y si la frase brutal, que sonroja,
su acre veneno en tu boca destila.

Y aunque ese lazo que a ti le ha ligado
al de la carne y el alma semeja,
cuando su estigma te pone el pecado,
presa de horror y llorando se aleja. . .

Es verdad, no es un cuento.
¡Hay un Ángel Guardián
que ve tu acción y ve tu pensamiento,
que con los niños va, doquiera van!

CAPERUCITA ROJA

Caperucita Roja visitará a la abuela
que en el poblado próximo postra un extraño mal.
Caperucita Roja, la de los rizos rubios,
tiene el corazoncito tierno como un panal.

A las primeras luces ya se ha puesto en camino
y va cruzando el bosque con un pasito audaz.
Le sale al paso Maese Lobo, de ojos diabólicos.
"Caperucita Roja, cuéntame a dónde vas."

Caperucita es cándida como los lirios blancos. . .
"Abuelita he enfermado. Le llevo aquí un pastel
y un pucherito suave, que deslíe manteca.
¿Sabes del pueblo próximo? Vive a la entrada de él."

Y después, por el bosque discurriendo encantada,
recoge bayas rojas, corta ramas en flor,
y se enamora de unas mariposas pintadas
que le hacen olvidarse del viaje del traidor. . .

El Lobo fabuloso, de blanqueados dientes,
ha pasado ya el bosque, el molino, el alcor,
y golpea en la plácida puerta de la abuelita,
que le abre. (A la niña ha anunciado el traidor.)

Ha tres días el pérfido no sabe de bocado.
¡Pobre abuelita inválida, quién la va a defender!
. . . Se la comió sonriendo, sabia y pausadamente
y se ha puesto en seguida sus ropas de mujer.

Tocan dedos menudos a la entornada puerta.
De la arrugada cama dice el Lobo: "¿Quién va?"
La voz es ronca. "Pero la abuelita está enferma",
la niña ingenua explica. "De parte de mamá".

Caperucita ha entrado, olorosa de bayas.
Le tiemblan en la mano gajos de salvia en flor.
"Deja los pastelitos; ven a entibiarme el lecho".
Caperucita cede al reclamo de amor.

De entre la cofia salen las orejas monstruosas.
"¿Por qué tan largas?", dice la niña con candor.
Y el velludo engañoso, abrazado a la niña:
"¿Para qué son tan largas? Para oírte mejor".

El cuerpecito rosa le dilata los ojos.
El terror en la niña los dilata también.
"Abuelita, decidme: ¿por qué esos grandes ojos?"
"Corazoncito mío, para mirarte bien. . ."

Y el viejo Lobo ríe, y entre la boca negra
tienen los dientes blancos un terrible fulgor.
"Abuelita, decidme: ¿por qué esos grandes dientes?"
"Corazoncito, para devorarte mejor. . ."

Ha arrollado la bestia, bajo sus pelos ásperos,
el cuerpecito trémulo, suave como un vellón;
y ha molido las carnes, y ha molido los huesos,
y ha exprimido como una cereza el corazón. . .

A NOEL

¡Noel, el de la noche del prodigio,
Noel de barbas caudalosas,
Noel de las sorpresas delicadas
y las sandalias sigilosas!

Esta noche te dejo mi calzado
colgando en los balcones:
antes que hayas pasado frente de ellos,
no vacíes tus bolsones.

Noel, Noel, te vas a encontrar húmedas
mis medias de rocío,
mirando con ojitos que te atisban
las barbazas de río. . .

Sacude el llanto, y deja cada una
perfumada y llenita,
con el anillo de la Cenicienta
y el lobo de Caperucita. . .

Y no olvides a Marta. También deja
su zapatito abierto.
Es mi vecina, y yo la quiero, desde
que su *mamita* ha muerto.

¡Noel, dulce Noel, de las manazas
florecidas de dones,
de los ojitos pícaros y azules
y la barba en vellones!. . .

RONDAS DE NIÑOS

A D. Enrique Molina

Las madres contando batallas
sentadas están al umbral.
Los niños se fueron al campo,
la roja amapola a cortar.

Se han puesto a jugar a los ecos
al pie de su cerro alemán.
Los niños del lado de Francia
rompieron también a cantar.

El canto los montes pasaba.
(El mundo parece cristal.)
Y a cada canción las dos rondas
han ido acercándose más.

La frase del canto no entienden,
mas luego se van a encontrar,
y cuando a los ojos se miren
las manos tejiéndose irán. . .

¡Las madres saldrán en su busca
y en lo alto se van a encontrar,

y al ver la viviente guirnalda,
su llanto va a ser manantial!

Los hombres saldrán en su busca,
y el corro tan ancho será,
que siendo vergüenza romperlo
riendo en la ronda entrarán. . .

Después bajarán a las eras
a hacer sin sollozos su pan.
Y cuando la tarde se apague,
la ronda en lo alto estará. . .

I

¿EN DÓNDE TEJEMOS LA RONDA?

¿En dónde tejemos la ronda?
¿La haremos a orillas del mar?
El mar danzará con mil olas,
haciendo una trenza de azahar.

¿La haremos al pie de los montes?
El monte nos va a contestar.
¡Será cual si todas quisiesen,
las piedras del mundo, cantar!

¿La haremos mejor en el bosque?
Él va voz y voz a mezclar,
y cantos de niños y de aves
se irán en el viento a besar.

¡Haremos la ronda infinita:
la iremos al bosque a trenzar,
la haremos al pie de los montes
y en todas las playas del mar!

II

LA MARGARITA

El cielo de Diciembre es puro
y la fuente mana divina,
y la hierba llamó temblando
a hacer la ronda en la colina.

Las madres miran desde el valle,
y sobre la alta hierba fina,
ven una inmensa margarita,
que es nuestra ronda en la colina.

Ven una blanca margarita
que se levanta y que se inclina,
que se desata y que se anuda,
y que es la ronda en la colina.

En este día abrió una rosa
y perfumó la clavelina,
nació en el valle un corderillo
e hicimos ronda en la colina. . .

III

INVITACIÓN

¿Qué niño no quiere a la ronda
que está en las colinas venir?
Aquellos que se han rezagado
se ven por la cuesta subir.

Vinimos los niños buscando
por viñas, majadas y hogar.
Y todos cantando se unieron
y el corro hace el valle blanquear. . .

IV

DAME LA MANO

Dame la mano y danzaremos;
dame la mano y me amarás.
Como una sola flor seremos,
como una flor, y nada más. . .

El mismo verso cantaremos,
al mismo paso bailarás.
Como una espiga ondularemos,
como una espiga, y nada más.

Te llamas Rosa y yo Esperanza;
pero tu nombre olvidarás,
porque seremos una danza
en la colina, y nada más.

V

LOS QUE NO DANZAN

Una niña que es inválida
dijo: "¿Cómo danzo yo?"
Le dijimos que pusiera
a danzar su corazón. . .

Luego dijo la quebrada:
"¿Cómo cantaría yo?"
Le dijimos que pusiera
a cantar su corazón. . .

Dijo el pobre cardo muerto:
"¿Cómo, cómo danzo yo?"
Le dijimos: "Pon al viento
a volar tu corazón. . ."

Dijo Dios desde la altura:
"¿Cómo bajo del azul?"
Le dijimos que bajara
a danzarnos en la luz.

Todo el valle está danzando
en un corro bajo el sol,
y al que no entra se le ha hecho
tierra, tierra el corazón.

VI

LA TIERRA

Danzamos en tierra chilena,
más suave que rosas y miel,

la tierra que amasa a los hombres
de labios y pecho sin hiel. . .

　La tierra más verde de huertos,
la tierra más rubia de mies,
la tierra más roja de viñas,
¡qué dulce que roza los pies!

　Su polvo hizo nuestras mejillas,
su río hizo nuestro reír,
y besa los pies de la ronda
que la hace cual madre gemir.

　Es bella, y por bella queremos
su césped de rondas albear;
es libre, y por libre queremos
su rostro de cantos bañar. . .

　Mañana abriremos sus rocas,
la haremos viñedo y pomar;
mañana alzaremos sus pueblos:
¡hoy sólo sabemos danzar!

VII

JESÚS

Haciendo la ronda,
se nos fué la tarde.
El sol ha caído;
la montaña no arde.

Pero la ronda seguirá,
aunque en el cielo el sol no está.

Danzando, danzando,
la viviente fronda
no lo oyó venir
y entrar en la ronda.

Ha abierto el corro, sin rumor
y al centro está hecho resplandor.

Callando va el canto,
callando de asombro.
Se oprimen las manos,
se oprimen temblando.

Y giramos a Su redor
y sin romper el resplandor.

Ya es silencio el coro,
ya ninguno canta:
se oye el corazón
en vez de garganta.

¡Y mirando Su rostro arder,
nos va a hallar el amanecer!

VIII

TODO ES RONDA

Los astros son ronda de niños,
jugando la tierra a mirar. . .
Los trigos son talles de niñas
jugando a ondular. . . a ondular. . .

Los ríos son rondas de niños
jugando a encontrarse en el mar. . .
Las olas son rondas de niñas,
jugando este mundo a abrazar. . .

III

Dolor

———

A su sombra

EL ENCUENTRO

Le he encontrado en el sendero.
No turbó su ensueño el agua
ni se abrieron más las rosas;
pero abrió el asombro mi alma.
¡Y una pobre mujer tiene
su cara llena de lágrimas!

Llevaba un canto ligero
en la boca descuidada,
y al mirarme se le ha vuelto
hondo el canto que entonaba.
Miré la senda, la hallé
extraña y como soñada.
¡Y en el alba de diamante
tuve mi cara con lágrimas!

Siguió su marcha cantando
y se llevó mis miradas. . .
Detrás de él no fueron más
azules y altas las salvias.
¡No importa! Quedó en el aire
estremecida mi alma.
¡Y aunque ninguno me ha herido
tengo la cara con lágrimas!

Esta noche no ha velado
como yo, junto a la lámpara;
como él ignora, no punza
su pecho de nardo mi ansia;
pero tal vez por su sueño
pase un olor de retamas,
¡porque una pobre mujer
tiene su cara con lágrimas!

Iba sola y no temía;
con hambre y sed no lloraba;
desde que lo vi cruzar,
mi Dios me vistió de llagas.
Mi madre en su lecho reza
por mi su oración confiada.
¡Pero yo tal vez por siempre
tendré mi cara con lágrimas!

AMO AMOR

Anda libre en el surco, bate el ala en el viento,
late vivo en el sol y se prende al pinar.
No te vale olvidarlo como al mal pensamiento:
        ¡le tendrás que escuchar!

Habla lengua de bronce y habla lengua de ave,
ruegos tímidos, imperativos de mar.
No te vale ponerle gesto audaz, ceño grave:
        ¡lo tendrás que hospedar!

Gasta trazas de dueño; no le ablandan excusas.
Rasga vasos de flor, hiende el hondo glaciar.
No te vale el decirle que albergarlo rehusas:
        ¡lo tendrás que hospedar!

Tiene argucias sutiles en la réplica fina,
argumentos de sabios, pero en voz de mujer.
Ciencia humana te salva, menos ciencia divina:
        ¡le tendrás que creer!

Te echa venda de lino; tú la venda toleras.
Te ofrece el brazo cálido, no le sabes huir.
Echa a andar, tú le sigues hechizada aunque vieras
        ¡que eso para en morir!

EL AMOR QUE CALLA

Si yo te odiara, mi odio te daría
en las palabras, rotundo y seguro;
¡pero te amo, y mi amor no se confía
a este hablar de los hombres, tan oscuro!

Tú lo quisieras vuelto un alarido,
y viene de tan hondo que ha deshecho
su quemante raudal, desfallecido,
antes de la garganta, antes del pecho.

Estoy lo mismo que estanque colmado
y te parezco un surtidor inerte.
¡Todo por mi callar atribulado
que es más atroz que el entrar en la muerte!

ÉXTASIS

Ahora, Cristo, bájame los párpados;
pon en la boca escarcha;
que están de sobra ya todas las horas
y fueron dichas todas las palabras.

Me miró, nos miramos en silencio
mucho tiempo, clavadas,
como en la muerte, las pupilas. Todo
el estupor que blanquea las caras
en la agonía, albeaba nuestros rostros.
¡Tras de ese instante, ya no resta nada!

Me habló convulsamente;
le hablé, rotas, cortadas
de plenitud, tribulación y angustia,
las confusas palabras.
Le hablé de su destino y mi destino,
amasijo fatal de sangre y lágrimas.

Después de esto ¡lo sé! no queda nada
¡Nada! Ningún perfume que no sea
diluído al rodar sobre mi cara.

Mi oído está cerrado,
mi boca está sellada.
¡Qué va a tener razón de ser ahora
para mis ojos en la tierra pálida!
¡Ni las rosas sangrientas
ni las nieves calladas!

Por eso es que te pido,
Cristo, al que no clamé de hambre angustiada:
ahora, para mis pulsos,
y mis párpados baja!

Defiéndeme del viento
la carne en que rodaron sus palabras;
líbrame de la luz brutal del día
que ya viene, esta imagen.
Recíbeme, voy pura;
¡tan plena voy como tierra inundada!

ÍNTIMA

Tú no oprimas mis manos.
Llegará el duradero
tiempo de reposar con mucho polvo
y sombra, en los entretejidos dedos.

Y dirías: "No puedo
amarla, porque ya se desgranaron
como mieses, sus dedos".

Tú no beses mi boca.
Vendrá el instante lleno
de luz menguada, en que estaré sin labios
sobre un mojado suelo.

Y dirías: "La amé pero no puedo
amarla más, ahora que no aspira
el olor de retamas de mi beso".

Y me angustiara oyéndote,
y hablaras loco y ciego,
que mi mano será sobre tu frente
cuando rompan mis dedos,
y bajará sobre tu cara llena
de ansia mi aliento.

No me toques, por tanto. Mentiría
al decir que te entrego
mi amor en estos brazos extendidos
en mi boca, en mi cuello,
y tú, al creer que lo bebiste todo,
te engañarías como un niño ciego.

Porque mi amor no es sólo esta gavilla
reacia y fatigada de mi cuerpo,
que tiembla entera al roce del cilicio
y que se me rezaga en todo vuelo.

Es lo que está en el beso, y no es el labio;
lo que rompe la voz, y no es el pecho:
¡es un viento de Dios, que pasa hendiéndome
el gajo de las carnes, volandero!

DIOS LO QUIERE

I

La tierra se hace madrastra
si tu alma vende a mi alma.
Llevan un escalofrío
de tribulación las aguas.
El mundo fué más hermoso
desde que yo te fuí aliada,
cuando junto de un espino
nos quedamos sin palabras,
¡y el amor como el espino
nos traspasó de fragancia!

Pero te va a brotar víboras
la tierra si vendes mi alma;
baldías del hijo, rompo
mis rodillas desoladas.
Se apaga Cristo en mi pecho
¡y la puerta de mi casa
quiebra la mano al mendigo
y avienta a la atribulada!

II

Beso que tu boca entregue
a mis oídos alcanza,
porque las grutas profundas
me devuelven tus palabras.
El polvo de los senderos
guarda el olor de tus plantas
y oteándolo, como un siervo,
te sigo por las montañas. . .

A la que tú ames, las nubes
la pintan sobre mi casa.
Vé cual ladrón a besarla
de la tierra en las entrañas;
mas, cuando el rostro le alces,
hallas mi cara con lágrimas.
Dios no quiere que tú tengas
sol, si conmigo no marchas.
Dios no quiere que tú bebas
si yo no tiemblo en tu agua.
No consiente que tú duermas
sino en mi trenza ahuecada.

III

Si te vas, hasta en los musgos
del camino rompes mi alma;
te muerden la sed y el hambre
en todo valle o llanada
y en cualquier país las tardes
con sangre serán mis llagas.
Y destilo de tu lengua
aunque a otra mujer llamaras,
y me clavo como un dejo
de salmuera en tu garganta;
y odies, o cantes, o ansíes,
¡por mí solamente clamas!

Si te vas y mueres lejos,
tendrás la mano ahuecada
diez años bajo la tierra
para recibir mis lágrimas,
sintiendo cómo te tiemblan
las carnes atribuladas,
¡hasta que te espolvoreen
mis huesos sobre la cara!

DESVELADA

Como soy reina y fui mendiga, ahora
vivo en puro temblor de que me dejes,
y te pregunto, pálida, a cada hora
"¿Estás conmigo aún? ¡Ay, no te alejes!"

Quisiera hacer las marchas sonriendo
y confiando, ahora que has venido;
pero hasta en el dormir estoy temiendo
y pregunto entre sueños: "¿No te has ido?"

VERGÜENZA

Si tú me miras, yo me vuelvo hermosa
como la yerba a que bajó el rocío,
y desconocerán mi faz gloriosa
las altas cañas, cuando baje al río.

Tengo vergüenza de mi boca triste,
de mi voz rota y mis rodillas rudas;
ahora que me miraste y que viniste,
me encontré pobre y me palpé desnuda.

Ninguna piedra en el camino hallaste
más desnuda de luz en la alborada
que esta mujer, a la que levantaste,
porque oíste su canto, la mirada.

Yo callaré para que no conozcan
mi dicha, los que pasan por el llano,
en el fulgor que da a mi frente tosca
y en la tremolación que hay en mi mano. . .

Es noche y baja a la hierba el rocío.
Mírame largo y habla con ternura,
¡que ya mañana al descender al río
la que besaste llevará hermosura!

"Predicción del futuro" (2015) de Ángel Paz Lara Rodríguez

BALADA

Él pasó con otra;
yo le vi pasar.
Siempre dulce el viento
y el camino en paz.
¡Y estos ojos míseros
le vieron pasar!

Él va amando a otra
por la tierra en flor.
Ha abierto el espino;
pasa una canción.
¡Y él va amando a otra
por la tierra en flor!

Él besó a la otra
a orillas del mar;
resbaló en las olas
la luna de azahar.
¡Y no untó mi sangre
la extensión del mar!

Él irá con otra
por la eternidad.
Habrá cielos dulces.

(Dios quiere callar)
¡Y él irá con otra
por la eternidad!

TRIBULACIÓN

En esta hora, amarga como un sorbo de mares,
            Tú sosténme, Señor.
¡Todo se me ha llenado de sombras el camino
            y el grito de pavor!
Amor iba en el viento como abeja de fuego,
            y en las aguas ardía.
Me socarró la boca, me acibaró la trova,
            y me aventó los días.

Tú viste que dormía al margen del sendero,
            la frente de paz llena;
Tú viste que vinieron a tocar los cristales
            de mi fuente serena.
Sabes cómo la triste temía abrir el párpado
            a la visión terrible;
¡y sabes de qué modo maravilloso hacíase
            el prodigio indecible!

Ahora que llego, huérfana, tu zona por señales
            confusas rastreando,
Tú no esquives el rostro, Tú no apagues la lámpara,
            ¡Tú no sigas callando!

Tú no cierres la tienda, que crece la fatiga
                    y aumenta la amargura;
y es invierno, y hay nieve, y la noche se puebla
                    de muecas de locura.

¡Mira! De cuantos ojos veía abiertos sobre
                    mis sendas tempraneras,
sólo los tuyos quedan. Pero ¡ay! se van llenando
                    de un cuajo de neveras. . .

NOCTURNO

Padre Nuestro que estás en los cielos,
¡por qué te has olvidado de mí!
Te acordaste del fruto en Febrero,
al llagarse su pulpa rubí.
¡Llevo abierto también mi costado,
y no quieres mirar hacia mí!

Te acordaste del negro racimo,
y lo diste al lagar carmesí;
y aventaste las hojas del álamo,
con tu aliento, en el aire sutil.
¡Y en el ancho lagar de la muerte
aún no quieres mi pecho exprimir!

Caminando vi abrir las violetas;
el falerno del viento bebí,
y he bajado amarillos, mis párpados,
por no ver más Enero ni Abril.
Y he apretado la boca, anegada
de la estrofa que no he de exprimir.

¡Has herido la nube de Otoño
y no quieres volverte hacia mí!

Me vendió el que besó mi mejilla;
me negó por la túnica ruin.
Yo en mis versos el rostro con sangre,
como Tú sobre el paño, le di,
y en mi noche del Huerto, me han sido
Juan cobarde y el Ángel hostil.

Ha venido el cansancio infinito
a clavarse en mis ojos, al fin:
el cansancio del día que muere
y el del alba que debe venir;
¡el cansancio del cielo de estaño
y el cansancio del cielo de añil!

Ahora suelto la mártir sandalia
y las trenzas pidiendo dormir.
Y perdida en la noche, levanto
el clamor aprendido de Ti:
"¡Padre Nuestro que estás en los cielos
por qué te has olvidado de mí!"

LOS SONETOS DE LA MUERTE

I

Del nicho helado en que los hombres te pusieron,
te bajaré a la tierra humilde y soleada.
Que he de dormirme en ella los hombres no supieron,
y que hemos de soñar sobre la misma almohada.

Te acostaré en la tierra soleada, con una
dulcedumbre de madre para el hijo dormido,
y la tierra ha de hacerse suavidades de cuna
al recibir tu cuerpo de niño dolorido.

Luego iré espolvoreando tierra y polvo de rosas,
y en la azulada y leve polvareda de luna,
los despojos livianos irán quedando presos.

Me alejaré cantando mis venganzas hermosas,
¡porque a ese hondor recóndito la mano de ninguna
bajará a disputarme tu puñado de huesos!

II

Este largo cansancio se hará mayor un día,
y el alma dirá al cuerpo que no quiere seguir

arrastrando su masa por la rosada vía,
por donde van los hombres, contentos de vivir.

Sentirás que a tu lado cavan briosamente,
que otra dormida llega a la quieta ciudad.
Esperaré que me hayan cubierto totalmente. . .
¡y después hablaremos por una eternidad!

Sólo entonces sabrás el porqué, no madura
para las hondas huesas tu carne todavía,
tuviste que bajar, sin fatiga, a dormir.

Se hará luz en la zona de los sinos, oscura;
sabrás que en nuestra alianza signo de astros había
y, roto el pacto enorme, tenías que morir. . .

III

Malas manos tomaron tu vida, desde el día
en que, a una señal de astros, dejara su plantel
nevado de azucenas. En gozo florecía.
Malas manos entraron trágicamente en él. . .

Y yo dije al Señor: "Por las sendas mortales
le llevan. ¡Sombra amada que no saben guiar!

¡Arráncalo, Señor, a esas manos fatales
o le hundes en el largo sueño que sabes dar!

¡No le puedo gritar, no le puedo seguir!
Su barca empuja un negro viento de tempestad.
Retórnalo a mis brazos o le siegas en flor"

Se detuvo la barca rosa de su vivir. . .
¿Qué no sé del amor, que no tuve piedad?
¡Tú, que vas a juzgarme, lo comprendes, Señor!

INTERROGACIONES

¿Cómo quedan, Señor, durmiendo los suicidas?
¿Un cuajo entre la boca, las dos sienes vaciadas,
las lunas de los ojos albas y engrandecidas,
hacia un ancla invisible las manos orientadas?

¿O Tú llegas, después que los hombres se han ido,
y les bajas el párpado sobre el ojo cegado,
acomodas las vísceras sin dolor y sin ruido
y entrecruzas las manos sobre el pecho callado?

El rosal que los vivos riegan sobre su huesa
¿no le pinta a sus rosas unas formas de heridas?
¿no tiene acre el olor, siniestra la belleza
y las frondas menguadas, de serpientes tejidas?

Y responde, Señor: cuando se fuga el alma
por la mojada puerta de las hondas heridas,
¿entra en la zona tuya hendiendo el aire en calma
o se oye un crepitar de alas enloquecidas?

¿Angosto cerco lívido se aprieta en torno suyo?
¿El éter es un campo de monstruos florecido?
¿En el pavor no aciertan ni con el nombre tuyo?
¿O lo gritan, y sigue tu corazón dormido?

¿No hay un rayo de sol que los alcance un día?
¿No hay agua que los lave de sus estigmas rojos?
¿Para ellos solamente queda tu entraña fría,
sordo tu oído fino y apretados tus ojos?

Tal el hombre asegura, por error o malicia;
mas yo, que te he gustado, como un vino, Señor,
mientras los otros siguen llamándote Justicia,
no te llamaré nunca otra cosa que Amor.

Yo sé que como el hombre fué siempre zarpa dura;
la catarata, vértigo; aspereza, la sierra,
¡Tú eres el vaso donde se esponjan de dulzura
los nectarios de todos los huertos de la Tierra!

LA ESPERA INÚTIL

Yo me olvidé que se hizo
ceniza tu pie ligero,
y, como en los buenos tiempos,
salí a encontrarte al sendero.

Pasé valle, llano y río
y el cantar se me hizo triste.
La tarde volcó su vaso
de luz ¡y tú no viniste!

El sol fué desmenuzando
su ardida y muerta amapola;
flecos de niebla temblaron
sobre el campo. ¡Estaba sola!

Al viento otoñal, de un árbol
crujieron los secos brazos.
Tuve miedo y te llamé:
"¡Amado, apresura el paso!

Tengo miedo y tengo amor,
¡amado, el paso apresura!"
Iba espesando la noche
y creciendo mi locura.

Me olvidé de que te hicieron
sordo para mi clamor.
Me olvidé de tu silencio
y de tu cárdeno albor,

de tu inerte mano torpe
ya para buscar mi mano;
¡de tus ojos dilatados
del inquirir soberano!

La noche ensanchó su charco
de betún; el agorero
buho con la horrible seda
de su ala rasgó el sendero.

No te volveré a llamar,
que ya no haces tu jornada;
mi desnuda planta sigue,
la tuya está sosegada.

Vano es que acuda a la cita
por los caminos desiertos.
¡No ha de cuajar tu fantasma
entre mis brazos abiertos!

LA OBSESIÓN

Me toca en el relente;
se sangra en los ocasos;
me busca con el rayo
de lunas, por los antros.

Como a Tomás el Cristo,
me hunde la mano pálida,
porque no olvide, dentro
de su herida mojada.

Le he dicho que deseo
morir, y él no lo quiere,
por palparme en los vientos,
por cubrirme en las nieves;

por moverse en mis sueños,
como a flor de semblante,
por llamarme en el verde
pañuelo de los árboles.

¿Si he cambiado de cielo?
Fui al mar y a la montaña.
Y caminó a mi vera
y hospedó en mis posadas.

¡Que tú, amortajadora descuidada,
no cerraste sus párpados,
ni ajustaste sus brazos en la caja!

COPLAS

Todo adquiere en mi boca
un sabor persistente de lágrimas:
el manjar cotidiano, la trova
y hasta la plegaria.

Ya no tengo otro oficio,
después del callado de amarte,
que este oficio de lágrimas, duro,
que tú me dejaste.

¡Ojos apretados
de calientes lágrimas!
¡boca atribulada y convulsa,
en que todo se me hace plegaria!

¡Tengo una vergüenza
de vivir de este modo cobarde!
¡Ni voy en tu busca
ni consigo tampoco olvidarte!

Un remordimiento me sangra
de mirar un cielo
que no ven tus ojos,

¡de palpar las rosas
que sustenta la cal de tus huesos!

    Carne de miseria,
gajo vergonzante, muerto de fatiga,
que no baja a dormir a tu lado,
que se aprieta, trémulo,
al impuro pezón de la Vida.

CERAS ETERNAS

¡Ah! Nunca más conocerá tu boca
la vergüenza del beso que chorreaba
concupiscencia, como espesa lava.

Vuelve a ser dos pétalos nacientes,
esponjados de miel nueva, los labios
que yo quise inocentes.

¡Ah! Nunca más conocerán tus brazos
el nudo horrible que en mis días puso
oscuro horror: ¡el nudo de otro abrazo!...

Por el sosiego puros,
quedaron en la tierra distendidos,
ya ¡Dios mío! seguros.

¡Ah! Nunca más tus dos iris cegados
tendrán un rostro descompuesto, rojo
de lascivia, en sus vidrios dibujado.

¡Benditas ceras fuertes,
ceras heladas, ceras eternales
y duras, de la muerte!

¡Bendito toque sabio,
con que apretaron ojos, con que apegaron brazos,
con que juntaron labios!

¡Duras ceras benditas,
ya no hay brasa de besos lujuriosos
que os quiebren, que os desgasten, que os derritan!

VOLVERLO A VER

¿Y nunca, nunca más, ni en noches llenas
de temblor de astros, ni en las alboradas
vírgenes, ni en las tardes inmoladas?

¿Al margen de ningún sendero pálido,
que ciñe el campo, al margen de ninguna
fontana trémula, blanca de luna?

¿Bajo las trenzaduras de la selva,
donde llamándolo me ha anochecido,
ni en la gruta que vuelve mi alarido?

¡Oh no! ¡Volverlo a ver, no importa dónde,
en remansos de cielo o en vórtice hervidor,
bajo unas lunas plácidas o en un cárdeno horror!

¡Y ser con él todas las primaveras
y los inviernos, en un angustiado
nudo, en torno a su cuello ensangrentado!

EL SURTIDOR

Soy cual el surtidor abandonado
que muerto sigue oyendo su rumor.
En sus labios de piedra se ha quedado
tal como en mis entrañas el fragor.

Y creo que el destino no ha venido
su tremenda palabra a desgajar;
que nada está segado ni perdido,
que si extiendo mis brazos te he de hallar.

Soy como el surtidor enmudecido.
Ya otro en el parque erige su canción;
pero como de sed ha enloquecido,
¡sueña que el canto está en su corazón!

Sueña que erige hacia el azul gorjeantes
rizos de espuma. ¡Y se apagó su voz!
Sueña que el agua colma de diamantes
vivos su pecho. ¡Y lo ha vaciado Dios!

LA CONDENA

¡Oh fuente de turquesa pálida!
¡Oh rosal de violenta flor!
¡Cómo tronchar tu llama cálida
y hundir el labio en tu frescor!

Profunda fuente del amor,
rosal ardiente de los besos,
el muerto manda caminar
hacia su tálamo de huesos.

Llama la voz clara e implacable
en la honda noche y en el día
desde su caja miserable.

¡Oh, fuente, el fresco labio cierra,
que si bebiera se alzaría
aquel que está caído en tierra!

EL VASO

Yo sueño con un vaso de humilde y simple arcilla,
que guarde tus cenizas cerca de mis miradas,
y la pared del vaso te será mi mejilla,
y quedarán mi alma y tu alma apaciguadas.

No quiero espolvorearlas en vaso de oro ardiente,
ni en la ánfora pagana que carnal línea ensaya:
sólo un vaso de arcilla te ciña simplemente,
humildemente, como un pliegue de mi saya.

En una tarde de éstas recogeré la arcilla
por el río, y lo haré con pulso tembloroso.
Pasarán las mujeres cargadas de gavillas,
y no sabrán que amaso el lecho de un esposo.

El puñado de polvo, que cabe entre mis manos,
se verterá sin ruido, como una hebra de llanto.
Yo sellaré este vaso con beso sobrehumano,
y mi mirada inmensa será tu único manto.

EL RUEGO

Señor, tú sabes cómo, con encendido brío,
por los seres extraños mi palabra te invoca.
Vengo ahora a pedirte por uno que era mío,
mi vaso de frescura, el panal de mi boca,

cal de mis huesos, dulce razón de la jornada,
gorjeo de mi oído, ceñidor de mi veste.
Me cuido hasta de aquellos en que no puse nada.
¡No tengas ojo torvo si te pido por éste!

Te digo que era bueno, te digo que tenía
el corazón entero a flor de pecho, que era
suave de índole, franco como la luz del día,
henchido de milagro como la primavera.

Me replicas, severo, que es de plegaria indigno
el que no untó de preces sus dos labios febriles,
y se fué aquella tarde sin esperar tu signo,
trizándose las sienes como vasos sutiles.

Pero yo, mi Señor, te arguyo que he tocado,
de la misma manera que el nardo de su frente,
todo su corazón dulce y atormentado
¡y tenía la seda del capullo naciente!

¿Qué fué cruel? Olvidas, Señor, que le quería,
y que él sabía suya la entraña que llagaba.
¿Qué enturbió para siempre mis linfas de alegría?
¡No importa! Tú comprende: ¡yo le amaba, le amaba!

Y amar (bien sabes de eso) es amargo ejercicio;
un mantener los párpados de lágrimas mojados,
un refrescar de besos las trenzas del cilicio
conservando, bajo ellas, los ojos extasiados.

El hierro que taladra tiene un gustoso frío,
cuando abre, cual gavillas, las carnes amorosas.
Y la cruz (Tú te acuerdas ¡oh Rey de los judíos!)
se lleva con blandura, como un gajo de rosas.

Aquí me estoy, Señor, con la cara caída
sobre el polvo, parlándote un crepúsculo entero,
o todos los crespúsculos a que alcance la vida,
si tardas en decirme la palabra que espero.

Fatigaré tu oído de preces y sollozos,
lamiendo, lebrel tímido, los bordes de tu manto,
y ni pueden huirme tus ojos amorosos
ni esquivar tu pie el riego caliente de mi llanto.

¡Di el perdón, dilo al fin! Va a esparcir en el viento
la palabra el perfume de cien pomos de olores
al vaciarse; toda agua será deslumbramiento;
el yermo echará flor y el guijarro esplendores.

Se mojarán los ojos oscuros de las fieras,
y, comprendiendo, el monte que de piedra forjaste
llorará por los párpados blancos de sus neveras:
¡Toda la tierra tuya sabrá que perdonaste!

POEMA DEL HIJO

A Alfonsina Storni

I

¡Un hijo, un hijo, un hijo! Yo quise un hijo tuyo
y mío, allá en los días del éxtasis ardiente,
en los que hasta mis huesos temblaron de tu arrullo
y un ancho resplandor creció sobre mi frente.

Decía: ¡un hijo!, como el árbol conmovido
de primavera alarga sus yemas hacia el cielo.
¡Un hijo con los ojos de Cristo engrandecidos,
la frente de estupor y los labios de anhelo!

Sus brazos en guirnalda a mi cuello trenzados;
el río de mi vida bajando hacia él, fecundo,
y mis entrañas como perfume derramado
ungiendo, en ese infante, las colinas del mundo.

Al cruzar una madre grávida, la miramos
con los labios convulsos y los ojos de ruego,
cuando en las multitudes con nuestro amor pasamos.
¡Y un niño de ojos dulces nos dejó como ciegos!

En las noches, insomne de dicha y de visiones,
la lujuria de fuego no descendió a mi lecho.

Para el que nacería vestido de canciones,
yo extendía mi brazo, yo ahuecaba mi pecho. . .

El sol no parecíame, para bañarlo, intenso;
mirándome, yo odié, por toscas, mis rodillas;
mi corazón, confuso, temblaba al dón inmenso;
¡y un llanto de humildad regaba mis mejillas!

Y no temí a la muerte, disgregadora impura;
los ojos de él libraran los tuyos de la nada
y a la mañana espléndida o a la luz insegura
yo hubiera caminado bajo de esa mirada. . .

II

Ahora tengo treinta años, y mis sienes jaspea
la ceniza precoz de la muerte. En mis días,
como la lluvia eterna de los Polos, gotea
la amargura, con lágrima lenta, salobre y fría.

Mientras arde la llama del pino, sosegada,
mirando a mis entrañas pienso qué hubiera sido
un hijo mío, infante con mi boca cansada,
mi amargo corazón y mi voz de vencido.

Y con tu corazón, el fruto de veneno,
y tus labios que hubieran otra vez renegado.
Cuarenta lunas él no durmiera en mi seno,
que sólo por ser tuyo ¡cómo me hubiera amado!

Y en qué huertas en flor, junto a qué aguas corrientes
lavara, en primavera, su sangre de mi pena,
si fuí triste en las landas y en las tierras clementes,
y en toda tarde mística bajaría a sus venas.

Y el horror de que un día con la boca quemante
de rencor, me dijera lo que dije a mi padre:
"¿Por qué ha sido fecunda tu carne sollozante
y se henchieron de néctar los pechos de mi madre?"

Siento el amargo goce de que duermas abajo
en tu lecho de tierra, y un hijo no naciera,
para poder dormir yo también sin trabajos
y sin remordimientos, bajo una zarza fiera.

Porque yo no cerrara los párpados, y loca
escuchase a través de la muerte, y me hincara,
deshechas las rodillas, retorcida la boca,
si lo viera pasar con mi fiebre en su cara.

Y la tregua de Dios a mí no descendiera:
en la carne inocente me hirieran los malvados,
y por la eternidad mis venas exprimieran
sobre mis hijos de ojos y de frente extasiados.

¡Bendito pecho mío en que a mis gentes hundo
y bendito mi vientre en que mi raza muere!
La cara de mi madre ya no irá por el mundo
ni su voz sobre el viento, trocada en miserere.

La selva hecha cenizas retoñará cien veces
y caerá cien veces, bajo el hacha, madura.
Caeré para no alzarme en el mes de las mieses;
conmigo entran los míos a la noche que dura.

Y como si pagara la deuda de una raza,
taladran los dolores mi pecho cual colmena.
Vivo una vida entera en cada hora que pasa.
Como el río hacia el mar, van amargas mis venas.

No sembré por mi troje, no enseñé para hacerme
un brazo con amor para la hora postrera,
cuando mi cuello roto no pueda sostenerme
y mi mano tantee la sábana ligera.

Mis pobres muertos miran el sol y los ponientes,
con un ansia tremenda, porque ya en mí se ciegan.
Se me cansan los labios de las preces fervientes
que antes que yo enmudezca por mi canción entregan.

Apacenté los hijos ajenos, colmé el troje
con los trigos divinos, y sólo de Ti espero
¡Padre Nuestro que estás en los cielos! Recoge
mi cabeza mendiga, si en esta noche muero.

COPLAS

A la azul llama del pino
que acompaña mi destierro,
busco esta noche tu rostro,
palpo mi alma y no lo encuentro.

¿Cómo eras cuando sonreías?
¿Cómo eras cuando me amabas?
¿Cómo miraban tus ojos
cuando aún tenían alma?

¡Si Dios quisiera volvérteme
por un instante tan sólo!
¡Si de mirarme tan pobre
me devolviera tu rostro!

....

Para que tenga mi madre
sobre su mesa un pan rubio,
vendí mis días, lo mismo
que el labriego que abre el surco.

Pero en las noches, cansada,
al dormirme sonreía,
porque bajabas al sueño
hasta rozar mis mejillas.

¡Si Dios quisiera entregárteme
por un instante tan sólo!
¡Si de mirarme tan pobre
me devolviera tu rostro!

....

En mi tierra, los caminos
mi corazón ayudaran:
tal vez te pintan las tardes
o te guarda un cristal de aguas.

Pero nada te conoce
aquí, en esta tierra extraña:
no te han cubierto las nieves
ni te han visto las mañanas.

Quiero, al resplandor del pino,
tener y besar tu cara,
y hallarla limpia de tierra,
y con ternura, y con lágrimas.

Araño en la ruin memoria;
me desgarro y no te encuentro,
y nunca fuí más mendiga
que ahora sin tu recuerdo.

No tengo un palmo de tierra,
no tengo un árbol florido. . .
Pero tener tu semblante
era cual tenerte un hijo.

Era como una fragancia
exhalando de mis huesos.
¡Qué noche, mientras dormía!
¡Qué noche, me la bebieron!

¿Qué día me la robaron,
mientras por sembrar mi trigo,
la dejé como brazada
de salvias, junto al camino?

¡Si Dios quisiera volvérteme
por un instante tan sólo!
¡Si de mirarme tan pobre
me devolviera tu rostro!

. . . .

Tal vez lo que yo he perdido
no es tu imagen, es mi alma,
mi alma en la que yo cavé
tu rostro como una llaga.

Cuando la vida me hiera,
¿a dónde buscar tu cara,
si ahora ya tienes polvo
hasta dentro de mi alma?

Tierra, tú guardas sus huesos:
¡yo no guardo ni su forma!
Tú le vas echando flores;
¡yo le voy echando sombra!

"Os" (2022) de Vicente Vallejos Zambrano

LOS HUESOS DE LOS MUERTOS

Los huesos de los muertos
hielo sutil saben espolvorear
sobre las bocas de los que quisieron.
¡Y éstas no pueden nunca más besar!

Los huesos de los muertos
en paletadas echan su blancor
sobre la llama intensa de la vida.
¡Le matan todo ardor!

Los huesos de los muertos
pueden más que la carne de los vivos.
Aun desgajados hacen eslabones
fuertes, donde nos tiene sumisos y cautivos.

IV

Naturaleza

A don Juan Contardi

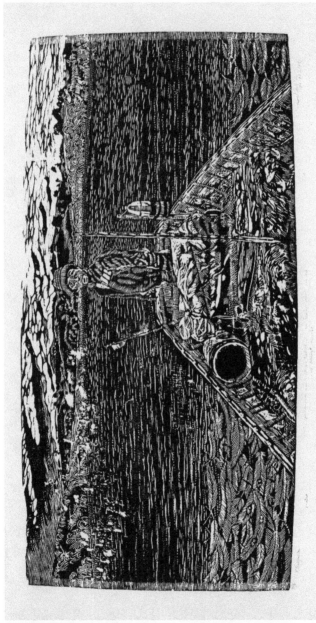

"Palillo, generosidad del mar de Chilwe" (2004) de Rafael Lara Monsalve

Paisajes de la Patagonia

DESOLACIÓN

La bruma espesa, eterna, para que olvide dónde
me ha arrojado la mar en su ola de salmuera.
La tierra a la que vine no tiene primavera:
tiene su noche larga que cual madre me esconde.

El viento hace a mi casa su ronda de sollozos
y de alarido, y quiebra, como un cristal, mi grito.
Y en la llanura blanca, de horizonte infinito,
miro morir inmensos ocasos dolorosos.

¿A quién podrá llamar la que hasta aquí ha venido
si más lejos que ella sólo fueron los muertos?
¡Tan sólo ellos contemplan un mar callado y yerto
crecer entre sus brazos y los brazos queridos!

Los barcos cuyas velas blanquean en el puerto
vienen de tierras donde no están los que son míos;
sus hombres de ojos claros no conocen mis ríos
y traen frutos pálidos, sin la luz de mis huertos.

Y la interrogación que sube a mi garganta
al mirarlos pasar, me desciende, vencida:

hablan extrañas lenguas y no la conmovida
lengua que en tierras de oro mi pobre madre canta.

   Miro bajar la nieve como el polvo en la huesa;
miro crecer la niebla como el agonizante,
y por no enloquecer no cuento los instantes,
porque la noche larga ahora tan sólo empieza.

   Miro el llano extasiado y recojo su duelo,
que vine para ver los paisajes mortales.
La nieve es el semblante que asoma a mis cristales;
¡siempre será su albura bajando de los cielos!

   Siempre ella, silenciosa, como la gran mirada
de Dios sobre mí; siempre, su azahar sobre mi casa;
siempre, como el destino, que ni mengua ni pasa,
descenderá a cubrirme, terrible y extasiada.

Paisajes de la Patagonia

ÁRBOL MUERTO

A Alberto Guillén

En el medio del llano,
un árbol seco su blasfemia alarga;
un árbol blanco, roto
y mordido de llagas,
en el que el viento, vuelto
mi desesperación, aúlla y pasa.

De su bosque el que ardió sólo dejaron
de escarnio, su fantasma.
Una llama alcanzó hasta su costado
y lo lamió, como el amor mi alma.
¡Y sube de la herida un purpurino
musgo, como una estrofa ensangrentada!

Los que amó, y que ceñían
a su torno en Setiembre una guirnalda,
cayeron. Sus raíces
los buscan, torturadas,
tanteando por el césped
con una angustia humana. . .

Le dan los plenilunios en el llano
sus más mortales platas,
y alargan, por que mida su amargura,
hasta lejos su sombra desolada.
¡Y él le da al pasajero
su atroz blasfemia y su visión amarga!

Paisajes de la Patagonia

TRES ÁRBOLES

Tres árboles caídos
quedaron a la orilla del sendero.
El leñador los olvidó, y conversan,
apretados de amor, como tres ciegos.

El sol de ocaso pone
su sangre viva en los hendidos leños
¡y se llevan los vientos la fragancia
de su costado abierto!

Uno, torcido, tiende
su brazo inmenso y de follaje trémulo
hacia otro, y sus heridas
como dos ojos son, llenos de ruego.

El leñador los olvidó. La noche
vendrá. Estaré con ellos.
Recibiré en mi corazón sus mansas
resinas. Me serán como de fuego.

¡Y mudos y ceñidos,
nos halle el día en un montón de duelo!

EL ESPINO

El espino prende a una roca
su enloquecida contorsión,
y es el espíritu del yermo,
retorcido de angustia y sol.

La encina es bella como Júpiter,
y es un Narciso el mirto en flor.
A él lo hicieron como a Vulcano,
el horrible dios forjador.

A él lo hicieron sin el encaje
del claro álamo temblador,
porque el alma del caminante
ni le conozca la aflicción.

De las greñas le nacen flores.
(Así el verso le nació a Job.)
Y como el salmo del leproso,
es de agudo su intenso olor.

Pero aunque llene el aire ardiente
de las siestas su exhalación,
no ha sentido en su greña oscura
temblarle un nido turbador. . .

Me ha contado que me conoce,
que en una noche de dolor
en su espeso millón de espinas
magullaron mi corazón.

Le he abrazado como una hermana,
cual si Agar abrazara a Job,
¡en un nudo que no es ternura,
porque es más desesperación!

A LAS NUBES

Nubes vaporosas,
nubes como tul,
llevad l'alma mía
por el cielo azul.

¡Lejos de la casa
que me ve sufrir,
lejos de estos muros
que me ven morir!

Nubes pasajeras,
llevadme hacia el mar,
a escuchar el canto
de la pleamar
y entre la guirnalda
de olas a cantar.

Nubes, flores, rostros,
dibujadme a aquél
que ya va borrándose
por el tiempo infiel.
Mi alma se pudre
sin el rostro de él.

Nubes que pasáis,
nubes, detened
sobre el pecho mío
la fresca merced.
¡Abiertos están
mis labios de sed!

OTOÑO

A esta alameda muriente
he traído mi cansancio.
Y estoy ya no sé qué tiempo
tendida bajo los álamos,
que van cubriendo mi pecho
de su oro divino y tardo.

Sin un ímpetu la tarde
se apagó tras de los álamos.
Por mi corazón mendigo
ella no se ha ensangrentado.
Y el amor al que tendí,
para salvarme, los brazos
se está muriendo en mi alma
cual su arrebol desflocado.

Y no llevaba más que este
manojito atribulado
de ternura, entre mis carnes
como un infante, temblando.
Ahora se me va perdiendo
como un agua entre los álamos;
pero es otoño, y no agito
para salvarlo, mis brazos.

En mis sienes la hojarasca
exhala un perfume manso.
Tal vez morir sólo sea
ir con asombro marchando,
entre un rumor de hojas secas,
y por un parque extasiado.

Aunque va a llegar la noche,
y estoy sola, y ha blanqueado
el suelo un azahar de escarcha,
para regresar no me alzo,
ni hago lecho entre las hojas,
ni acierto a dar, sollozando,
un inmenso Padre nuestro
por mi inmenso desamparo.

LA MONTAÑA DE NOCHE

Haremos fuegos sobre la montaña.
La noche que desciende, leñadores,
no echará al cielo ni su crencha de astros.
¡Haremos treinta fuegos brilladores!

Que la tarde quebró un vaso de sangre
sobre el ocaso, y es señal artera.
El espanto se sienta entre nosotros
si no hacéis corro en torno de la hoguera.

Semeja este fragor de cataratas
un incansable galopar de potros
por la montaña, y otro fragor sube
de los medrosos pechos de nosotros.

Dicen que los pinares en la noche
dejan su éxtasis negro, y a una extraña,
sigilosa señal, su muchedumbre
se mueve, tarda, sobre la montaña.

La esmaltadura de la nieve adquiere
en la tiniebla un arabesco avieso:
sobre el osario inmenso de la noche,
finge un bordado lívido de huesos.

E invisible avalancha de neveras
desciende, sin llegar, al valle inerme,
mientras vampiros de arrugadas alas
rozan el rostro del pastor que duerme.

Dicen que en las cimeras apretadas
de la próxima sierra hay alimañas
que el valle no conoce y que en la sombra,
como greñas, desprende la montaña.

Me va ganando el corazón el frío
de la cumbre cercana. Pienso: acaso
los muertos que dejaron por impuras
las ciudades, eligen el regazo

recóndito de los desfiladeros
de tajo azul, que ningún alba baña,
¡y al espesar la noche sus betunes
como una mar invadan la montaña!

¡Tronchad los leños tercos y fragantes,
salvias y pinos chisporroteadores,
y apretad bien el corro en torno al fuego,
que hace frío y angustia, leñadores!

"Grandes montañas de Chilwe" (2022) de Yosselin Oyarzo Pafian

CIMA

La hora de la tarde, la que pone
su sangre en las montañas.

Alguien en esta hora está sufriendo;
una pierde, angustiada,
en este atardecer el solo pecho
contra el cual estrechaba.

Hay algún corazón en donde moja
la tarde aquella cima ensangrentada.

El valle ya está en sombra
y se llena de calma.
Pero mira de lo hondo que se enciende
de rojez la montaña.

Yo me pongo a cantar siempre a esta hora
mi invariable canción atribulada.

¿Seré yo la que baño
la cumbre de escarlata?

Llevo a mi corazón la mano, y siento
que mi costado mana.

BALADA DE LA ESTRELLA

—Estrella, estoy triste.
Tú dime si otra
como mi alma viste.
—Hay otra más triste.

—Estoy sola, estrella.
Di a mi alma si existe
otra como ella.
—Sí, dice la estrella.

—Contempla mi llanto.
Dime si otra lleva
de lágrimas manto.
—En otra hay más llanto.

—Di quién es la triste,
di quién es la sola,
si la conociste.

—Soy yo, la que encanto,
soy yo la que tengo
mi luz hecha llanto.

LA LLUVIA LENTA

Esta agua medrosa y triste,
como un niño que padece,
antes de tocar la tierra
    desfallece.

Quieto el árbol, quieto el viento,
¡y en el silencio estupendo,
este fino llanto amargo
    cayendo!

El cielo es como un inmenso
corazón que se abre, amargo.
No llueve: es un sangrar lento
    y largo.

Dentro del hogar, los hombres
no sienten esta amargura,
este envío de agua triste
    de la altura.

Este largo y fatigante
descender de aguas vencidas,
hacia la Tierra yacente
    y transida.

Bajando está el agua inerte,
callada como un ensueño,
como las criaturas leves
    de los sueños.

Llueve. . . y como un chacal trágico
la noche acecha en la sierra.
¿Qué va a surgir, en la sombra,
    de la Tierra?

¿Dormiréis, mientras afuera
cae, sufriendo, esta agua inerte,
esta agua letal, hermana
    de la Muerte?

PINARES

El pinar, al viento,
vasto y negro ondula
y mece mi pena
con canción de cuna.

Pinos calmos, graves
como un pensamiento,
dormidme la pena,
dormidme el recuerdo.

Dormidme el recuerdo,
asesino pálido,
pinos que pensáis
con pensar humano.

El viento los pinos
suavemente ondula.
¡Duérmete, recuerdo,
duérmete, amargura!

La montaña tiene
el pinar vestida
como un amor grande
que cubrió una vida.

Nada le ha dejado
sin poseerle, ¡nada!
¡Como un amor ávido
que ha invadido un alma!

La montaña tiene
tierra sonrosada;
el pinar le puso
su negrura trágica.

(Así era el alma
alcor sonrosado;
así el amor púsole
su vestido trágico.)

El viento reposa
y el pinar se calla,
cual se calla un hombre
asomado a su alma.

Medita en silencio,
enorme y oscuro,
como un ser que sabe
del dolor del mundo.

Pinar, tengo miedo
de pensar contigo;
miedo de acordarme,
pinar, de que vivo.

¡Ay! tú, no te calles,
procura que duerma;
no te calles, como
un hombre que piensa.

"Aurora" (2022) de Vilica Arévalo Vito

Prosa

LA ORACIÓN DE LA MAESTRA

A César Duayen

¡Señor! Tú que enseñaste, perdona que yo enseñe; que lleve el nombre de maestra, que tú llevaste por la Tierra.

Dame el amor único de mi escuela; que ni la quemadura de la belleza sea capaz de robarle mi ternura de todos los instantes.

Maestro, hazme perdurable el fervor y pasajero el desencanto. Arranca de mí este impuro deseo de justicia que aún me turba, la mezquina insinuación de protesta que sube de mí cuando me hieren. No me duela la incomprensión ni me entristezca el olvido de las que enseñé.

Dame el ser más madre que las madres, para poder amar y defender como ellas lo que no es carne de mis carnes. Dame que alcance a hacer de una de mis niñas mi verso perfecto y a dejarte en ella clavada mi más penetrante melodía, para cuando mis labios no canten más.

Muéstrame posible tu Evangelio en mi tiempo, para que no renuncie a la batalla de cada día y de cada hora por él.

Pon en mi escuela democrática el resplandor que se cernía sobre tu corro de niños descalzos.

Hazme fuerte, aun en mi desvalimiento de mujer, y de mujer pobre; hazme despreciadora de todo poder que no sea puro, de toda presión que no sea la de tu voluntad ardiente sobre mi vida.

¡Amigo, acompáñame! ¡sosténme! Muchas veces no tendré sino a Ti a mi lado. Cuando mi doctrina sea más casta y más quemante mi verdad, me quedaré sin los mundanos; pero Tú me oprimirás entonces contra tu corazón, el que supo harto de soledad y desamparo. Yo no buscaré sino en tu mirada la dulzura de las aprobaciones.

Dame sencillez y dame profundidad; líbrame de ser complicada o banal, en mi lección cotidiana.

Dame el levantar los ojos de mi pecho con heridas, al entrar cada mañana a mi escuela. Que no lleve a mi mesa de trabajo mis pequeños afanes materiales, mis mezquinos dolores de cada hora.

Aligérame la mano en el castigo y suavízamela más en la caricia. ¡Reprenda con dolor, para saber que he corregido amando!

Haz que haga de espíritu mi escuela de ladrillos. Le envuelva la llamarada de mi entusiasmo su atrio pobre, su sala desnuda. Mi corazón le sea más columna y mi buena voluntad más oro que las columnas y el oro de las escuelas ricas.

Y, por fin, recuérdame desde la palidez del lienzo de Velázquez, que enseñar y amar intensamente sobre la

Tierra es llegar al último día con el lanzazo de Longinos en el costado ardiente de amor.

LOS CABELLOS DE LOS NIÑOS

Cabellos suaves, cabellos que son toda la suavidad
del mundo, ¿qué seda gozaría yo si no os tuviera sobre el
regazo? Dulce por ella el día que pasa, dulce el sustento,
dulce el antiguo dolor, sólo por unas horas que ellos
resbalan entre mis manos.

Ponedlos en mi mejilla; revolvedlos en mi regazo como
las flores; dejadme trenzar con ellos, para suavizarlo, mi
dolor; aumentar la luz con ellos, ahora que es moribunda.

Cuando ya sea con Dios, que no me dé el ala de un
ángel, para refrescar la magulladura de mi corazón;
¡extienda sobre el azul las cabelleras de los niños
que amé, y pasen ellas en el viento sobre mi rostro
eternamente!

POEMAS DE LAS MADRES

A doña Luisa F. de García-Huidobro

I

ME HA BESADO

Me ha besado y ya soy otra: otra, por el latido que duplica el de mis venas; otra, por el aliento que se percibe entre mi aliento.

Mi vientre ya es noble como mi corazón. . .

Y hasta encuentro en mi hálito una exhalación de flores: ¡todo por aquél que descansa en mis entrañas blandamente, como el rocío sobre la hierba!

¿CÓMO SERÁ?

¿Cómo será? Yo he mirado largamente los pétalos de una rosa, y los palpé con delectación: querría esa suavidad para sus mejillas. Y he jugado en un enredo de zarzas, porque me gustarían sus cabellos así, oscuros y retorcidos. Pero no importa si es tostado, con ese rico color de las gredas rojas que aman los alfareros, y si sus cabellos lisos tienen la simplicidad de mi vida entera.

Miro las quiebras de las sierras, cuando se van poblando de niebla, y hago con la niebla una silueta de niña, de niña dulcísima: que pudiera ser eso también.

Pero, por sobre todo, yo quiero que mire con el dulzor que él tiene en la mirada, y que tenga el temblor leve de su voz cuando me habla, pues en el que viene quiero amar a aquél que me besara.

SABIDURÍA

Ahora sé para qué he recibido veinte veranos la luz sobre mí y me ha sido dado cortar las flores por los campos, ¿Por qué, me decía en los días más bellos, este don maravilloso del sol cálido y de la yerba fresca?

Como al racimo azulado, me traspasó la luz para la dulzura que entregaría. Este que en el fondo de mí está haciéndose gota a gota de mis venas, éste era mi vino.

Para éste yo recé, por traspasar del nombre de Dios mi barro, con el que se haría. Y cuando leí un verso con pulsos trémulos, para él me quemó como una brasa la belleza, por que recoja de mi carne su ardor inextinguible.

LA DULZURA

Por el niño dormido que llevo, mi paso se ha vuelto sigiloso. Y es religioso todo mi corazón, desde que lleva el misterio.

Mi voz es suave, como por una sordina de amor, y es que temo despertarlo.

Con mis ojos busco ahora en los rostros el dolor de las entrañas, para que los demás miren y comprendan la causa de mi mejilla empalidecida.

Hurgo con miedo de ternura en las yerbas donde anidan codornices. Y voy por el campo silenciosa, cautelosamente. Creo que árboles y cosas tienen hijos dormidos, sobre los que velan inclinados.

LA HERMANA

Hoy he visto una mujer abriendo un surco. Sus caderas están henchidas, como las mías, por el amor, y hacía su faena curvada sobre el suelo.

He acariciado su cintura; la he traído conmigo. Beberá la leche espesa de mi mismo vaso y gozará de la sombra de mis corredores, que va grávida de gravidez de amor. Y si mi seno no es generoso, mi hijo allegará al suyo, rico, sus labios.

EL RUEGO

¡Pero no! ¿Cómo Dios dejaría enjuta la yema de mi seno, si Él mismo amplió mi cintura? Siento crecer mi pecho, subir como el agua en un ancho estanque, calladamente. Y su esponjadura echa sombra como de promesa sobre mi vientre.

¿Quién sería más pobre que yo en el valle si mi seno no se humedeciera?

Como los vasos que las mujeres ponen para recoger el rocío de la noche, pongo yo mi pecho ante Dios; le doy un nombre nuevo, le llamo el Henchidor, y le pido el licor de la vida, abundoso. Aquél llegará buscándolo con sed.

SENSITIVA

Ya no juego en las praderas y temo columpiarme con las mozas. Soy como la rama con fruto.

Estoy débil, tan débil que el olor de las rosas me hizo desvanecer esta siesta, cuando bajé al jardín, y un simple canto que viene en el viento o la gota de sangre que tiene la tarde en su último latido sobre el cielo, me turban, me anegan de dolor. De la sola mirada de mi dueño, si fuera dura para mí esta noche, podría morir.

EL DOLOR ETERNO

Palidezco si él sufre dentro de mí; dolorida voy de su presión recóndita, y podría morir a un solo movimiento de éste que está en mí y a quien no veo.

Pero no creáis que únicamente me traspasará y estará trenzado con mis entrañas mientras lo guarde. Cuando vaya libre por los caminos, aunque esté lejos,

el viento que lo azote me rasgará las carnes y su grito
pasará también por mi garganta. ¡Mi llanto y mi sonrisa
comenzarán en tu rostro, hijo mío!

POR ÉL

Por él, por el que está adormecido, como hilo de
agua bajo la hierba, no me dañéis, no me deis trabajos.
Perdonádmelo todo: mi descontento de la mesa
preparada y mi odio al ruido.

Me diréis los dolores de la casa, la pobreza y los afanes,
cuando lo haya puesto en unos pañales.

En la frente, en el pecho, donde me toquéis, está él y
lanzaría un gemido respondiendo a la herida.

LA QUIETUD

Ya no puedo ir por los caminos: tengo el rubor de
mi ancha cintura y de la ojera profunda de mis ojos.
Pero traedme aquí, poned aquí a mi lado las macetas
con flores, y tocad la cítara largamente: quiero, para él,
anegarme de hermosura.

Pongo rosas sobre mi vientre, digo sobre el que duerme
estrofas eternas. Recojo en el corredor hora tras hora el
sol acre. Quiero destilar, como la fruta, miel, hacia mis
entrañas. Recibo en el rostro el viento de los pinares. La

luz y los vientos coloreen y laven mi sangre. Para lavarla también, yo no odio, no murmuro, ¡solamente amo! Que estoy tejiendo en este silencio, en esta quietud, un cuerpo, un milagroso cuerpo, con venas, y rostro, y mirada, y depurado corazón.

ROPITAS BLANCAS

Tejo los escarpines minúsculos, corto el pañal suave: todo quiero hacerlo por mis manos.

Vendrá de mis entrañas, reconocerá mi perfume.

Suave vellón de la oveja: en este verano te cortaron para él. Lo esponjó la oveja ocho meses y lo emblanqueció la luna de Enero. No tiene agujillas de cardo ni espinas de zarza. Así de suave ha sido el vellón de mis carnes, donde ha dormido.

¡Ropitas blancas! El las mira por mis ojos y se sonríe, dichoso, adivinándolas suavísimas. . .

IMAGEN DE LA TIERRA

No había visto antes la verdadera imagen de la Tierra. La Tierra tiene la actitud de una mujer con un hijo en los brazos (con sus criaturas en los anchos brazos).

Voy conociendo el sentido maternal de las cosas. La montaña que me mira, también es madre, y por las tardes la neblina juega como un niño por sus hombros y sus rodillas.

Recuerdo ahora una quebrada del valle. Por su lecho profundo iba cantando una corriente que las breñas hacen todavía invisible. Ya soy como la quebrada; siento cantar en mi hondura este pequeño arroyo, y le he dado mi carne por breña, hasta que suba hacia la luz.

AL ESPOSO

Esposo, no me estreches. Lo hiciste subir del fondo de mi ser como un lirio de aguas. Déjame ser como un agua en reposo.

¡Ámame, ámame ahora un poco más! Yo ¡tan pequeña! te duplicaré por los caminos. Yo ¡tan pobre! te daré otros ojos, otros labios, con los cuales gozarás el mundo; yo ¡tan tierna! me hendiré como un ánfora por el amor, para que este vino de la vida se vierta de mí.

¡Perdóname! Estoy torpe al andar, torpe al servir tu copa; pero tú me henchiste así y me diste esta extrañeza con que me muevo entre las cosas.

Séme más que nunca dulce. No remuevas ansiosamente mi sangre; no agites mi aliento.

¡Ahora soy sólo un velo; todo mi cuerpo es un velo bajo el cual hay un niño dormido!

LA MADRE

Vino mi madre a verme; estuvo sentada aquí a mi lado, y, por primera vez en nuestra vida, fuimos dos hermanas que hablaron del tremendo trance.

Palpó con temblor mi vientre y descubrió delicadamente mi pecho. Y al contacto de sus manos me pareció que se entreabrirían con suavidad de hojas mis entrañas y que a mi seno subía la onda láctea.

Enrojecida, llena de confusión, le hablé de mis dolores y del miedo de mi carne; caí sobre su pecho; ¡y volví a ser de nuevo una niña pequeña que sollozó en sus brazos del terror de la vida!

CUÉNTAME MADRE. . .

Madre, cuéntame todo lo que sabes por tus viejos dolores. Cuéntame cómo nace y cómo viene su cuerpecillo, entrabando con mis vísceras.

Dime si buscará solo mi pecho o si se lo debo ofrecer, incitándolo.

Dame tu ciencia de amor, ahora, madre. Enséñame las nuevas caricias, delicadas, más delicadas que las del esposo.

¿Cómo limpiaré su cabecita, en los días sucesivos? ¿Y cómo lo liaré para no dañarlo?

Enséñame, madre, la canción de cuna con que me meciste. Esa lo hará dormir mejor que otras canciones.

EL AMANECER

Toda la noche he padecido, toda la noche se ha estremecido mi carne por entregar su don. Hay el sudor de la muerte sobre mis sienes; pero no es la muerte, ¡es la vida!

Y te llamo ahora Dulzura Infinita a Ti, Señor, para que lo desprendas blandamente.

¡Nazca ya, y mi grito de dolor suba en el amanecer, trenzado con el canto de los pájaros!

LA SAGRADA LEY

Dicen que la vida ha menguado en mi cuerpo, que mis venas se vertieron como los lagares: ¡yo sólo siento el alivio del pecho después de un gran suspiro!

—¿Quién soy yo, me digo, para tener un hijo en mis rodillas?

Y yo misma respondo:

—Una que amó, y cuyo amor pidió, al recibir el beso, la eternidad.

Me mire la Tierra con este hijo en los brazos, y me bendiga, pues ya estoy fecunda y sagrada, como las palmas y los surcos.

II

POEMAS DE LA MADRE MÁS TRISTE

ARROJADA

Mi padre dijo que me echaría, gritó a mi madre que me arrojaría esta misma noche.

La noche es tibia; a la claridad de las estrellas, yo podría caminar hasta la aldea más próxima; pero, ¿y si nace en estas horas? Mis sollozos le han llamado tal vez; tal vez quiera salir por ver mi cara con lágrimas. Y tiritaría bajo el aire crudo, aunque yo lo cubriera.

¿PARA QUÉ VINISTE?

¿Para qué viniste? Nadie te amará aunque eres hermoso, hijo mío. Aunque sonríes graciosamente, como los demás niños, como el menor de mis hermanitos, no te besaré sino yo, hijo mío. Y aunque tus manitas se agiten buscando juguetes, no tendrás para tus juegos sino mi seno y la hebra de mis lágrimas, hijo mío.

¿Para qué viniste, si el que te trajo te odió al sentirte en mi vientre?

¡Pero no! Para mí viniste; ¡para mí que estaba sola, sola hasta cuando me oprimía él entre sus brazos, hijo mío!

NOTA—

Una tarde, paseando por una calle miserable de
Temuco, vi a una mujer del pueblo, sentada a la puerta de
su rancho. Estaba próxima a la maternidad, y su rostro
revelaba una profunda amargura.

Pasó delante de ella un hombre, y le dijo una frase
brutal, que la hizo enrojecer.

Yo sentí en ese momento toda la solidaridad del sexo,
la infinita piedad de la mujer para la mujer, y me alejé
pensando:

—Es una de nosotras quien debe decir (ya que los
hombres no lo han dicho) la santidad de este estado
doloroso y divino. Si la misión del arte es embellecerlo
todo, en una inmensa misericordia, ¿por qué no hemos
purificado, a los ojos de los impuros, esto?

Y escribí los poemas que preceden, con intención casi
religiosa.

Algunas de esas mujeres que para ser castas necesitan
cerrar los ojos sobre la realidad cruel pero fatal, hicieron
de estos poemas un comentario ruin, que me entristeció,
por ellas mismas. Hasta me insinuaron que los eliminase
de un libro.

En esta obra egotista, empequeñecida a mis propios
ojos por ese egotismo, tales prosas humanas tal vez

sean lo único en que se canta la Vida total. ¿Había de eliminarlas?

¡No! Aquí quedan, dedicadas a las mujeres capaces de ver que la santidad de la vida comienza en la maternidad, la cual es, por lo tanto, sagrada. Sientan ellas la honda ternura con que una mujer que apacienta por la Tierra los hijos ajenos, mira a las madres de todos los niños del mundo.

CANCIONES DE CUNA

A mi madre.

1. APEGADO A MÍ.

Velloncito de mi carne—que en mi entraña yo tejí,— velloncito friolento,—¡duérmete apegado a mí! La perdiz duerme en el trébol—escuchándole latir:—no te turbes por mi aliento,—¡duérmete apegado a mí!

Hierbecita temblorosa—asombrada de vivir,—no te sueltes de mi pecho—¡duérmete apegado a mí!

Yo que todo lo he perdido—ahora tiemblo hasta al dormir.—No resbales de mi brazo:—¡duérmete apegado a mí!

2. YO NO TENGO SOLEDAD

Es la noche desamparo—de las sierras hasta el mar.— Pero yo, la que te mece,—¡yo no tengo soledad!

Es el cielo desamparo—pues la luna cae al mar.—Pero yo, la que te estrecha, —¡yo no tengo soledad!

Es el mundo desamparo.—Toda la carne triste va.— Pero yo, la que te oprime—¡yo no tengo soledad!

3. MECIENDO

El mar sus millares de olas—mece divino.—Oyendo a los mares amantes—mezo a mi niño.

El viento errabundo en la noche—mece los trigos.—
Oyendo a los vientos amantes—mezo a mi niño.

Dios Padre sus miles de mundos—mece sin ruido.—
Sintiendo su mano en la sombra—mezo a mi niño.

4. CANCIÓN AMARGA

¡Ay! Juguemos, hijo mío,—a la reina con el rey.

Este verde campo es tuyo.—¿De quién más podría
ser?—Las alfalfas temblorosas—para tí se han de mecer.

Este valle es todo tuyo.—¿De quién más podría ser?—
Para que lo disfrutemos—los pomares se hacen miel.

(¡Ay! No es cierto que tiritas—como el Niño de
Belén—y que el seno de tu madre—se secó de padecer)

El cordero está espesando—el vellón que he de
tejer.—Y son tuyas las majadas.—¿De quién más podría
ser?

Y la leche del establo—que en la ubre ha de correr—
el manojo de las mieses—¿de quién más podría ser?

(¡Ay! No es cierto que tiritas—como el Niño de
Belén—y que el seno de tu madre—se secó de padecer)

¡Sí! Juguemos, hijo mío,—a la reina con el rey.

MOTIVOS DEL BARRO

A Eduardo Barrios

1. EL POLVO SAGRADO

Tengo ojos, tengo mirada; los ojos, y las miradas derramadas en mí por los tuyos que quebró la muerte, y te miro con todas ellas.

No soy ciego como me llamas.

Y amo; tampoco soy muerto. Tengo los amores, las pasiones de tus gentes derramadas en mí como rescoldo tremendo; el anhelo de sus labios me hace gemir.

2. EL POLVO DE LA MADRE

¿Por qué me buscabas mirando hacia la noche estrellada? Aquí estoy, recógeme con tu mano. Guárdame, llévame. No quiero que me huellen los rebaños ni que corran los lagartos sobre mis rodillas. Recógeme en tu mano y llévame contigo. Yo te llevé así. ¿Por qué tú no me llevarías?

Con una mano cortas las flores y ciñes a las mujeres, y con la otra oprimes contra tu pecho a tu madre.

Recógeme y amasa conmigo una ancha copa, para las rosas de esta primavera.

Ya he sido copa, pero copa de carne henchida, y guardé un ramo de rosas: te llevé a ti como un gajo de flores.

Yo conozco la noble curva de una copa, porque fuí el vientre de tu madre.

Volé en polvo fino de la sepultura y fuí espesando sobre tu campo, todo para mirarte, ¡oh hijo labrador! Soy tu surco. ¡Mírame y acuérdate de mis labios! ¿Por qué pasas rompiéndome? En este amanecer, cuando atravesaste el campo, la alondra que voló cantando subió del ímpetu desesperado de mi corazón.

3. TIERRA DE AMANTES

Alfarero, ¿sentiste el barro cantar entre tus dedos? Cuando le acabaste de verter el agua, gritó entre ellos. ¡Es su tierra y la tierra de mis huesos que por fin se juntaron!

Con cada átomo de mi cuerpo lo he besado, con cada átomo lo he ceñido. ¡Mil nupcias para nuestros dos cuerpos! ¡Para mezclarnos bien nos deshicieron! ¡Como las abejas en el enjambre, es el ruido de nuestro fermento de amor!

Y ahora, si haces una Tanagra con nosotros, ponnos todo en la frente, o todo en el seno. No nos vayas a separar, distribuyéndonos en las sienes o en los brazos. Ponnos mejor en la curva sagrada de la cintura, donde jugaremos a perseguirnos, sin encontrarnos fin.

¡Ah, alfarero! Tú que nos mueles distraído, cantando, no sabes que en la palma de tu mano se juntaron, por fin, las tierras de dos amantes que jamás se reunieron sobre el mundo.

4. A LOS NIÑOS

Después de muchos años, cuando yo sea un montoncito de polvo callado, jugad conmigo, con la tierra de mi corazón y de mis huesos. Si me recoge un albañil, me pondrá en un ladrillo, y quedaré clavada para siempre en un muro, y yo odio los nichos quietos. Si me hacen ladrillo de cárcel, enrojeceré de vergüenza oyendo sollozar a un hombre; y si soy ladrillo de una escuela, padeceré también, de no poder cantar con vosotros, en los amaneceres.

Mejor quiero ser el polvo con que jugáis en los caminos del campo. Oprimidme: he sido vuestra; deshacedme, porque os hice; pisadme, porque no os di toda la verdad y toda la belleza. O, simplemente, cantad y corred sobre mí, para besaros las plantas amadas. . .

Decid, cuando me tengáis en las manos, un verso hermoso, y crepitaré de placer entre vuestros dedos. Me empinaré para mirarnos, buscando entre vosotros los ojos, los cabellos de los que enseñé.

Y cuando hagáis conmigo cualquier imagen, rompedla a cada instante, que a cada instante me rompieron los niños de ternura y de dolor.

5. LA ENEMIGA

Soñé que ya era la tierra, que era un metro de tierra oscura a la orilla de un camino. Cuando pasaban, al atardecer, los carros cargados de heno, el aroma que dejaban en el aire me estremecía al recordarme el campo en que nací; cuando después pasaban los segadores enlazados, evocaba también; al llorar los bronces crepusculares, el alma mía recordaba a Dios, bajo su polvo ciego.

Junto a mí, el suelo formaba un montoncillo de arcilla roja, con un contorno como de pecho de mujer, y yo, pensando en que también pudiera tener alma, le pregunté:

—¿Quién eres tú?

—Yo soy, dijo, tu Enemiga, aquella que así, sencillamente, terriblemente, llamabas tú: la Enemiga.

Yo le contesté:

—Yo odiaba cuando aún era carne, carne con juventud, carne con soberbia. Pero ahora soy polvo ennegrecido y amo hasta el cardo que sobre mí crece y las ruedas de las carretas que pasan magullándome.

—Yo tampoco odio ya, dijo ella, y soy roja como una herida, porque he padecido, y me pusieron junto a ti, porque pedí amarte.

—Yo te quisiera más próxima, respondí, sobre mis brazos, los que nunca te estrecharon.

—Yo te quisiera, respondió, sobre mi corazón, en el lugar de mi corazón que tuvo la quemadura de tu odio.

Pasó un alfarero, una tarde, y sentándose a descansar, acarició ambas tierras dulcemente. . .

—Son suaves, dijo: son igualmente suaves, aunque una sea oscura y la otra sangrienta. Las llevaré y haré con ellas un vaso.

Nos mezcló el alfarero como no se mezcla nada en la luz: más que dos brisas, más que dos aguas. Y ningún ácido, ninguna química de los hombres, hubiera podido separarnos.

Cuando nos puso en un horno ardiente, alcanzamos el color más luminoso y el más bello que se ha mostrado al sol: era un rosa viviente de pétalo recién abierto. . .

Fué aquél un vaso simple, sin franjas, sin cortes, sin nada que nos separara. Cuando el alfarero lo sacó del horno ardiente, pensó que aquello ya no era lodo, sino una flor: como Dios, ¡él había alcanzado a hacer una flor!

Y el vaso dulcificaba el agua hasta tal punto que el hombre que lo compró gustaba de verterle los zumos más amargos: el ajenjo, la cicuta, para recogerlos melificados. Y si el alma misma de Caín, se hubiera podido sumergir en el vaso, hubiera ascendido de él como un panal, goteante de miel. . .

6. LAS ÁNFORAS

Ya hallaste, por el río, la greda roja y la greda negra; ya amasas las ánforas, con los ojos ardientes.

Alfarero, haz la de todos los hombres, que cada uno la precisa semejante al propio corazón.

Haz el ánfora del campesino, fuerte el asa, esponjado el contorno como la mejilla del hijo. No turbará cual la gracia, mas será el Ánfora de la Salud.

Haz el ánfora del sensual; hazla ardiente como la carne que ama; pero, para purificar su instinto, dale labio espiritual, leve labio.

Haz el ánfora del triste; hazla sencilla como una lágrima, sin un pliegue, sin una franja coloreada, porque el dueño no le mirará la hermosura. Y amásala con el lodo de las hojas secas, para que halle, al beber, el olor de los otoños, que es el perfume mismo de su corazón.

Haz el ánfora de los miserables, tosca, cual un puño, desgarrada de dar, y sangrienta, como la granada. Será el Ánfora de la Protesta.

Y haz el ánfora de Leopardi, el ánfora de los torturados que ningún amor supo colmar. Hazles el vaso en que miren su propio corazón, para que se odien más. No echarán en ella ni el vino ni el agua, que será el Ánfora de la Desolación.

Y su seno vaciado inquietará, más que si estuviera colmada de sangre, al que lo mire.

7. VASOS

—Todos somos vasos—me dijo el alfarero, y como yo sonriera, añadió: —Tú eres un vaso vaciado. Te volcó un grande amor y ya no te vuelves a colmar más. No eres humilde, y rehusas bajar como otros vasos a las cisternas, a llenarte de agua impura. Tampoco te abres para alimentarte de las pequeñas ternuras, como algunas de mis ánforas, que reciben las lentas gotas que les vierte la noche y viven de esa breve frescura. Y no estás roja, sino blanca de sed, porque el sumo ardor tiene esa tremenda blancura

8. LA LIMITACIÓN

—Los vasos sufren de ser vasos—agregó. —Sufren de contener en toda su vida nada más que cien lágrimas y apenas un suspiro o un sollozo intenso. En las manos del Destino tiemblan, y no creen que vacilan así porque son vasos. El amor los tajea de ardor, y no ven que son hermanos de mis gredas abiertas. Cuando miran al mar, que es ánfora inmensa, los vasos padecen, humillados.

Odian su pequeña pared. Odian su pequeño pie de copas, que apenas se levanta del polvo, para recibir un poco la luz del día.

Cuando los hombres se abrazan, en la hora del amor, no ven que son tan exiguos como un tallo de hierba y que se ciñen con un solo brazo extendido: ¡lo mismo que una ánfora!

Miden desde su quietud meditativa el contorno de todas las cosas, y su brevedad no la conocen, de verse engrandecidos en su sombra.

Del dedo de Dios, que los contorneó, aún conservan un vago perfume derramado en sus paredes, y suelen preguntar en qué jardín de aromas fueron amasados. Y el aliento de Dios, que caía sobre ellos mientras iba labrándolos, les dejó, para mayor tortura, esta vaga remembranza de una insigne suavidad y dulzura.

9. LA SED

—Todos los vasos tienen sed—siguió diciéndome el alfarero;—:"esos" como los míos, de arcilla perecedera. Así los hicieron, abiertos, para que pudieran recibir el rocío del cielo, y también ¡ay! para que huyera presto su néctar.

Y cuando están colmados, tampoco son dichosos, porque todos odian el líquido que hay en su seno. El vaso de falerno aborrece su áspero olor de lagares; el de óleo perfumado odia su grávida espesura y envidia la levedad del vaso de agua clara.

Y los vasos con sangre viven desesperados del grumo tenaz que se cuaja en sus paredes, y que no pueden ir a lavar en los arroyos, y son los más angustiados.

Para pintar el ansia de los hombres, haz de ellos solamente el rostro con los labios entreabiertos de sed, o haz, sencillamente, un vaso, que también es una boca con sed.

LA FLOR DE CUATRO PÉTALOS

Mi alma fué un tiempo un gran árbol, en que se enrojecía un millón de frutos. Entonces, mirarme solamente daba plenitud; oír cantar bajo mis ramas cien aves era una embriaguez.

Después fué un arbusto, un arbusto retorcido, de sobrio ramaje, pero todavía capaz de manar goma perfumada.

Ahora es sólo una flor, una pequeña flor de cuatro pétalos. Uno se llama la Belleza, y otro el Amor, y están próximos; otro se llama el Dolor y el último la Misericordia. Así, uno a uno, fueron abriéndose, y la flor no tendrá ninguno más.

Tienen los pétalos en la base una gota de sangre, porque la belleza me fué dolorosa, porque fué mi amor pura tribulación y mi misericordia nació también de una herida.

Tú que supiste de mí cuando era un gran árbol y que llegas buscándome tan tarde, en la hora crepuscular, tal vez pases sin reconocerme.

Yo desde el polvo te miraré en silencio y sabré, por tu rostro, si eres capaz de saciarte con una simple flor, tan breve como una lágrima.

Si te veo en los ojos la ambición, te dejaré pasar hacia las otras, que son grandes árboles enrojecidos de fruto.

Porque el que ahora puedo consentir junto a mí en el polvo, ha de ser tan humilde que se conforme con este breve resplandor, y ha de tener tan muerta la ambición que pueda quedar para la eternidad con la mejilla sobre mi tierra, olvidado del mundo, ¡con sus labios sobre mí!

POEMAS DEL ÉXTASIS

1. ESTOY LLORANDO

Me has dicho que me amas, y estoy llorando. Me has dicho que pasarás conmigo entre tus brazos por los valles del mundo.

Me has apuñaleado con la dicha no esperada. Pudiste dármela gota a gota, como el agua al enfermo, ¡y me pusiste a beber en el torrente!

Caída en tierra, estaré llorando hasta que el alma comprenda. Han escuchado mis sentidos, mi rostro, mi corazón: mi alma no acaba de comprender.

Muerta la tarde divina, volveré vacilando hacia mi casa, apoyándome en los troncos del camino. . . Es la senda que hice esta mañana, y no la voy a reconocer. Miraré con asombro el cielo, el valle, los techos de la aldea, y les preguntaré su nombre, porque he olvidado toda la vida.

Mañana, me sentaré en el lecho y pediré que me llamen, para oír mi nombre y creer. Y volveré a estallar en llanto. ¡Me has apuñaleado con la dicha!

2. DIOS

Háblame ahora de Dios, y te he de comprender.

Dios es este reposo de tu larga mirada en mi mirada, este comprenderse, sin el ruido intruso de las palabras. Dios es esta entrega ardiente y pura. Y es esta confianza inefable.

Está, como nosotros, amando al alba, al mediodía, y a la noche, y le parece, como a los dos, que comienza a amar. . .

No necesita otra canción que su amor mismo, y la canta desde el suspiro al sollozo. Y vuelve otra vez al suspiro. . .

Es esta perfección de la rosa madura, antes de que caiga el primer pétalo.

Y es esta certidumbre divina de que la muerte es mentira.

Sí, ahora comprendo a Dios.

3. EL MUNDO

—No se aman, dijeron, porque no se buscan. No se han besado, porque ella va todavía pura. ¡No saben que nos entregamos en una sola mirada!

Tu faena está lejos de la mía y mi asiento no está a tus piés y sin embargo, haciendo mi labor, siento como si te entretejiera con la red de la lana suavísima, y tú estás sintiendo allá lejos que mi mirar baja sobre tu cabeza inclinada. ¡Y se rompe de dulzura tu corazón!

Muerto el día, nos encontraremos por unos instantes; pero la herida dulce del amor nos sustentará hasta el otro atardecer.

Ellos, que se revuelcan en la voluptuosidad sin lograr unirse, no saben que por una mirada somos esposos.

4. HABLABAN DE TI...

Me hablaron de ti ensangrentándote, con palabras numerosas. ¿Por qué se fatigará inútilmente la lengua de los hombres? Cerré los ojos y te miré en mi corazón. Y eras puro, como la escarcha que amanece dormida en los cristales.

Me hablaron de ti alabándote, con palabras numerosas. ¿Para qué se fatigará inútilmente la generosidad de los hombres?... Guardé silencio, y la alabanza subió de mis entrañas, luminosa como suben los vapores del mar.

Callaron otro día tu nombre, y dijeron otros en la glorificación ardiente. Los nombres extraños caían sobre mí, inertes, malogrados. Y tu nombre, que nadie pronunciaba, estaba presente como la Primavera, que cubría el valle, aunque nadie estuviera cantándola en esa hora diáfana.

5. ESPERÁNDOTE

Te espero en el campo. Va bajando el sol. Sobre el llano baja la noche, y tú vienes caminando a mi encuentro, naturalmente, como cae la noche.

¡Apresúrate, que quiero ver el crepúsculo sobre tu cara!

¡Qué lento te acercas! Parece que te hundieras en la tierra pesada. Si te detuvieses en este momento, se pararían mis pulsos de angustia y me quedaría blanca y yerta.

Vienes cantando como las vertientes bajan al valle. Ya te escucho...

¡Apresúrate! El día que se va quiere morir sobre nuestros rostros unidos.

6. ESCÓNDEME

Escóndeme, que el mundo no me adivine. Escóndeme como el tronco su resina, y que yo te perfume en la sombra, como la gota de goma, y que te suavice con ella, y los demás no sepan de dónde viene tu dulzura. . .

Soy fea sin ti, como las cosas desarraigadas de su sitio: como las raíces sobre el suelo, abandonadas. Contigo soy natural y bella, cual el musgo en el tronco.

¿Por qué no soy pequeña, como la almendra en el hueso cerrado?

¡Bébeme!

Hazme una gota de tu sangre, y subiré a tu mejilla, y estaré en ella como la pinta vivísima en la hoja de la vid. Vuélveme tu suspiro, y subiré y bajaré de tu pecho, me enredaré en tu corazón, saldré al aire para volver a entrar. Y estaré en este juego toda la vida. . .

7. LA SOMBRA

Sal por el campo al atardecer y déjame tus huellas sobre la hierba, que yo voy tras ti. Sigue por el sendero acostumbrado, llega a las alamedas de oro, sigue por las alamedas de oro hasta la sierra amoratada. Y camina entregándote a las cosas, palpando los troncos, para que me devuelvan, cuando yo pase, tu caricia. Mírate en las fuentes y guárdenme las fuentes un instante el reflejo de tu cara, hasta que yo pase.

8. SI VIENE LA MUERTE

Si te ves herido, no temas llamarme. No, llámame desde donde te halles, aunque sea el lecho de la vergüenza. Y yo iré, yo iré aun cuando estén erizados de espinos los llanos hasta tu puerta.

No quiero que ninguno, ni Dios, te enjugue en las sienes el sudor ni te acomode la almohada bajo la cabeza.

¡No! Estoy guardando mi cuerpo para resguardar de la lluvia y las nieves tu huesa, cuando ya duermas. Mi mano quedará sobre tus ojos, para que no miren la noche tremenda.

EL ARTE

A María Enriqueta

1. LA BELLEZA

Una canción es una herida de amor que nos abrieron las cosas.

A ti, hombre basto, sólo te turba un vientre de mujer, un montón de carne de mujer. Nosotros vamos turbados, nosotros recibimos la lanzada de toda la belleza del mundo, porque la noche estrellada nos fué amor tan agudo como un amor de carne.

Una canción es una respuesta que damos a la hermosura del mundo. Y la damos con un temblor incontenible, como el tuyo delante de un seno desnudo.

Y de volver en sangre esta caricia de la Belleza, y de responder al llamamiento innumerable de ella por los caminos, vamos más febriles, vamos más flagelados que tú, nosotros, los puros.

2. EL CANTO

Una mujer está cantando en el valle. La sombra que llega la borra; pero su canción la yergue sobre el campo.

Su corazón está hendido, como su vaso que se trizó esta tarde en las guijas del arroyo; mas ella canta. Por la escondida llaga se aguza pasando la hebra del canto, se hace delgada y firme. En una modulación, la voz se moja de sangre.

En el campo ya callan, por la muerte cotidiana, las demás voces, y se apagó hace un instante el canto del pájaro más rezagado. Y su corazón sin muerte, su corazón vivo de dolor, ardiente de dolor, recoge las voces que callan, en su voz, aguda ahora, pero siempre dulce.

¿Canta para un esposo que la mira calladamente en el atardecer, o para un niño al que su canto endulza? ¿O cantará para su propio corazón, más desvalido que un niño solo al anochecer?

La noche que viene se materniza por esa canción que sale a su encuentro; las estrellas se van abriendo con humana dulzura: el cielo estrellado se humaniza y entiende el dolor de la Tierra.

El canto puro como un agua con luz, limpia el llano, lava la atmósfera del día innoble en el que los hombres se odiaron. ¡De la garganta de la mujer que sigue cantando, se exhala y sube al día, ennoblecido, hacia las estrellas!

3. EL ENSUEÑO

Dios me dijo: —Lo único que te he dejado es una lámpara para tu noche. Las otras se apresuraron, y se han ido con el amor y el placer. Te he dejado la lámpara del Ensueño y tú vivirás a su manso resplandor.

No abrasará tu corazón, como abrasará el amor a las que con él partieron, ni se te quebrará en la mano, como el vaso del placer a las otras. Tiene una lumbre que apacigua.

Si enseñas a los hijos de los hombres, enseñarás a su claridad, y tu lección tendrá una dulzura desconocida. Si hilas, si tejes la lana o el lino, el copo se engrandecerá por ella de una ancha aureola.

Cuando hables, tus palabras bajarán con más suavidad de la que tienen las palabras que se piensan en la luz brutal del día.

El aceite que la sustenta manará de tu propio corazón, y a veces lo llevarás doloroso, como el fruto en el que se apura la miel o el óleo, con la magulladura. ¡No importa!

A tus ojos saldrá tu resplandor tranquilo y los que llevan los ojos ardientes de vino o de pasión, te dirán:
—¿Qué llama lleva ésta que no la afiebra ni la consume?

No te amarán, creyéndote desvalida; hasta creerán que tienen el deber de serte piadosos. Pero, en verdad, tú serás la misericordiosa cuando con tu mirada, viviendo entre ellos, sosiegues su corazón.

A la luz de esta lámpara, leerás tú los poemas ardientes que ha entregado la pasión de los hombres, y serán para ti más hondos. Oirás la música de los violines, y si miras los rostros de los que escuchan, sabrás que tú padeces y gozas mejor. Cuando el sacerdote, ebrio de su fe, vaya a hablarte, hallará en tus ojos una ebriedad suave y durable de Dios, y te dirá:—Tú le tienes siempre; en cambio, yo sólo ardo de El en los momentos del éxtasis.

Y en las grandes catástrofes humanas, cuando los hombres pierden su oro, o su esposa, o su amante, que son sus lámparas, sólo entonces vendrán a saber que la única rica eres tú, porque con las manos vacías, con el regazo baldío, en tu casa desolada, tendrás el rostro bañado del fulgor de tu lámpara. ¡Y sentirán vergüenza de haberte ofrecido los mendrugos de su dicha!

DECÁLOGO DEL ARTISTA

I. Amarás la belleza, que es la sombra de Dios sobre el Universo.

II. No hay arte ateo. Aunque no ames al Creador, lo afirmarás creando a su semejanza.

III. No darás la belleza como cebo para los sentidos, sino como el natural alimento del alma.

IV. No te será pretexto para la lujuria ni para la vanidad, sino ejercicio divino.

V. No la buscarás en las ferias ni llevarás tu obra a ellas, porque la Belleza es virgen y la que está en las ferias no es Ella.

VI. Subirá de tu corazón a tu canto y te habrá purificado a ti el primero.

VII. Tu belleza se llamará también misericordia, y consolará el corazón de los hombres.

VIII. Darás tu obra como se da un hijo: restando sangre de tu corazón.

IX. No te será la belleza opio adormecedor, sino vino generoso que te encienda para la acción, pues si dejas de ser hombre o mujer, dejarás de ser artista.

X. De toda creación saldrás con vergüenza, porque fue inferior a tu sueño, e inferior a ese sueño maravilloso de Dios que es la Naturaleza.

COMENTARIOS A POEMAS
DE RABINDRANATH TAGORE

"Sé que también amaré la muerte."

No creo, no, en que he de perderme tras la muerte.

¿Para qué me habrías henchido tú, si había de ser vaciada y quedar como las cañas, exprimida? ¿Para qué derramarías la luz cada mañana sobre mis sienes y mi corazón, si no fueras a recogerme como se recoge el racimo negro melificado al sol, cuando ya media el otoño?

Ni fría ni desamorada me parece, como a los otros, la muerte. Paréceme más bien un ardor, un tremendo ardor que desgaja y desmenuza las carnes, para despeñarnos caudalosamente el alma.

Duro, acre, sumo, el abrazo de la muerte. Es tu amor, es tu terrible amor, ¡oh, Dios! ¡Así deja rotos y vencidos los huesos, lívida de ansia la cara y desmadejada la lengua!

"Yo me jacté entre los hombres de que te conocía. . ."

Como tienen tus hombres un delirio de afirmaciones acerca de tus atributos, yo te pinté al hablar de Ti con la precisión del que pinta los pétalos de la azucena. Por amor, por exageración de amor, describí lo que no veré nunca. Vinieron a mí tus hombres, a interrogarme;

vinieron porque te hallan continuamente en mis cantos, derramado como un aroma líquido. Yo, viéndoles más ansia que la del sediento al preguntar por el río, les parlé de Ti, sin haberte gozado todavía.

Tú, mi Señor, me lo perdonarás. Fue el anhelo de ellos, fue el mío también, de mirarte límpido y neto, como las hojas de la azucena. A través del desierto, es el ansia de los beduinos la que traza vívidamente el espejismo en la lejanía. . . Estando en silencio para oírte, el latir de mis arterias me pareció la palpitación de tus alas sobre mi cabeza febril, y la di a los hombres como tuya. Pero Tú que comprendes, te sonríes con una sonrisa llena de dulzura y de tristeza a la par.

Sí. Es lo mismo, mi Señor, que cuando aguardamos con los ojos ardientes, mirando hacia el camino. El viajero no viene, pero el ardor de nuestros ojos lo dibuja a cada instante en lo más pálido del horizonte. . .

Sé que los otros me ultrajarán porque he mentido; pero Tú, mi Señor, solamente sonreirás con tristeza. Lo sabes bien: la espera enloquece y el silencio crea ruidos en torno de los oídos febriles,

"Arranca esta florecilla. Temo que se marchite,
y se deshoje, y caiga, y se confunda con el polvo."

Verdad es que aún no estoy en sazón, que mis lágrimas no alcanzarían a colmar el cuenco de tus manos. Pero no importa, mi Dueño: en un día de angustias puedo madurar por completo.

Tan pequeña me veo, que temo no ser advertida; temo quedar olvidada como la espiga en que no reparó, pasando, el segador. Por esto quiero suplir con el canto mi pequeñez, sólo por hacerte volver el rostro si me dejas perdida, ¡oh, mi Segador extasiado!

Verdad es también que no haré falta para tus harinas celestiales; verdad es que en tu pan no pondré un sabor nuevo. Mas, de vivir atenta a tus movimientos más sutiles, ¡te conozco tantas ternuras que me hacen confiar! Yo te he visto, yendo de mañana por el campo, recoger, evaporada, la gotita de rocío que tirita en la cabezuela florida de una hierba, y sorberla con menos ruido que el de un beso. Te he visto, así mismo, dejar, disimuladas en el enredo de las zarzamoras, las hebras para el nido del tordo. Y he sonreído, muerta de dicha, diciéndome: —Así me recogerá, como a la gotita trémula, antes de que me vuelva fango; así como al pájaro se cuidará de albergarme, después de la última hora.

¡Recógeme, pues, recógeme pronto! No tengo raíces clavadas en esta tierra de los hombres. Con un simple movimiento de tus labios, me sorbes; con una imperceptible inclinación, me recoges.

LECTURAS ESPIRITUALES

A don Constancio Vigil

1. LO FEO

El enigma de la fealdad tú no lo has descifrado. Tú no
sabes por qué el Señor, dueño de los lirios del campo,
consiente por los campos la culebra y el sapo en el pozo.

El los consiente, El los deja atravesar sobre los musgos
con rocío.

En lo feo, la materia está llorando; yo le he escuchado
el gemido. Mírale el dolor, y ámalo. Ama la araña y los
escarabajos, por dolorosos, porque no tienen, como la rosa,
una expresión de dicha. Ámalos, porque son un anhelo
engañado de hermosura, un deseo no oído de perfección.

Son como alguno de tus días, malogrados y miserables
a pesar de ti mismo. Ámalos, porque no recuerdan a Dios,
ni nos evocan la cara amada. Ten piedad de ellos que
buscan terriblemente, con una tremenda ansia, la belleza
que no trajeron. La araña ventruda, en su tela leve, sueña
con la idealidad, y el escarabajo deja el rocío sobre un
lomo negro, para que le finja un resplandor fugitivo.

2. LA VENDA

Toda la belleza de la Tierra puede ser venda para tu
herida.

Dios la ha extendido delante de ti; así, como un lienzo coloreado te ha extendido sus campos de primavera.

Son ternura de la tierra, palabras suyas de amor, las florecillas blancas y el guijarro de color. Siéntelos de este modo. Toda la belleza es misericordia de Dios.

El que te alarga la espina en una mano temblorosa, te ofrece en la otra un motivo para la sonrisa. No digas que es un juego cruel. Tú no sabes (en la química de Dios) por qué es necesaria el agua de las lágrimas.

Siente así, como venda, el cielo. Es una ancha venda, que baja hasta tocar la magulladura de tu corazón, en suavizadora caricia.

El que te ha herido, se ha ido dejándote hebras para la venda por todo el camino. . .

Y cada mañana, al abrir tus balcones, siente como una venda maravillosa y anticipada para la pena del día, el alba que sube por las montañas. . .

3. A UN SEMBRADOR

Siembra sin mirar la tierra donde cae el grano. Estás perdido si consultas el rostro de los demás. Tu mirada, invitándoles a responder, les parecerá invitación a alabarte, y aunque estén de acuerdo con tu verdad, te negarán por orgullo la respuesta. Di tu palabra, y sigue tranquilo, sin volver el rostro. Cuando vean que te has alejado, recogerán tu simiente; tal vez la besen con ternura y la lleven a su corazón.

No pongas tu efigie reteñida sobre tu doctrina. Le enajenará el amor de los egoístas, y los egoístas son el mundo.

Habla a tus hermanos en la penumbra de la tarde, para que se borre tu rostro, y vela tu voz hasta que se confunda con cualquier otra voz. Hazte olvidar, hazte olvidar. . . Harás como la rama que no conserva la huella de los frutos que ha dejado caer.

Hasta los hombres más prácticos, los que se dicen menos interesados en los sueños, saben el valor infinito de un sueño, y recelan de engrandecer al que lo soñó.

Haz como el padre que perdona al enemigo si lo sorprendió besando a su hijo. Déjate besar en tu sueño maravilloso de redención. Míralo en silencio y sonríe. . .

Bástete la sagrada alegría de entregar el pensamiento; bástete el solitario y divino saboreo de su dulzura infinita. Es un misterio al que asiste Dios y tu alma. ¿No te conformas con ese inmenso testigo? Él supo, Él ya ha visto, Él no olvidará.

También Dios tiene ese recatado silencio, porque Él es el Pudoroso. Ha derramado sus criaturas y la belleza de las cosas por valles y colinas, calladamente, con menos rumor del que tiene la hierba al crecer. Vienen los amantes de las cosas, las miran, las palpan y se están embriagados, con la mejilla sobre sus rostros. ¡Y no lo nombran nunca! El calla, calla siempre. Y sonríe. . .

4. EL ARPA DE DIOS

El que llamó David el "Primer Músico", tiene como él un arpa: es un arpa inmensa, cuyas cuerdas son las entrañas de los hombres. No hay un solo momento de silencio sobre el arpa, ni de paz para la mano del Tañedor ardiente.

De sol a sol, Dios desprende a sus seres melodías.

Las entrañas del sensual dan un empañado sonido; las entrañas del gozador dan voces opacas como el gruñido de las bestias; las entrañas del avaro apenas si alcanzan a ser oídas; las del justo son un temblor de cristal; y las del doloroso, como los vientos del mar, tienen una riqueza de inflexiones, desde el sollozo al alarido. La mano del Tañedor se tarda sobre ellas. Cuando canta el alma de Caín, se trizan los cielos como un vaso; cuando canta Booz, la dulzura hace recordar las altas parvas; cuando canta Job, se conmueven las estrellas como una carne humana. Y Job escucha arrobado el río de su dolor vuelto hermosura. . .

El Músico oye las almas que hizo, con desaliento o con ardor. Cuando pasa de las áridas a las hermosas, sonríe o cae sobre la cuerda su lágrima.

—Y nunca calla el arpa; y nunca se cansa el Tañedor, ni los cielos que escuchan.

El hombre que abre la tierra, sudoroso, ignora que el Señor que a veces niega, está pulsando sus entrañas; la madre que entrega el hijo ignora también que su grito hiere el azul, y que en ese momento su cuerda se ensangrienta. Sólo el místico lo supo, y de oír esta arpa rasgó sus heridas para dar más, para cantar infinitamente en los campos del cielo.

5. LA ILUSIÓN

¡Nada te han robado! La tierra se extiende, verde, en un ancho brazo en torno tuyo, y el cielo existe sobre tu frente. Echas de menos un hombre que camina por el paisaje. Hay un árbol, en el camino, un álamo fino y tembloroso. Haz con él su silueta. Se ha detenido, a descansar; te está mirando.

¡Nada te han robado! Una nube pasa sobre tu rostro, larga, suave, viva. Cierra los ojos. La nube es su abrazo en torno de tu cuello, y no te oprime, no te turba.

Ahora, una lágrima te resbala por el rostro. Es su beso sereno.

¡Nada te han robado!

MOTIVOS DE LA PASIÓN

LOS OLIVOS

Cuando el tumulto se alejó, desapareció en la noche, los olivos hablaron.

—Nosotros le vimos penetrar en el Huerto.

—Yo recogí una rama para no rozarlo.

—Yo la incliné para que me tocara.

—¡Todos le miramos, con una sola y estremecida mirada!

—Cuando habló a los discípulos, yo, el más próximo, conocí toda la dulzura de la voz humana. Corrió por mi tronco su acento, como un hilo de miel. . .

—Nosotros enlazamos apretándolos los follajes, cuando bajaba el Ángel con el cáliz, para que no lo bebiera.

—Y cuando lo apuró, la amargura de su labio traspasó los follajes y subió hasta lo alto de las copas. ¡Ninguna ave nos quebrará más la hoja amarga, ahora más amarga que el laurel!

—En su sudor de sangre bebieron nuestras raíces. ¡¡Todas han bebido!!

—Yo dejé caer una hoja sobre el rostro de Pedro, que dormía. Apenas se estremeció. Desde entonces sé ¡oh hermanos! que los hombres no aman, que hasta cuando quieren amar no aman bien.

—Cuando le besó Judas, veló Él la luna, porque nosotros ¡árboles! no viéramos el beso.

—Pero mi rama lo vió, y está quemada sobre mi tronco con vergüenza.

—¡Ninguno de nosotros hubiera querido tener alma en ese instante!

—Nunca le vimos antes; sólo los lirios de las colinas lo miraron pasar. ¿Por qué no sombreó ninguna siesta junto a nosotros?

—Si le hubiéramos visto alguna vez, ahora también quisiéramos morir.

—¿Dónde ha ido? ¿Dónde está a estas horas?

—Un soldado dijo que lo crucificarían mañana sobre el monte.

—Tal vez nos mire en su agonía, cuando ya se doble su cabeza; tal vez busque el valle donde amó y en su mirada inmensa nos abarque.

—Quizás lleve muchas heridas; acaso está a estas horas, como uno de nosotros, vestido de heridas.

—Mañana le bajarán al valle para sepultarle.

—¡Que baje todo el aceite de nuestros frutos, que las raíces lleven un río de aceite bajo la tierra, hasta sus heridas!

—Amanece. ¡Han emblanquecido todos nuestros follajes!

EL BESO

La noche del Huerto, Judas durmió unos momentos, y soñó, soñó con Jesús, porque sólo se sueña con los que se ama o con los que se mata.

Y Jesús le dijo:

—¿Por qué me besaste? Pudiste, clavándome con tu espada, señalarme. Mi sangre estaba pronta, como una copa, para tus labios; mi corazón no rehusaba morir. Yo esperaba que asomara tu rostro entre las ramas.

¿Por qué me besaste? La madre no querrá besar a su hijo, porque tú lo has hecho, y todo lo que se besa, por amor, en la tierra, los follajes y los soles, rehusarán la caricia ensombrecida. ¿Cómo podré borrar tu beso de la luz, para que no se empañen o caigan los lirios de esta primavera? ¡He aquí que has pecado contra la confianza del mundo!

¿Por qué me besaste? Ya los que mataron con garfios y cuchillas se lavaron: ya son puros. Antes había la hoguera; pero no había el beso.

¿Cómo vivirás ahora? Porque el árbol muda la corteza con llagas; pero tú, para dar otro beso, no tendrás otros labios, y si besases a tu madre, encanecerá a tu contacto, como blanquearon de estupor, al comprender, los olivos que te miraron.

Judas, Judas, ¿quién te enseñó ese beso?

—La prostituta, respondió ahogadamente, y sus
miembros se anegaban en un sudor que era también de
sangre, y mordía su boca para desprendérsela, como el
árbol su corteza gangrenada.

Y sobre la calavera de Judas, los labios quedaron,
perduraron sin caer, entreabiertos, prolongando el beso.
Una piedra echó su madre sobre ellos, para juntarlos;
el gusano los mordió para desgranarlos; la lluvia los
empapó en vano para podrirlos. Besan, ¡siguen besando
aún bajo la tierra!

POEMAS DEL HOGAR

A Celmira Zúñiga

1. LA LÁMPARA

¡Bendita sea mi lámpara! No me humilla, como la llamarada del sol, y tiene un mirar humanizado de pura suavidad, de pura dulcedumbre.

Arde en medio de mi cuarto: es su alma. Su apagado reflejo hace brillar apenas mis lágrimas, y no las veo correr por mi pecho. . .

Según el sueño que está en mi corazón, mudo su cabezuela de cristal. Para mi oración, le doy una lumbre azul, y mi cuarto se hace como la hondura del valle — ahora que no elevo mi plegaria desde el fondo de los valles. Para la tristeza, tiene un cristal violeta, y hace a las cosas padecer conmigo.

Más sabe ella de mi vida que los pechos en que he descansado. Está viva de haber tocado tantas noches mi corazón. Tiene el suave ardor de mi herida íntima, que ya no abrasa, que para durar se hizo suavísima. . .

Tal vez, al caer la noche, los muertos sin mirada vienen a buscarla en los ojos de las lámparas. ¿Quién será este muerto que está mirándome con tan callada dulzura?

Si fuese humana, se fatigaría antes de mi pena, o bien, enardecida de solicitud, querría aún estar conmigo cuando la misericordia del sueño llega. Ella es, pues, la Perfecta.

"Ayen" (2021) de Sofía Castro Chiguay

Desde afuera no se adivina, y mis enemigos que pasan me creen sola. A todas mis posesiones, tan pequeñas como ésta, tan divinas como ésta, voy dando una claridad imperceptible, para defenderlas de los robadores de dichas.

Basta lo que alumbra su halo de resplandor. Caben en él la cara de mi madre y el libro abierto. ¡Que me dejen solamente lo que baña esta lámpara; de todo lo demás pueden desposeerme!

Yo pido a Dios que en esta noche no falte a ningún triste una lámpara suave que amortigüe el brillo de sus lágrimas!

2. EL BRASERO

¡Brasero de pedrerías, ilusión para el pobre! ¡Mirándote, tenemos las piedras preciosas!

Voy gozándote a lo largo de la noche los grados del ardor: primero es la brasa, desnuda como una herida; después, una veladura de ceniza que te da el color de las rosas menos ardientes; y al acabar la noche, una blancura leve y suavísima que te amortaja.

Mientras ardías, se me iban encendiendo los sueños o los recuerdos, y con la lentitud de tu brasa, iban después velándose, muriéndose. . .

Eres la intimidad: sin ti existe la casa, pero no sentimos el hogar.

Tú me enseñaste que lo que arde congrega a los seres en torno de su llama, y mirándote, cuando niña, pensé volver así mi corazón. E hice en torno mío el corro de los niños.

Las manos de los míos se juntan sobre tus brasas. Aunque la vida nos esparza, nos hemos de acordar de esta red de las manos, tejida en torno tuyo.

Para gozarte mejor, te dejo descubierto; no consiento que cubran tu rescoldo maravilloso.

Te dieron una aureola de bronce, y ella te ennoblece, ensanchando el resplandor.

Mis abuelas quemaron en ti las buenas yerbas que ahuyentan a los espíritus malignos, y yo también, para que te acuerdes de ellas, suelo espolvorearte las yerbas fragantes, que crepitan en tu rescoldo como besos.

Mirándote, viejo brasero del hogar, voy diciendo:

—Que todos los pobres te enciendan en esta noche, para que sus manos tristes se junten sobre ti con amor.

3. EL CÁNTARO DE GREDA

¡Cántaro de greda, moreno como mi mejilla, tan fácil que eres a mi sed!

Mejor que tú es el labio de la fuente, abierto en la quebrada; pero está lejos y en esta noche de verano no puedo ir hacia él.

Yo te colmo cada mañana lentamente. El agua canta primero al caer; cuando queda en silencio, la beso sobre la boca temblorosa, pagando su merced.

Eres gracioso y fuerte, cántaro moreno. Te pareces al pecho de una campesina que me amamantó, cuando rendí el seno de mi madre. Y me acuerdo de ella mirándote, y te palpo con ternura los contornos.

¿Tú ves mis labios secos? Son labios que trajeron muchas sedes: la de Dios, la de la Belleza, la del Amor. Ninguna de estas cosas fué como tú, sencilla y dócil, y las tres siguen blanqueando mis labios.

Como te amo, no pongo nunca a tu lado una copa; bebo en tu mismo labio, sosteniéndote con el brazo curvado. Si en tu silencio sueñas con un abrazo, te doy la ilusión de que lo tienes. . .

¿Sientes mi ternura?

En el verano pongo debajo de ti una arenilla dorada y húmeda, para que no te tajee el calor, y una vez te cubrí tiernamente una quebrajadura con barro fresco.

Fuí torpe para muchas faenas, pero siempre he querido ser la dulce dueña, la que coge las cosas con temblor de dulzura, por si entendieran, por si padecieran como ella. . .

Mañana, cuando vaya al campo, cortaré las yerbas buenas para traértelas y sumergirlas en tu agua. Sentirás el campo en el olor de mis manos.

Cántaro de greda: eres más bueno para mí que los que dijeron ser buenos.

¡Yo quiero que todos los pobres tengan, como yo, en esta siesta ardiente, un cántaro fresco para sus labios con amargura!

Prosa Escolar

Cuentos Escolares

"Palafito de Chilwe" (2022) de Luis Lepicheo Guichapai

¿POR QUÉ LAS CAÑAS SON HUECAS?

A don Max. Salas Marchant

I

Al mundo apacible de las plantas también llegó un día la revolución social. Dícese que los caudillos fueron aquí las cañas vanidosas. Maestros de rebeldes, el viento hizo la propaganda, y en poco tiempo más no se habló de otra cosa en los centros vegetales. Los bosques venerables fraternizaron con los jardincillos locos en la aventura de luchar por la igualdad.

Pero, ¿qué igualdad? ¿De consistencia en la madera, de bondades en el fruto, de derecho a la buena agua?

No; la igualdad de altura, simplemente. Levantar la cabeza a uniforme elevación, he ahí el ideal. El maíz no pensó en hacerse fuerte como el roble, sino en mecer a la altura misma de él sus espiguillas velludas. La rosa no se afanaba por ser útil como el caucho, sino por llegar a la copa altísima de éste y hacerla una almohada donde echar a dormir sus flores.

¡Vanidad, vanidad, vanidad! Delirio de ser grande, aunque siéndolo contra Natura, se caricaturizaran los modelos. En vano algunas flores cuerdas—las violetas medrosas y los chatos nenúfares—hablaron de la ley divina y de soberbia loca. Sus voces sonaron a chochez.

Un poeta viejo, con las barbas como Nilos, condenó el proyecto en nombre de la belleza, y dijo sabias cosas acerca de la uniformidad, odiosa en todos los órdenes. La belleza, esta vez como siempre, fué lo de menos.

II

¿Cómo lo consiguieron? Cuentan de extraños influjos. Los genios de la tierra soplaron bajo las plantas su vitalidad monstruosa, y fué así como se hizo el feo milagro.

El mundo de las gramas y de los arbustos subió una noche muchas decenas de metros, como obedeciendo a un llamado imperioso de los astros.

Al día siguiente, los campesinos se desmayaron— saliendo de sus ranchos—ante el trébol, alto como una catedral, ¡y los trigales hechos selvas de oro!

Era para enloquecer. Los animales rugían de espanto, perdidos en la oscuridad de los herbazales. Los pájaros piaban desesperadamente, encaramados sus nidos en atalayas inauditas. No podían bajar en busca de las semillas. ¡Ya no había suelo dorado de sol ni humilde tapiz de yerba!

Los pastores se detuvieron con sus ganados frente a los potreros; los vellones blancos se negaban a penetrar en esa cosa compacta y oscura, en que desaparecían por completo.

Entre tanto, las cañas victoriosas reían, azotando las hojas bullangueras contra la misma copa azul de los eucaliptus. . .

III

Dícese que un mes transcurrió así. Luego vino la decadencia.

Y fué de este modo.

Las violetas, que gustan de la sombra, con las testas moradas a pleno sol, se secaron.

—No importa—apresuráronse a decir las cañas—; eran una fruslería.

(Pero en el país de las almas se hizo duelo por ellas.)

Las azucenas, estirando el tallo hasta treinta metros, se quebraron. Las copas de mármol, cayeron cortadas a cercén, como cabezas de reinas.

Las cañas arguyeron lo mismo. (Pero las Gracias corrieron por el bosque, plañendo lastimeras.)

Los limoneros, a esas alturas, perdieron todas sus flores, por las violencias del viento libre. ¡Adiós, cosecha!

—¡No importa —rezaron de nuevo las cañas—; eran tan ácidos los frutos!

El trébol se chamuscó, enroscándose los tallos como hilachas al fuego.

Las espigas se inclinaron, no ya con dulce laxitud; cayeron sobre el suelo en toda su extravagante longitud, como rieles inertes.

Las patatas por vigorizar en los tallos, dieron los tubérculos raquíticos: no eran más que pepitas de manzana. . .

Ya las cañas no reían; estaban graves.

Ninguna flor de arbusto ni de yerba se fecundó; los insectos no podían llegar a ellas, sin achicharrarse las alitas.

Demás está decir que no hubo para los hombres pan ni frutos, ni forraje para las bestias. Hubo, eso sí, hambre; hubo dolor en la tierra.

En tal estado de cosas, sólo los grandes árboles quedaron incólumes, de pie y fuertes como siempre. Porque ellos no habían pecado.

Las cañas, por fin, cayeron, las últimas, señalando el desastre total de la teoría niveladora. Cayeron, podridas las raíces por la humedad excesiva que la red de follaje no dejó secar.

Pudo verse entonces que, de macizas que eran antes de la empresa, se habían vuelto huecas. Se estiraron devorando leguas hacia arriba; pero hicieron el vacío en la médula y eran ahora cosa irrisoria, como los marionetes y las figurillas de goma.

Nadie tuvo, ante la evidencia, argucias para defender la teoría, de la cual no se ha hablado más, en miles de años.

Natura—generosa siempre—reparó las averías en seis meses, haciendo renacer normales las plantas locas.

El poeta de las barbas como Nilos, vino después de larga ausencia, y, regocijado, cantó la era nueva:

"Así bien, mis amadas. Bella la violeta por minúscula y el limonero por la figura gentil. Bello todo como Dios lo hizo: el roble y la cebada frágil".

La tierra fué nuevamente buena; engordó ganados y alimentó gentes.

Pero las cañas-caudillos quedaron para siempre con su estigma: huecas, huecas. . .

¿POR QUÉ LAS ROSAS TIENEN ESPINAS?

Ha pasado con las rosas lo que con muchas otras plantas, que en un principio fueron plebeyas por su excesivo número y por los sitios donde se las colocara.

Nadie creyera que las rosas, hoy princesas atildadas de follaje, hayan sido hechas para embellecer los caminos.

Y fué así, sin embargo.

Había andado Dios por la Tierra disfrazado de romero todo un caluroso día, y al volver al cielo se le oyó decir:

—¡Son muy desolados esos caminos de la pobre Tierra! El sol los castiga y he visto por ellos viajeros que enloquecían de fiebre y cabezas de bestias agobiadas. Se quejaban las bestias en su ingrato lenguaje y los hombres blasfemaban. ¡Además, qué feos son con sus tapias terrosas y desmoronadas!

Y los caminos son sagrados, porque unen a los pueblos remotos y porque el hombre va por ellos, en el afán de la vida, henchido de esperanzas, si mercader; con el alma extasiada, si peregrino.

Bueno será que hagamos tolderías frescas para esos senderos y visiones hermosas: sombra y motivos de alegría.

E hizo los sauces que bendicen con sus brazos inclinados; los álamos larguísimos, que proyectan sombra hasta muy lejos, y las rosas de guías trepadoras, gala de las pardas murallas.

Eran los rosales, por aquel tiempo, pomposos y abarcadores; el cultivo, y la reproducción, repetida hasta lo infinito, han atrofiado la antigua exuberancia.

Y los mercaderes, y los peregrinos, sonrieron cuando los álamos, como un desfile de vírgenes, los miraron pasar, y cuando sacudieron el polvo de sus sandalias bajo los frescos sauces.

Su sonrisa fué emoción, al descubrir el tapiz verde de las murallas, regado de manchas rojas, blancas y amarillas, que eran gasa viva, carne perfumada. Las bestias mismas relincharon de placer. Eleváronse de los caminos, rompiendo la paz del campo, cantos de un extraño misticismo, por el prodigio.

Pero sucedió que el hombre, esta vez como siempre, abusó de las cosas puestas para su alegría y confiadas a su amor.

La altura defendió a los álamos; las ramas lacias del sauce, no tenían atractivo; en cambio, las rosas sí que lo tenían, olorosas como un frasco oriental e indefensas como una niña en la montaña.

Al mes de vida en los caminos, los rosales estaban bárbaramente mutilados y con tres o cuatro rosas heridas.

Las rosas eran mujeres, y no callaron su martirio. La queja fué llevada al Señor. Así hablaron temblando de ira y más rojas que su hermana, la amapola.

—Ingratos son los hombres, Señor; no merecen tus gracias. De tus manos salimos hace poco tiempo, íntegras y bellas; henos ya mutiladas y míseras.

Quisimos ser gratas al hombre y para ello realizábamos prodigios: abríamos la corola ampliamente, para dar más aroma; fatigábamos los tallos, a fuerza de chuparles savia, para estar fresquísimas. Nuestra belleza nos fué fatal.

Pasó un pastor. Nos inclinamos para ver los copos redondos que le seguían. Dijo el truhán:

"Parecen un arrebol, y saludan, doblándose, como las reinas de los cuentos".

Y nos arrancó dos gemelas con un gran tallo.

Tras él venía un labriego. Abrió los ojos asombrado, gritando:

"¡Prodigio! ¡La tapia se ha vestido de percal multicolor, ni más ni menos que una vieja alegre!"

Y luego:

"Para la añuca y su muñeca".

Y sacó seis, de una sola guía, arrastrando la rama entera.

Pasó un viejo peregrino. Miraba de extraño modo: frente y ojos parecían dar luz.

Exclamó:

"¡Alabado sea Dios en sus criaturas cándidas! ¡Señor, para ir glorificándote en ella!"

Y se llevó nuestra más bella hermana.

Pasó un pilluelo.

"¡Qué comodidad!—dijo. —¡Flores en el caminito mismo!"

Y se alejó con una brazada, cantando por el sendero.

Señor, la vida así no es posible. En días más, las tapias quedarán como antes: nosotras habremos desaparecido.

—¿Y qué queréis?

—¡Defensa! Los hombres escudan sus huertas con púas de espino y zarzas. Algo así puedes realizar en nosotras.

Sonrió con tristeza el buen Dios, porque había querido hacer la belleza fácil y benévola, y repuso:

—¡Sea! Veo que en muchas cosas tendré que hacer lo mismo. Los hombres me harán poner en mis hechuras hostilidad y daño, ya que abusan de las criaturas dulces.

En los rosales se hincharon las cortezas y fueron formándose levantamientos agudos: las espinas.

Y el hombre, injusto siempre, ha dicho después que Dios va borrando la bondad de su creación.

LA RAÍZ DEL ROSAL

Bajo la tierra como sobre ella, hay una vida, un conjunto de seres, que trabajan y luchan, que aman y odian.

Viven allí los gusanos más oscuros, y son como cordones negros; las raíces de las plantas, y los hilos de agua subterráneos, prolongados como un lino palpitador.

Dicen que hay otros aún: los gnomos, no más altos que una vara de nardo, barbudos y regocijados.

He aquí lo que hablaron cierto día al encontrarse, un hilo de agua y una raíz de rosal:

—Vecina raíz, nunca vieron mis ojos nada tan feo como tú. Cualquiera diría que un mono plantó su larga cola en la tierra y se fué dejándola. Parece que quisiste ser una lombriz, pero no alcanzaste su movimiento en curvas graciosas, y sólo le has aprendido a beberme mi leche azul. Cuando paso tocándote, me la reduces a la mitad. Feísima, dime, ¿qué haces con ella?

Y la raíz humilde respondió:

—Verdad, hermano hilo de agua, que debo aparecer ingrata a tus ojos. El contacto largo con la tierra me ha hecho parda, y la labor excesiva me ha deformado, como deforma los brazos al obrero. También yo soy una obrera; trabajo para la bella prolongación de mi cuerpo que mira al sol. Es a ella a quien envío la leche azul que te bebo; para mantenerla fresca, cuando tú te apartas, voy a buscar los jugos vitales lejos. Hermano hilo de agua, sacarás cualquier día tus platas al sol. Busca entonces la criatura de belleza que soy bajo la luz.

El hilo de agua, incrédulo, pero prudente, calló, resignado a la espera.

Cuando su cuerpo palpitador, ya más crecido, salió a la luz, su primer cuidado fué buscar aquella prolongación de que la raíz hablara.

Y ¡oh Dios! lo que sus ojos vieron.

Primavera reinaba, espléndida, y en el sitio mismo en que la raíz se hundía, una forma rosada, graciosa, engalanaba la tierra.

Se fatigaban las ramas con una carga de cabecitas rosadas, que hacían el aire aromoso y lleno de secreto encanto.

Y el arroyo se fué, meditando por la pradera en flor:

—¡Oh, Dios! ¡Cómo lo que abajo era hilacha áspera y parda, se torna arriba seda rosada! ¡Oh, Dios! ¡Cómo hay fealdades que son prolongaciones de belleza!...

EL CARDO

A don Rafael Díaz

Una vez un lirio de jardín (de jardín de rico) preguntaba a las demás flores por Cristo. Su dueño, pasando, lo había nombrado al alabar su flor recién abierta.

Una rosa de Sarón, de viva púrpura, contestó:

—No le conozco. Tal vez sea un rústico, pues yo he visto a todos los príncipes.

—Tampoco lo he visto nunca—agregó un jazmín menudo y fragante—y ningún espíritu delicado deja de aspirar mis pequeñas flores.

—Tampoco yo—añadió todavía la camelia fría e impasible.—Será un patán: yo he estado en el pecho de los hombres y las mujeres hermosas. . .

Replicó el lirio:

—No se me parecería si lo fuera, y mi dueño lo ha recordado al mirarme, esta mañana.

Entonces la violeta dijo:

—Uno de nosotros hay que sin duda lo ha visto: es nuestro pobre hermano el cardo. Vive a la orilla del camino y conoce a cuantos pasan, y a todos saluda con su cabeza cubierta de ceniza. Aunque humillado por el polvo, es dulce, como que da una flor de mi matiz.

—Has dicho una verdad—contestó el lirio. —Sin

duda, el cardo conoce a Cristo; pero te has equivocado al llamarlo nuestro. Tiene espinas y es feo como un malhechor. Lo es también, pues se queda con la lana de los corderillos, cuando pasan los rebaños.

Pero, dulcificando hipócritamente la voz, gritó, vuelto al camino:

—Hermano cardo, pobrecito hermano nuestro, el lirio te pregunta si conoces a Cristo.

Y vino en el viento la voz, cansada y como rota, del cardo:

—Sí; ha pasado por este camino y le he tocado los vestidos, yo, un triste cardo!

—¿Y es verdad que se me parece?

—Sólo un poco, y cuando la luna te pone dolor. Tú levantas demasiado la cabeza. El la lleva un poco inclinada; pero su manto es albo como tu copo y eres harto feliz de parecértele. ¡Nadie lo comparará nunca con el cardo polvoroso!

—Di, cardo, ¿cómo son sus ojos?

El cardo abrió en otra planta una flor azul.

—¿Cómo es su pecho?

El cardo abrió una flor roja.

—Así va su pecho—dijo.

—Es un color demasiado crudo—dijo el lirio.

—¿Y qué lleva en las sienes por guirnalda, cuando es la primavera?

El cardo elevó sus espinas.

—Es una horrible guirnalda—dijo la camelia. —Se le perdonan a la rosa sus pequeñas espinas; pero esas son como las del cactus, el erizado cactus de las laderas.

—¿Y ama Cristo? —prosiguió el lirio, turbado.

—¿Cómo es su amor?

—Así ama Cristo—dijo el cardo echando a volar las plumillas de su corola muerta hacia todos los vientos.

—A pesar de todo—dijo el lirio—querría conocerle. ¿Cómo podría ser, hermano cardo?

—Para mirarlo pasar, para recibir su mirada, haceos cardo del camino—respondió éste. —El va siempre por las sendas, sin reposo. Al pasar me ha dicho: "Bendito seas tú, porque floreces entre el polvo y alegras la mirada febril del caminante". Ni por tu perfume se detendrá en el jardín del rico, porque va oteando en el viento otro aroma: el aroma de las heridas de los hombres.

PERO, NI EL LIRIO, AL QUE LLAMARON SU HERMANO; NI LA ROSA DE SARÓN, QUE EL CORTÓ DE NIÑO, POR LAS COLINAS; NI LA MADRESELVA TRENZADA, QUISIERON HACERSE CARDO DEL CAMINO; Y, COMO LOS PRÍNCIPES Y LAS MUJERES MUNDANAS QUE REHUSARON SEGUIRLE POR LAS LLANURAS QUEMADAS, SE QUEDARON SIN CONOCER A CRISTO.

LA CHARCA

Era una charca pequeña, toda pútrida. Cuanto cayó en ella se hizo impuro: las hojas del árbol próximo, las plumillas de un nido, hasta los vermes del fondo, más negros que los de otras pozas. En los bordes, ni una brizna verde.

El árbol vecino y unas grandes piedras la rodeaban de tal modo, que el sol no la miró nunca ni ella supo de él en su vida.

Mas, un buen día, como levantaran una fábrica en los alrededores, vinieron obreros en busca de las grandes piedras.

Fué eso en un crepúsculo. Al día siguiente, el primer rayo cayó sobre la copa del árbol y se deslizó hacia la charca.

Hundió el rayo en ella su dedo de oro, y el agua, negra como un betún, se aclaró: fué rosada, fué violeta, tuvo todos los colores: ¡un ópalo maravilloso!

Primero, un asombro, casi un estupor, al traspasarla la flecha luminosa; luego, un placer desconocido mirándose transfigurada; después. . . el éxtasis, la callada adoración de la presencia divina descendida hacia ella.

Los vermes del fondo se habían enloquecido en un principio por el trastorno de su morada; ahora estaban quietos, perfectamente sumidos en la contemplación de la placa áurea que tenían por cielo.

Así, la mañana, el medio día, la tarde. El árbol vecino, el nido del árbol, el dueño del nido, sintieron el estremecimiento de aquel acto de redención que se realizaba junto a ellos. La fisonomía gloriosa de la charca se les antojaba una cosa insólita.

Y al descender el sol, vieron una cosa más insólita aún.

La caricia cálida fué, durante todo el día, absorbiendo el agua impura lenta, insensiblemente. Con el último rayo, subió la última gota. El hueco gredoso quedó abierto, como la órbita de un gran ojo vaciado.

Cuando el árbol y el pájaro vieron correr por el cielo una nube flexible y algodonosa, nunca hubieran creído que esa gala del aire fuera su camarada, la charca de vientre impuro.

❀ ❀ ❀

Para las demás charcas de aquí abajo, ¿no hay obreros providenciales que quiten las piedras ocultadoras del sol?

VOTO

Dios me perdone este libro amargo, y los hombres que sienten la vida como dulzura me lo perdonen también.

En estos cien poemas queda sangrando un pasado doloroso, en el cual la canción se ensangrentó para aliviarme. Lo dejo tras de mí como a la hondonada sombría y por laderas más clementes, subo hacia las mesetas espirituales donde una ancha luz caerá, por fin, sobre mis días. Yo cantaré desde ellas las palabras de la esperanza, sin volver a mirar mi corazón; cantaré como lo quiso un misericordioso, para "consolar a los hombres". A los treinta años, cuando escribí el "Decálogo del Artista", dije este Voto.

Dios y la Vida me dejen cumplirlo en los días que me quedan por los caminos. . .

G.M.

"Surrealismo Cósmico" (2014) de Eduardo Muñoz

Printed in the USA
CPSIA information can be obtained
at www.ICGtesting.com
JSHW021935200524
63489JS00004B/154

9 798987 926437